上海著名中学师生推荐书系

不曾停歇的灵魂征战

托尔斯泰作品选读

黄荣华　主编　谢海颖　编注

中国出版集团

东方出版中心

图书在版编目（CIP）数据

不曾停歇的灵魂征战：托尔斯泰作品选读／黄荣华

主编；谢海颖编注. －上海：东方出版中心, 2020.2

ISBN 978-7-5473-1586-6

Ⅰ.①不… Ⅱ.①黄… ②谢… Ⅲ.①俄罗斯文学－

近代文学－作品综合集 Ⅳ.①I512.14

中国版本图书馆CIP数据核字（2019）第300684号

不曾停歇的灵魂征战
——托尔斯泰作品选读

编　注　谢海颖

责任编辑　李梦溪

封面设计　钟　颖

出版发行　东方出版中心

地　　址　上海市仙霞路345号

邮政编码　200336

电　　话　021- 62417400

印 刷 者　杭州日报报业集团盛元印务有限公司

开　　本　890mm×1240mm 1/32

印　　张　9

字　　数　165千字

版　　次　2020年5月第1版

印　　次　2020年5月第1次印刷

定　　价　35.00元

"上海著名中学师生推荐书系——影响我高中生活的一本好书"
编注委员会名单

主　　编　黄荣华

编　　委

复旦大学附中	黄荣华	王希明
	李　郦	司保峰
上海交通大学附中	顾　岗	沈文婕
华东师大第一附中	褚亿钦	
华东师大第二附中	江　汇	孙　彧
上海师范大学附中	陈　佳	
建平中学	谢海颖	查　立
进才中学	刘茂盾	王云帆
杨浦高级中学	李　琳	
敬业中学	王飞红	
控江中学	程　刚	
吴淞中学	赵　晖	
行知中学	宋晴晴	
复旦大学附中青浦分校	葛琪琪	
复旦大学附中浦东分校	王欣悦	

■目 录

1

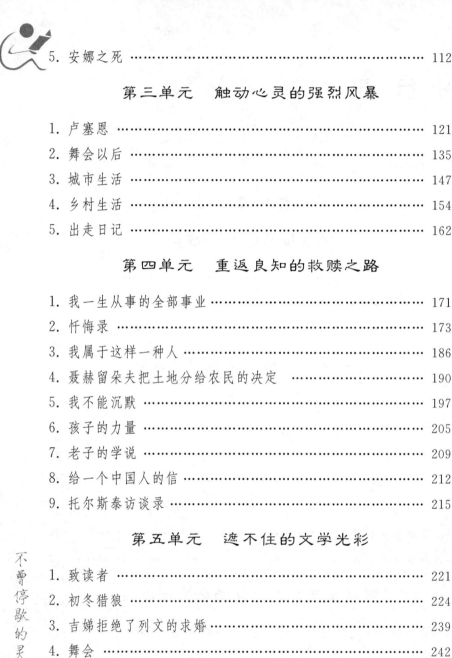

不曾停歇的灵魂征战

代总序

"人类发展的关键性瞬间是持续不断的"

"人类发展的关键性瞬间是持续不断的。"这是卡夫卡箴言第六条的第一句,也是我写这篇序时想到的第一句话。

还是五年前吧,我们这一群语文老师就想到要编这样一套丛书——"中学生外国文化读本",最初的念头就是要将西方文化中"人的发展"这一线索,用中学生能较好接受的方式介绍给中学生。现在,这套丛书的第一辑即将出版,在这里借这句话对这套丛书的编注作几点说明。

切入的角度——"文化"

大家都清楚,人有两性:自然性与文化性。对一个人来说,两者密不可分。但与其他动物比,人因为文化性而显出了他的卓尔不群。或者说,人因为有文化而区别于其他动物,由此也可以说文化性即人性,人性即人的文化性。正是从文化与人性关系的角度出发,人们看到了文化对人性发展的意义。因此,我们在编注这套丛书时,期待从文化的角度来看待人类的经典,述说这些经典对人性发展的影响,进而述说对人类文明进程的影响。

选编的线索——"人的发现史"

人们在谈论东西方文化的不同时,总会谈到两种文化中有关"人的发现"的问题。在东方，"人"一开始就被发现了，如"人本"思想，如"博爱"思想，如西方现代性精神的三个重要支点——"开放、自省、反叛"，都是中华传统文化的重要基因，只是因为封建专制的强大的压制力，这些精神因素不断地被挤压，以至于我们的传统文化在这一方面显得很屠弱。

而在西方，"人的发现"却经历了一个漫长的过程：

古希腊时期，人与神是模糊不清的，所以无论是神话故事，还是英雄传奇，塑造的神或人都是神人混合或曰人神一体的，像宙斯、阿波罗、雅典娜，像阿喀琉斯、俄底修斯、俄狄浦斯……无不如此。

古罗马时期，人得到了肯定。朗加纳斯在《论崇高》中说："做庸俗卑陋的生物并不是大自然为我们人类所订定的计划；它生了我们，把我们生在这宇宙间，犹如将我们放在某种伟大的竞赛场中，要我们既做它的丰功伟绩的观众，又做它的雄心勃勃、力争上游的竞赛者；它一开始就在我们的灵魂中植有一种所向无敌的，对一切伟大事物、一切比我们自己更神圣的事物的热爱。因此，即使整个世界，作为人类思维的飞翔领域，还是不够宽广，人的心灵还常常超过整个空间的边缘。"这是西方第一次将"人"提到神的高度，对"人"的尊严给予了肯定与歌颂。

但随着公元476年西罗马帝国的灭亡，东罗马帝国的建立，漫长的中世纪来到了，神开始全面统治世界。马克思说，在中世纪，政治学、经济学、文学艺术等都从属于神学。此时，世间一切，都成了上帝的词典。人匍匐在神的脚下，成了上帝的奴婢。

14—16世纪，文艺复兴从意大利开始，逐步蔓延到整个欧洲，"人"逐步向中世纪告别，向神告别。特别是在但丁唱响《神曲》100多年之后的1453年，土耳其人攻陷了君士坦丁堡，东罗马帝国覆灭。一大批学者携带着古希腊的文献与学术资料来到意大利，同时人们在古罗马废墟中发现了大量的古希腊与古罗马时期的艺术珍品。这些学术输入和考古发现一下子打开了人们的眼界，如恩格斯所说："在它的光辉形象面前，中

不曾停歇的灵魂征战

世纪的幽灵消逝了。"于是,达·芬奇、薄伽丘、塞万提斯、培根、莎士比亚……一大批英雄一路高唱"人"的赞歌,终于使"人"作为"宇宙的精华,万物的灵长"站立起来了。

18世纪,继文艺复兴之后,欧洲发生了一次重要的资产阶级思想文化运动——启蒙运动。"启蒙"即"照亮","启蒙运动"即"光明观念"的运动,即以资产阶级倡导的以个人为目的的"自由、平等、博爱"的理性原则,反对封建专制、宗教蒙昧,使"人"的个性得到充分的解放。伏尔泰、狄德罗、卢梭,是这一运动的杰出代表。

18世纪末至19世纪中叶发生的浪漫主义思潮,是西方中世纪与现代意识对话的结果。浪漫主义主张自我表现,崇尚理想主义、想象力和崇高美。雪莱说:"诗是一柄闪着电光的剑,永远没有剑鞘,因为电光会把剑鞘焚毁。"在这一文艺思潮中,人彻底战胜了神,人成了人的最高本质。此后,神再回到人间时,不再是束缚人的力量,不再是救世主,而是人的朋友、亲人、恋人。毫无疑问,雨果是浪漫主义最伟大的代表。

19世纪30年代开始的现实主义思潮,是浪漫主义之后西方又一次重要的文艺思潮。它关注人与人的分离,上层与下层、贫与富的矛盾对立,以强烈的主体性观照现实:由个人到社会,为全社会人寻求发展个性、实现个性的途径;由个性到人道,重视对不同个性的理解与同情,带着魔性(批判性)重新寻找神性(人道)。在这一思潮中,巴尔扎克、托尔斯泰将"人"引向了人道主义的高峰。

1857年波德莱尔出版《恶之花》之后,西方发生了现代主义运动,至今已历近160年的风雨。现代主义通过不懈的努力,将文学表达由人的情感发展到人的意识、人的全部精神活动,使作品内涵得到了很大的拓展、深化;现代主义从重视对客观世界的主观体验,到把这种体验发展成为作品的"唯一现实",由此发现人的真正声音往往被历史的声音掩盖、压抑,甚至为历史的声音所吞没。于是,在现代主义作品中,人的意识与人的内心活动的原貌、最真实的原始状态得到了真实、生动的表现。在这样的探索中,现代主义发现了"人"与世界的分离,发现了"人"与"人"的交流与理解的不可能实现,发现了"人"的不可能完美及其荒诞的绝对真实性,发现了"存在"与"虚无"的统一是"人"的唯一现实。在这样的发现面前,卡夫卡只能感叹:"目标虽有,却无路可循;我们谓之路者,不过是彷徨而已。""无论我转向何方,都有黑浪向我扑来。"卡夫卡的感叹几乎影响了此后所有的现代主义作家。

正是在"人的发现史"这一线索上,"中学生外国文化读本"选取了"希腊神话""莎士比亚""托尔斯泰""卡夫卡"这几个重要节点,以期呈现西方文化中"人神不分→神统治人→人告别神→人与人分离→人与世界分离、人与自身分离"这样的文化景观。

推介的期待——"让读者成为一个'完整'人"

随着现代商品文化对人的控制和西方后现代理论对人性的解构,现在的许多人也包括不少中学生,对人类几千年建立起来的基本信条、价值、秩序表现出厌倦、怀疑,甚至嘲笑的态度,以多元消解中心,以他者消解主体,以相对消解绝对,以变动不居消解永恒,以随心所欲、纷乱无序的生活来消解人性中的美丽,如崇高感、悲剧意识、拼搏精神等。最终,人就在不同意义的碎片中生存,虚无而荒诞,就像洛夫的《唐诗解构》所言一样虚无:"昨日/我偶然穿上这一袭华美的袍/我脱去昨日,留下了袍//今日/我被迫穿上这一袭华美的袍/我脱去今日,留下袍//明日/我无意中又穿上这一袭华美的袍/我脱去明日,留下了袍//留下了袍子/便留下了虱子/留下了虱子/便留下历史和/痒。"在这样的"解构"中,生活充满着"偶然""被迫"和"无意","袍子"美与不美都一个样,"穿上"与"脱下"都无所谓,因为"袍子"与"虱子"同体,"虱子"和"历史"同体,"历史"和"痒"同体。这样虚无的人生,正是现代人"碎片化人生"的表征。

当人类几千年建立起来的那些永恒的意义被消解,历史就不再有它可"究"的"天人之际",不再有它可"通"的"古今之变",更不会有它可"成"

不曾停歇的灵魂征战

的"一家之言";现实人生也就不再需要去追问"我为何而活"之类的本质意义,更不需要去思索"我自哪里来""我到哪里去"这些"白痴"式的永远无法解答的终极之问,只需要"即时"性的"酷""爽""超赞",说"过把瘾就死"还是低端,最高级的是"无可无不可""生即是死,死即是生",一副"悠然人世中,潇然人世外"的模样。

不难看出,"碎片化人生"与"无信仰"有极深的关联。信仰是有中心的,信仰是一元的,信仰是有历史建构的,信仰是有绝对价值的,信仰最终托起人生的整体性意义。若无信仰,生命就一定是此一时彼一时的"即时"挥霍,人就会变为一头为觅食而东奔西突的兽,就会成为与社会失去必然关联的"失忆人"。

当我们看到了这样的"时代病症"之后,作为语文教师,我们不愿意我们的学生沉溺其中。我们期待,通过积极而有效的引导,使学生有较为完整的阅读,并在阅读中找回失落的信仰,找回人生的整体性意义,"成为一个'完整'的人"。

我们认为,作为一名现代中学生,要"成为一个'完整'人",就一定要将"现代"看作人类文明大河的入海口,然后"溯洄从之",一直抵达大河的发祥地。这样,才可能完整地感受、体察、认识、理解这条大河,真正地感受、体察、认识、理解这条大河的伟大之处、辉煌之所,以及与自己人生的契合之点,从而叹之服之赞之,献身之,皈依之。反之,如果只是站在"现代"这个入海口,没有完整地拥抱文明大河的愿望与行动,那将永远不可能欣赏到大河的真正的生命伟力,也就永远不可能真正获得这种生命伟力,并以之充盈自己的人生、"完满"自己的人生。

流淌到"现代"的人类文明大河由两大支流汇合而成,一大支流是中华文明,一大支流是外国文明。"中学生外国文化读本"正是要引导读者在外国文明支流上"溯洄从之",形成较为完整的外国文明概念,获得从"碎片化人生"走向"完整人"的一种推力。也许这种推力极其微小,但我们也乐在其中。

卡夫卡说:"人类发展的关键性瞬间是持续不断的。"我们也要说:一个人的发展的关键性瞬间也是持续不断的。当沉浸于一本好书，为这本好书所激励时，一个人的发展的一个关键性瞬间也就出现了。倘若"中学生外国文化读本"能给读者带来这种"关键性瞬间"，我们将感到非常幸福！

黄荣华

2013 年 6 月 6 日

师生推荐的N个理由

SHI SHENG TUI JIAN DE N GE LI YOU

认真阅读他的作品，收获的也许不一定是感动，但一定会有思索。他的作品不会过时。

——谢海颖

在托翁真挚的行文之间，我看到的是与你我同样的面孔，有着同样的迷惑与彷徨，而又守望着朝圣路尽头的光明与希望。

——沈珮娴

他的文字如他的胸怀一般浩瀚而又广大，似一片大海汪洋肆意。而同时，他的文字却又如同他的内心一样敏感而细腻，每一个动作，每一个眼神，都刻画得细致入微。

——朱佳宇

不曾停歇的灵魂征战

上海市建平中学　谢海颖

托尔斯泰是个谜。

从来没有一个人，会像托尔斯泰一样具有如此之多的矛盾：他拥有巨大的财富，却在自己的后半生想方设法地放弃它们；他深爱着妻子，妻子更是为他奉献了自己的一切，他有着子女众多的美满家庭，后来却难以忍受家庭生活，82岁时离家出走，死在了火车站；他深爱着人类，却不能给家人带去世俗意义的幸福；他的体格格外健壮，晚年也精力旺盛，但又极其惧怕死亡，在最幸福的时刻，突然在阿尔扎马斯的夜里无缘由地感受到令人恐惧的死神正在追赶自己；他年轻时曾有将近二十年过着放荡荒唐的生活，后来却成了一个禁欲主义者，一个清苦的修行者；他是极其高贵的贵族后裔，却认为劳作的农民才能给他幸福的归属感；他生前被教会革除了教籍，却被他的思想的信奉者深深敬仰；他明明是第一个公然反抗沙皇的人，却并不愿意人们用暴力去建立一个新的政权；他的作品已经达到了现实主义的顶峰，又同时开启了存在主义文学的大门；他所处的时代，俄罗斯正努力用西方文明提升自己的物质文明，但他却欣赏传统的宗法制农民的小农经济，欣赏以中国的孔孟之道和老庄哲学为代表的东方文明；最令人不解的是，他是一个人人称颂、作家们深深佩服的伟大的作家、写作的天才，后来他却否定自己的文学创作的意义和价值，转而成为一个宗教思想家和社会思想家，被众多的文学家诟病他的哲学作品冗长而思路混乱，以至于屠格涅夫临终前还写信给托尔斯泰，恳请他回到文学活动上来。

托尔斯泰怎么了？

19世纪80年代至20世纪初是俄罗斯思想复兴、繁荣的时代。这是一个旧的价值体系全面崩溃、新的价值体系尚未形成的时代。作为"上帝死了"的回声，人们开始直面自我的存在与个人心灵的混沌。在一个新的历史氛围中，文学家、艺术家和哲学家们开始重新思考个人的使命、关于个性的新的自我表现方式。这一时期的俄罗斯文学发展的进程充满了各种独特的现象。对以往价值的重新定位，要求作家用与现实相适应的新的创作手法对文学描写的现象进行诠释。描述和揭露在危机四伏的现代社会中人的个性的丧失、人的自由的被剥夺、人之受制于物和一切异己力量，促成了文学中存在主义思想的出现。

托尔斯泰在智力旺盛、文思充沛、作品伟大、家庭美满、受人尊敬的时刻，突然遇到了某种可怕的东西。他说："生活停止了，变得令人厌恶可怕。"工作使他厌嫌，妻子使他感到陌生，儿女使他感到冷漠。对生的厌倦的情绪攫住了他，他把猎枪锁在柜子里，以免在绝望时用它来打死自己。

他笔下的《安娜·卡列尼娜》中的列文感到：他现在才第一次清楚地认识到，在未来，等待着包括他在内的每一个人的，不是别的，而是痛苦、死亡和永远的灾难。因此，他决定，不能再这样活下去，除非找到生命的意义，否则他必须杀死自己。这大概就是托尔斯泰本人的感受。

托尔斯泰曾经非常兴奋地用毕达哥拉斯的话说："人啊，你除了灵魂以外一无所有。"托尔斯泰在到达他智慧顶峰的年代，认为只有回到上帝那里去，与上帝融合，再次融合才能解脱。这融合的过程充满了征战的痛苦。

征战的第一个对象是虚无。

安德烈公爵听娜塔莎唱歌的场面，托尔斯泰是这样描写的："他突然意识到在他的心中那无限大然而还不分明的东西与那有限的和物质的东西之间的可怕对立，物质的东西就是他本人，甚至是她。在听她唱歌的时候，这个对立使他既苦恼又愉快……"这种对立使托尔斯泰整整苦恼了一生。

1879 年，他把下列"不清楚的问题"写在一张纸上：

（一）为什么活着？

（二）我的生活和别人的生活都有什么原因？

（三）我的生存和别人的生存都有什么目的？

（四）我心中感觉到的善与恶的分裂意味着什么？这种分裂怎么会出现？

（五）我应该怎样生活？

（六）死是什么？——我怎样才能解救自我？

"我怎样才能解救自我？我应该怎样生活？"是托尔斯泰撕心裂肺的呼喊。他开始了各种寻觅。他先是读种种不同的哲学书籍：叔本华和柏拉图，康德和帕斯卡尔。但哲学书中没有提供该怎样做的答案。于是他离开哲学转向宗教，到那里去寻求慰藉。为了重获内心的安宁，他要在内心的虚无中拯救自己。《福音书》是他研究的主要对象。他还研究了佛教、中国的儒家和道家，深深地推崇老子的智慧。他渴望建立一个天国，而不是一个尘世的国家。

不知不觉中，他由"我的生活中有哪些是错误的？"扩展为一个普遍的问题"我们的生活中有哪些是错的？"他观察并且发现——社会关系的不平等、贫富间的对比、贵族阶层的虚伪。因此，他认为用自己的全副力量去纠正这种不义是他的第一个义务。在他成为一个无政府主义者、一个初步的革命者之前，他先成了一个慈善家和自由主义者。目睹无处不在的可怕的贫困之后，他试图通过馈赠和捐款，通过慈善事业来消除困苦。但不久后，他意识到一种真正的改变只有通过对整个现存的社会制度的全面改革才能达到。他的目的不是一次暴力的革命，而是一次道德上的革命。他认为万恶都源于财产，他希望富人们自愿放弃财富，不劳动者放弃安逸，任何一个人也不能侵占别人的劳动所得，所有的人都只有同等的需求。他敏锐地看到，社会的毒瘤除了贫困之外，还有暴力和欺骗。

征战的第二个对象是社会不公。

对此，他开出的药方是托尔斯泰主义——不以暴力抗恶、道德的自

我完善、人类之爱。

他从存在的虚无出发，逐渐接近老子对于"道"的追求。对于托尔斯泰来说，老子强调自省式的自我道德修养和道德完善的主张，不仅可以使个人烦乱惶恐的心情平复下来，保持高远纯净的境界、原始质朴的气质，而且也是缓和社会矛盾冲突的灵丹妙药。他认为，老子的学说本质如同基督教义一样："在表现上，都是通过节制肉欲，开始过神圣的精神生活。"他反对一切的国家机器和人为的秩序，希望通过建立一种自由平等的社会生活来代替依赖国家机器的阶级国家。只有以"非暴力"的形式来抗击恶，才能维护最根本的"人类之爱"，建立起每个人心中的天国。

托尔斯泰不仅毫不客气地批评社会不公，更加毫不留情地反省并忏悔自己。他决定放弃个人财产，同时把自己的著作权也交给公众。他内心剧烈的冲突演化成了家庭内部剧烈的冲突。他的妻子不能理解。随着冲突的加剧，他痛苦地看到自己的生活与自己的主张是割裂的，每天生活在不能如愿放弃财产的自责和羞愧中，良心无法安宁。他临终前离家出走，就是想为自己寻找一个让良心安宁的所在。

最终，在阿斯塔波沃火车站的小木屋里，他的人生列车停下了。在这里，他走向了心中的上帝！

作为宗教思想家和社会思想家的托尔斯泰离去了，葬在了他从小生活的地方——雅斯纳亚·波利亚纳明亮的林间空地中，因为那儿有他亲手栽下的树，他认为那儿才是幸福的所在地，大音希声，朴素的墓地无言。

但托尔斯泰激动人心的伟大作品留了下来。他的小说可以博大恢宏如同史诗，也可以从一个小点开始领悟，最后天翻地覆，脱胎换骨。这是托尔斯泰的人生特点，也是他的文学特征。他善于揭下一切假面具，不断地裸露出每个人物的灵魂，他说"每当我开始用脑写作时，我总是搁下笔来，力求单单用心来写"。同样，他要求读者"用心来读"他"用心来写"的作品。

认真阅读他的作品，收获的也许不一定是感动，但一定会有思索。

他的作品不会过时。无论是他直面死亡的作品，赢得了后世的卡夫卡高度赞誉的《伊凡·伊里奇之死》，还是他的心和脑无法一致的《安娜·卡列尼娜》，更不用说他那无与伦比的《战争与和平》，都吸引着一代代的读者。他的思想遗产在今天这个物欲纷繁的时代，更是显示出了独特的价值。他以追根究底的方式提出的一系列涉及人生根本价值和人类命运的尖锐问题，诸如物质与精神，奢侈与贫困，人与自我、人与社会、人与自然，善与恶，诚实与虚伪，权力、金钱、暴力对人的腐蚀等，直至今天，依旧困惑着人类。

开始阅读、开始思考吧，探索、救赎自己灵魂的第一步也许就此迈出。

孤独的朝圣者

建平中学　沈珮娴

> 多少人爱过你青春的片影，
> 爱过你的美貌，以虚伪或是真情，
> 唯独一人爱你那朝圣者的心，
> 爱你衰戚的脸上岁月的留痕。
>
> ——叶芝《当你老了》

　　总是习惯为他人贴上标签，然后冷眼静观其变，再于每个节点大肆评论一番。但当需要谈及托尔斯泰，我却辗转不能下笔，因为在托翁真挚的行文之间，我看到的是与你我同样的面孔，有着同样的迷惑与彷徨，而又守望着朝圣路尽头的光明与希望。

　　若要将托翁归入一类人，则其绝非隐士，而是朝圣者。在体悟到共同生活的虚无性后，隐士们隐于市井乡间，将目光投向个人以寻求真理，如东方"采菊东篱下"的五柳先生，又如西方居于沙漠的苦行僧；而朝圣者则从一种共同生活投入另一种生活，直视骄阳以寻出救赎之道，除托翁外少有人如此决然。隐士必然有远离喧嚣的孤独，但似乎比起他们个人的灵性体验显得微不足道；朝圣者则会有"活于斯，但不属于斯"的孤独，这种孤独甚至让托翁一再陷入自我怀疑，就像他的小说《复活》中聂赫留朵夫决定将土地转让给农民时那种彻夜难眠的犹疑与自问。于是，朝圣者的孤独成为他一生难以放下的十字架。

　　所以，朝圣者是需要一份超乎常人的决绝的。多数人一生只能看到一个世界，当世界破灭则利用回忆重构出所谓的"真实"以求慰藉，至多像伊凡·伊里奇在直面死亡时才感到所构世界的虚妄。而托翁则甘愿

不曾停歇的灵魂征战

8

以血忏悔，将旧皮囊生生撕裂以新者代之，一如其《忏悔录》中对"旧己"的无情鞭挞，对"新己"的苦苦自问、找寻。他的文学作品中更满是对重生的诉求，但时常我们急于厘清其繁冗的情节，语言背后简单真挚的心情却被冷落。他试图揭示群体所制造的繁华图景之不实，从而唤醒一种对内在更高道德之实在追求，正如在散文《卢塞恩》中，剥离外在地位后，托翁与流浪歌手间有一种诚挚的心灵触探；又如在《战争与和平》中，从小人物普拉东身上，试图示于世人一种纯洁的信仰与简单的生活。因此，你若想溯洄而上找寻自身的意义，像《哥萨克》中奥列宁那样走上朝圣之旅，则读托翁乃一上选；若想顺流而下找寻简易的快乐，来一次轻松的旅行，亦不妨读读托翁，毕竟每个人心中的朝圣路不尽相同。

朝圣之路是需要能安享孤独的。托翁的作品常着眼于死亡，而他笔下的死亡又与人本质的孤独相连。因为唯有生命即逝时，人始觉一度引以为豪的身外物皆轻而易举地逃离掌心，无力挽回，由盛转衰的"悲欣交集"仅有自己来体味，而真正读懂朝圣者之心的人恐怕亦只是他自己而已。这在《伊凡·伊里奇之死》中有近乎完美的描述："人走向死亡时总是只身一人。"但我想，托翁此番描述的意义必定不止于死亡本身，而是试图挖掘其中的积极意义——一种无须他力的自爱，正如他对内在上帝的信仰，将朝圣者的内心状况视作神性与人性的互爱，两者冲突后达到暂时的和解，就像在《我属于这种人》《我不能沉默》之中大段的"喋喋不休"后又归于一种不安分的宁静。朝圣者皆是如此：倾听自己的声音肆意流淌，直至回归平静。

朝圣之路会让人看到永恒之所在。正如托翁的短篇小说《三死》之中，不论人物如何挣扎、残喘着走向生命的尽头，白描所至，四处景物终究不变，任其四季变迁，是谓永恒。以此引起对自身的反思，即反观我们城市的生活，似有一种动态平衡的不变，其中每一宗骇人听闻的消息皆是这不变、永恒中的一部分，让潮男潮女们为之议论一番。而在朝圣之路上，世事变迁、意外发生，皆显得微不足道，它们从不代表任何态度、好坏，因为你会看到沿途的青山绿水，才知是真正的永恒与不变，目及所有

皆仅是宇宙井然秩序的一部分。我想，这或许亦是托翁想传达的，一个先行朝圣者的感受。

朝圣之路终归是自己去走的。托翁富于自省的心灵，使其于此路上渐行渐远。但我想，在一些终极问题上，比如溯洄而上还是反之更好，或许不存在"真理"一物，就像围着远处的篝火跳舞，谁亦无法辨别距它的远近，只会让智者自省、愚者自矜。在这个意义上，托翁的书终不会是答案，但它必定是个人哲思的激发物，在如今快节奏的生活之中，希冀你能留给思考一点时间，为这一生的功课找到属于自己的答案。如此这般，托翁定会向你微笑的。

最后借他人的一段悼文作结："他的灵魂是为最高贵的社会打造的，他以一生穷尽了世界的所有才能；只有在一个有知识、有德行和有美的世界里，他才会找到自己的家。"我想，托翁亦然，伟大的灵魂大概常如是。

而对他朝圣者的心，我们或许不能参透，但终是爱着的。

漂泊而又孤独的灵魂

建平中学　朱佳宇

一

天下大同，

天下同，

天下，

那片天，那片《战争与和平》中安德烈公爵濒死前所见的天空——

"为什么从未留意到这高高的天空呢？不过，如今总算注意到了。我真是幸福，没错。除了这辽阔的天空外，其他的一切都是空虚都是欺骗，除了这天空外，任何东西都不存在。"

那片天，是和平，是幸福，是远离欲望、诱惑，是我们内心深处一直渴望着的祥和与宁静。那片天，是那样纯粹，为何我们平时却从不曾在意过它？而安德烈在临死的那一刻，躺在战场上，才发现天的纯粹与宁静。

两千多年前，托名孔子提出"大同世界"的概念（《辞海》《礼记·礼运》），一如柏拉图《理想国》的图景。一百多年前，托尔斯泰略略触及中国的孔庄学说后，开始追寻内心的宁静。然而，这片天空下，是一片混沌所笼罩的世界。孔庄的家乡陷入不断的硝烟中，托尔斯泰生前，俄国正发生战争……

找不到退路，战争也不是出路。

我们将我们所生活的世界称为"红尘"。利益，诱惑，如尘般细小，却无处不在，沾染我们的衣襟。没有欲的渴望，就不会有战争，可惜又有多

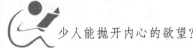

我看见在那片天空上，托尔斯泰正以一种悲悯的目光看着我们，看着我们在这片大地上为自己的漂泊的灵魂寻找着归属，在这个物质的世界里不断地挣扎着，在红尘里为了利益而不断地开战……

唯剩那片天，那片纯粹的湛蓝的天……

二

1910年那年，他82岁，他秘密地出走，孤独地走在路上，却在一个小站感染了肺痨而逝。

我震惊于他生前在《忏悔录》里所表露出的对生命的厌倦，不断探讨着自杀与死亡的问题。

他困惑，他思索，他觉得自己亲密的家人，所崇尚的文字创作艺术已丧失了它的意义。

他背着自己的妻子索菲娅而写的日记中有这样一句话："索菲娅·安德烈耶夫娜完全平静了。"他不说妻子，而直呼其名，有那么一丝悲凉，爱，已名存实亡；有那么一丝可悲，她无法理解他的世界观，唯有偷看他的日记希望能了解他的全部。

而正在开战的俄国也不理解他……人们只是歌颂他在文坛的影响力，却未深入过他的灵魂。

他的文字如他的胸怀一般浩瀚而又广大，似一片大海汪洋肆意。而同时，他的文字却又如同他的内心一样敏感而细腻，每一个动作，每一个眼神，都刻画得细致入微。

当构成他幸福感的一切（家人与文字创作）破碎，灵魂前所未有地孤独。

他唯有出走，离开这个无人理解他的世界。

一直为着他的理想国而活着，奈何现实中他无力扭转这一切，直到最后死在漂泊的旅途中……

三

　　我在想，他生前的孤独一部分源自世人，而当生命中的伴侣也不了解自己时，终给了他致命的一击，那爱曾拯救过一个年轻浪子不羁的灵魂，而如今爱已不在。

　　然而，当他的思绪变成文字，当铅印的纸页成为他灵魂的载体，却有多少人真正去聆听，寻找内心的平静？如果每一个人都能静静聆听那一个孤独灵魂的低声浅吟，又是否能躲过战争这历史的安排？

　　灵魂飘过百年，这个世界依然硝烟不断，哭泣，流血……

　　理想的世界，理想的模型，却脆弱得如玻璃般易碎。

　　我们一直渴望着和平，一直在反对着暴力，可是我却想问：

　　如果战争涉及你的利益，你是否也会卷入其中，迷失了自己？

　　如果非暴力真的能解决一切问题，却为何依旧有人为此付出生命的代价，比如甘地？

　　是否会在一场声势浩大的浩劫中不自觉地跟随主流的脚步？

　　是否会在喧闹的繁华世界里依然追寻内心的宁静？

　　不必给出答案，潜意识里的答案也许会与实际相反。

　　我们，或许也不懂他。

　　漂泊的灵魂，注定成为永恒的孤独。

　　漂泊，没有驻足的地方，灵魂又该飘往何方？

　　征战，没有止息的时候，一生里寂寂地寻找内心的幸福。

　　所有的人歌颂着他的伟大，歌颂着他在文学方面的造诣，如史诗般宏伟壮丽，批判着这个世界，又有多少人知晓他内心的孤独与矛盾？

　　那个漂泊而又孤寂的灵魂，在那片天空下飘着……

　　那片纯粹的天空下，映衬着哥萨克美丽的黄昏……

第一单元

DI YI DAN YUAN

俄罗斯的灵魂人物

　　本单元出现的人物大都是托尔斯泰长篇小说巨著中的灵魂人物，其中有身居要职却懂得顺应天时的总司令库图佐夫，有不断求索真正幸福的地主列文，有天真纯洁、代表女性纯真魅力的娜塔莎，有拥有神秘的东方智慧的普通的俄国农民普拉东，还有在晨祷时陶醉在爱的光辉中的一对年轻人和众多的农民。这时候，世界仿佛是和谐的。因为本单元大多数作品都是托尔斯泰婚后幸福的人生阶段的创作，列文身上有托尔斯泰本人的求索精神和热爱体力劳动的特点，而娜塔莎则是以他的夫人索菲娅为原型创作的。但这看似幸福的一切却在某天崩塌了，托尔斯泰陷入了深深的痛苦和羞愧之中。最后一篇选文是茨威格的《描述自我的三作家》中有关托尔斯泰的传记，借此我们可以触摸到一颗伟大而痛苦的灵魂。

1. 总司令库图佐夫

在他的同时代人的眼中,他虽然最终取得了战争的胜利,但却不是英雄。因为他不会迎难而上,正面交锋;他不追求振臂一呼,应者如云。达官贵人怀疑他,贬损他。但人民支持他,深谙俄罗斯民族智慧的作家读懂了他的大智若愚,体会出总司令心中深广的人类情怀。

库图佐夫已经无法控制他的军队打垮和切断敌人的愿望,因此在维亚兹马打了一仗,此后逃跑的法国人和追击他们的俄军直到克拉斯诺耶没有再打过一仗。法国人逃得那么快,俄军怎么也赶不上,骑兵和炮兵的马都走不动了,有关法军行动的情报往往是不确切的。

俄军一昼夜连续不停地走四十俄里,累得筋疲力尽,再也无法加快速度。

要了解俄军的消耗达到什么程度,只要看看以下的事实就可以明白:在塔鲁季诺战役以前,俄军伤亡总共不超过五千,被俘的不到一百人,但从塔鲁季诺出发的十万俄军,到达克拉斯诺耶就只剩下五万人。

俄军追击法军的急行军,像法军仓皇逃跑一样,损失惨重。区别只在于,俄军可以自由行动,不像法

库图佐夫,历史上真有其人,俄国元帅,著名将领,军事家,俄罗斯民族英雄。1812年曾率领俄国军队击退拿破仑的大军,取得俄法战争的胜利。

在小说里,库图佐夫主动撤出战场,继续后撤,甚至不愿意守莫斯科。他一路退却,等待着俄罗斯人民在悲哀、愤怒中积聚力量。中间有一场战争库图佐夫根本不想打。他能做的就是等待:等到敌军派人来求和,他回答说人民不会答应;一直等到拿破仑撤军。

他懂得有一种东西比人的算计和意志更加强大,就是事物发展的必然规律。托尔斯泰眼睛里的库图佐夫,是顺着大自然的运行规律而行动的。他的智慧体现在他的顺应自然上。

3

这种顺应自然的思想类似道法自然的东方智慧。

军那样面临死亡的威胁,再有,法军中掉队的病号要落在敌人手里,而掉队的俄国士兵仍留在自己的国土上。拿破仑军队减员的主要原因在于行动过快,而俄军的相应减员就足以证明这一点。

库图佐夫的全部活动,不论在塔鲁季诺或在维亚兹马,就是尽量使用他的权力不阻碍法军自取灭亡的逃跑(彼得堡方面和军队中的将军们都希望这样),而且加速他们的行动,同时减慢俄军的进军。

不过,除了行动过快会导致过分消耗和大量减员外,库图佐夫放慢行军速度、等待时机还有另一个原因。俄军的目的是追击法军。法军的逃跑路线难以捉摸,因此,俄军越是步步紧跟,跑的路就越多。只有保持一定距离跟踪,才能抄最近的路去切断法军的曲折路线。俄国将军们提出的各种巧妙的战术只是频繁地调动军队,增加军队的行程,而减少这种行程是唯一合理的目的。从莫斯科到维尔诺,库图佐夫的全部活动就是为了这个目的。他这样做不是偶然的,不是临时的,而是始终一贯的,从不改变。

库图佐夫不是凭智慧或兵法,而是作为一个俄国人,同每个俄国士兵一样,知道和感觉到法国人战败了,敌人在逃跑,必须把他们赶走;但同时他同士兵一样,感到在这种季节以空前速度行军是十分艰苦的。

如前面章节所描写的那样:法军和俄军在莫斯科近郊激战,库图佐夫大胆作出大撤退的战略,拿破仑后来占领了莫斯科,但那已是一座空城。

然而将军们,特别是俄军中的外籍将军们,想出风头,想一鸣惊人,就希望俘虏一位公爵或者一位国王。其实,现在进行任何战斗都毫无意义,有弊无利,可是这些将军却认为现在是进行战斗、克敌制胜的大好时机。库图佐夫接二连三地接到他们的作战

这是一种渴望建功立业的诱惑,但已经背离了保家卫国、保护本国人的初衷。

比起"胜利"来,库图佐夫更关心的是战士,是民众,而不是名声。

不曾停歇的灵魂征战

4

计划，他只是耸耸肩，因为要执行这些计划，只能使用那些穿着破鞋、没有皮外衣、饿得半死的军队，这支军队在一个月里就已减员一半，而且即使能继续赶路，到达边境的路程也还超过已走过的路程。

他们这种想出风头，打一仗，打垮和切断敌人的愿望，在俄军和法军遭遇时表现得尤其明显。

在克拉斯诺耶就发生过这样的事情。他们想在这里找到法军三个纵队中的一个纵队，却碰上带领一万六千士兵的拿破仑本人。虽然库图佐夫千方百计要避免毁灭性的遭遇战以保存实力，但是精疲力尽的俄军还是连续三天在克拉斯诺耶聚歼溃不成军的法国人。

托里发了一项命令：第一纵队向某地行进，等等。但结果照样不是按命令去办理。符腾堡的叶夫盖尼亲王从山上枪击成群逃跑的法军并要求增援，但援军没有来。法国人在夜间避开俄国人分散逃跑，躲进树林，能逃跑的继续逃跑。

米洛拉多维奇说，他完全不想过问部队的给养，人家要找他也总是找不到。他自称为无所畏惧、完美无缺的骑士，一味想同法国人谈判，派出军使要法军投降，结果徒然浪费时间，他也没有执行给他的命令。

"弟兄们，我把那个纵队交给你们。"他骑马来到骑兵跟前，指着法国人说。于是，骑着精疲力尽的瘦马的骑兵就用马刺和马刀赶马，好不容易追上那个交给他们的纵队，也就是追上一群几乎冻僵、饿得半死的法国人。于是这个纵队就放下武器投降了，而这正是他们巴望了好久的事。

俄军在克拉斯诺耶俘虏了两万六千名法国人，缴获了几百门大炮，弄到了一根据称是"元帅杖"的棍子，并且争论谁在哪里立了功，从而得意扬扬，但又因为没捉到拿破仑或者一个英雄、元帅而感到遗憾。他们为此互相责备，尤其责备库图佐夫。

这些感情用事的人只是盲目执行最可悲的必然规律，却自以为是英雄，还认为他们的所作所为就是最高尚、最有价值的事。<u>他们责备库图佐夫，说他从战争一开始就妨碍他们战胜拿破仑，说他总是只想满足自己的私欲，不愿离开亚麻厂一步，因为他在那里平安无事</u>；说他在克拉斯诺耶停止前进，因为一知道拿破仑在那里，他就惊慌失措；说他很可能同拿破仑搞阴谋，他被拿破仑收买了，以及诸如此类的议论。

当时不仅感情用事的人这样说，后代和史学家也都认为拿破仑伟大，至于库图佐夫，外国人说他是个狡猾、好色、软弱无能的宫廷老臣，俄国人则说他是个难以捉摸的人，是个傀儡，全靠有个俄国姓而占据要位。

......

11月5日是所谓克拉斯诺耶战役的第一天。傍晚，在带错路的将军们互相争吵一通并派出一批带着互相矛盾的命令的副官之后，大家确认敌人已四散逃跑，不会再有战斗，库图佐夫就离开克拉斯诺耶去多勃罗耶，因为总司令部今天已转移到那里。

天气晴朗而严寒。库图佐夫骑着那匹肥壮的小白马，带着一大群对他心怀不满、窃窃私议的将军向多勃罗耶进发。沿途都是当天俘虏的法国人（总共

个体的人生境界决定了他的思维方式，眼里只有荣誉、胜利的人，永远无法理解拥有大智慧、悲悯心的库图佐夫。

不曾停歇的灵魂征战

七千人），他们一堆堆聚在篝火旁烤火。离多勃罗耶不远，大批衣衫褴褛、胡乱拿些东西裹住身体的法国俘虏站在一长列卸下的大炮旁，喧闹地谈着话。总司令一走近他们，谈话就停了下来，一双双眼睛盯着库图佐夫。库图佐夫头戴红箍白帽，身穿背部隆起的棉大衣，耸着肩，缓缓地沿大路走来。有一个将军向他报告，这些大炮和俘虏是在什么地方俘获的。

库图佐夫似乎是在想心事，没听见将军的话。他不高兴地眯缝起眼睛，留神凝视着那些样子特别可怜的俘虏。大多数法国兵都冻坏了鼻子和面颊，眼睛红肿溃烂，面貌丑陋可憎。

有一堆法国人站在路边，两个士兵（其中一个满脸长着疮）撕着一块生肉。他们向过路人瞥了一眼，眼睛里射出可怕的兽性光芒，那个长疮的士兵恶狠狠地瞧了瞧库图佐夫，立刻转过身去继续做他的事。

库图佐夫对这两个士兵留神地看了好一会儿，眉头皱得更紧。他眯起眼睛，若有所思地摇摇头。他在另一处看见一个俄国兵笑着拍拍一个法国兵的肩膀，亲切地同他说话。库图佐夫又露出同样的表情摇摇头。

"你说什么？什么？"他问那个将军。将军继续报告，同时让总司令看摆在普列奥勃任拉斯基团前的法国军旗。

"哦，军旗！"库图佐夫说，显然很难摆脱他头脑里的思绪。他漫不经心地环顾了一下。几千双眼睛望着他，等着他说话。

他在普列奥勃任拉斯基团前站住，深深地叹了一口气，闭上眼睛。一名侍从向拿着军旗的士兵招

被严寒惩罚了的入侵者，也是可怜的人类。

招手，要他们把军旗拿过来放在总司令周围。库图佐夫沉默了几秒钟，显然并不高兴，但由于自己的身份不得不抬起头来讲话。军官们成群地围住他。他留神地扫视了一下周围的军官，认出其中的几个。

"我感谢大家！"他先对士兵们，再转脸对军官们说。在一片肃静中，可以清楚地听见他慢吞吞的说话声。"你们忠诚地完成了艰苦的任务，我感谢你们！我们完全胜利了，俄罗斯不会忘记你们。光荣永远归于你们！"他停了停，环顾四周。

"再放低些，把旗杆头再放低些！"他对那个手执法国军旗、无意间把它低放在普列奥勃任拉斯基团军旗前的士兵说。"再放低些，再放低些，对了，就是这样。乌拉！兄弟们！"他迅速地把下巴颏向士兵们一摆，说。

"乌拉——拉——拉！"几千个声音吼叫起来。

当士兵们欢呼的时候，库图佐夫在马鞍上俯下身，低下头，他的独眼闪出和蔼而嘲弄的光芒。

"我说，弟兄们！"等欢呼声停下来，他说。他的声音和脸色突然变了，说话的已不是总司令而是一个普通的老人，现在他显然想对伙伴说几句最必要的话。

军官和士兵都向前挤了挤，大家想听得清楚些。

"我说，弟兄们！我知道你们很辛苦，可是有什么办法呢！大家忍耐一下吧，不会太久了。等我们送走客人，就可以休息了。你们立了功，沙皇是不会忘记你们的。你们都很辛苦，但毕竟是在自己的国土上；可是他们，你们瞧瞧他们的模样，"他说着，指指俘虏们，"简直比最可怜的叫花子还要糟。当他们

不曾停歇的灵魂征战

8

强大的时候,我们不惜狠狠打击他们,但现在我们可以可怜他们了。他们也是人啊,对不对,弟兄们?"

这是一位老人代表人类所说的话。

他向周围扫视了一下,在向他投来的执着、恭敬、专注的眼光中,他看出大家同意他的话。他容光焕发,露出老年人和蔼的微笑,嘴角和眼角漾起皱纹。他停了停,惶惑地低下头。

"但话也得说回来,是谁叫他们闯到我们这儿来的?他们这是活该……畜生……"他抬起头,突然说。他把鞭子一挥,自从开战以来第一次策马疾驰,离开快活地哈哈大笑、狂呼"乌拉"的解散的士兵。

库图佐夫的话士兵们未必懂得。谁也无法复述总司令那番开头庄严、结尾朴实的老年人的话,但这番肺腑之言不仅为大家所理解,而且从这种老年人善意的咒骂中流露出来的怜悯敌人而又自信正义的崇高感情,正反映了深藏在每个士兵心里的感情,并且通过经久不息的欢呼表达出来。随后,一个将军问总司令要不要备车,库图佐夫在回答时竟抽泣起来,显然他的内心十分激动。

(节选自《战争与和平》,草婴译,现代出版社)

第一单元 俄罗斯的灵魂人物

9

2. 醉心于割草的贵族——列文

这一片段被众多的作家和文学评论家所喜爱,展现了托尔斯泰出色的写实能力。其中有他最热爱的乡村生活,有最能使他良心安宁的体力劳动,还有底层的民众。在这里,农民成了贵族地主的导师。列文享受着劳动,陶醉在体力劳动中。列文其实就是托尔斯泰本人的化身。

列文在同哥哥谈话时想到的那件私事就是:去年有一次去看割草,对管家大为生气,他就使用他那种控制情绪的方法——从一个农民手里拿过镰刀,亲自动手割草。

他很喜欢割草,亲自参加过好几次。他割了房子前面的一大块草地,而且今年开春就定下计划,要从早到晚同农民一起割几天草。哥哥来后,他一直在考虑,要不要去割草。让哥哥一个人整天待在家里,他觉得于心不安,又怕哥哥因此取笑他。但当他走过草地时,割草的情景便又浮上脑海,他几乎决定再次到草地上去劳动。在同哥哥作了那场激动的谈话以后,他又想到还是去割草好。

“我需要体力劳动,要不我一定又会发脾气了。”他想着,决定亲自去割草,也不管在他哥哥和老百姓面前会有多么尴尬。

傍晚，列文来到账房，安排好工作，派人到各村去召集明天割草的人，一起割那块最大最好的卡里诺夫草地。

"请您把我的镰刀送去给基特，叫他磨好明天送来，说不定我要亲自去割草。"他说，竭力装得若无其事。

管家笑了笑说："是，老爷。"

晚上喝茶的时候，列文把这事告诉了哥哥。"看样子天气稳定了，"他说，"明天我要去割草了。"

"我很喜欢这种劳动。"柯兹尼雪夫说。

"我太喜欢了。我有时就同农民一起割草，明天我要割它一整天。"

柯兹尼雪夫抬起头来，好奇地望望弟弟。

"你这是什么意思？像农民一样，割上一整天？"

"是的，干这活可有劲啦。"列文说。

"作为一种运动，这是再好也没有了，只怕你未必受得了。"柯兹尼雪夫一本正经地说。

"我试过了。开头很累，后来也就习惯了。我想我不会落后的……"

"噢，原来如此！那么你倒说说，农民对这件事会有什么看法？恐怕他们会笑老爷是个怪人吧。"

"不，我想不会。这是一项愉快而辛苦的劳动，大家根本没工夫想什么。"

"那你怎么同他们一起吃饭呢？总不能把法国红葡萄酒和油炸火鸡送到那边去吧？"

"没问题，我只要在休息时回家一次就行了。"

第二天早晨，列文起得比平时早，可是因为安排

作为一个小地主，列文把宗法制当作理想的社会制度，赞美自给自足的经济，但对农民的苦难、贵族的衰落又颇感忧虑，而且也认识到了自己的富足和农民的贫困是不公正的现象。作为一个精神探索者，列文并不沉溺于追求个人的幸福，而是致力于寻求人民的普遍幸福和社会出路。经过探索，他认为，只有通过地主和农民的农事改革，才能改善农民生活，调和阶级矛盾。

农活耽搁了一会儿,当他来到草地上的时候,农民们已经在割第二行了。

他在山上就看见下面那片已经割了一部分的茂盛草地,还有一行行割下的灰草和一堆堆衣服——那是割草人在割第一行时脱下的。

他骑马跑得越近,就越清楚地看见一长串割草的农民,他们挥动镰刀的姿势个个不同,有的穿着上装,有的只穿一件衬衫。他数了数,一共是四十二个。

他们在高低不平的低洼草地上慢慢移动,那里曾经有一个古老的堤坝。列文认出了几个熟人,其中有叶米尔老头,他穿着很长的白衬衫,弯着腰挥动镰刀;还有小伙子华西卡,他给列文赶过车,此刻正大刀阔斧地割着每一行草;还有列文的割草师傅基特,这是一个瘦小的农民。基特走在最前面,也不弯腰,仿佛在随意舞弄镰刀,却割下很宽的一行草。

基特是一个特别能干的农民。他有一种属于农民的智慧和风度。

列文下了马,把它系在路旁,走到基特跟前。基特从灌木丛里拿出一把镰刀,交给他。

"磨好了,老爷。它快得像剃刀,草一碰上就会断掉。"基特微笑着脱下帽子,把镰刀交给列文。

列文接过镰刀,试了试。割草的农民割完一行,满头大汗,高高兴兴地一个个走到大路上,来同老爷打招呼。他们都望着他,但没有一个人开口,直到一个身穿羊皮短袄、满脸皱纹、没有胡子的高个子老头向他说话,大家才说起话来。

宗法制社会中的秩序性。托尔斯泰欣赏这种秩序。

"老爷,您得留神,既然上了手,可不能掉队呀!"他说。列文听见割草农民勉强克制的笑声。

"我尽力不掉队就是了。"他说,站在基特后面,

不曾停歇的灵魂征战

等待开始。

"留点神哪!"老头儿又说。

基特让出了地位,列文就跟在他后面。草很短,靠近道路的地方特别韧。列文好久没有割草了,又受到众人的注视,因此有点紧张,他虽然拼命挥动镰刀,开头还是割得很糟。他听到背后人家在议论他。

"镰刀装得不好,柄太长了,瞧他的腰弯得太低了。"一个人说。

"握得低一些就好了。"另一个说。

"不要紧,没关系,割割就会好的,"老头儿继续说,"瞧他干起来了……你割得太宽了,这样会累坏的……东家在为自己卖力气呀!瞧他割得多不整齐!要是我们这样干,就要挨骂了。"

后面的草比较柔软。列文听着他们的话,没有搭理,跟在基特后面,竭力想割得好一些。他们前进了一百步光景。基特一停不停,一个劲儿向前割去,没有丝毫疲劳的样子;可是列文已经在担心,怕不能坚持到底,他实在累坏了。

他觉得他的力气已经使尽,就决定叫基特停下来。但就在这时候,基特自动停了下来,弯下腰抓起一把草,把镰刀擦擦干净,动手磨刀。

列文伸伸腰,叹了一口气,向四周环顾了一下。一个农民走在他后面,显然也累了,因为他没有走到列文跟前,就站在那儿磨起刀来。基特磨快自己的镰刀,又替列文磨了磨。他们继续前进。

第二次还是这样。基特连续不断地挥动镰刀,一停不停,也不觉得疲劳。列文跟在他后面,竭力不落后。他感到越来越累,觉得身上的力气一点也没

劳动的第一个阶段，突出的感觉：累！还有因为自己能够坚持下来而产生的愉悦感。

劳动还没有达到忘我阶段，还关注着劳动成果。

劳动的第二阶段：专注劳动，不甘落后。

不曾停歇的灵魂征战

有了。就在这时，基特停下来磨镰刀。

他们就这样割完了第一行。割完这一长行，列文觉得特别费力。等到割完了，基特把镰刀往肩上一搭，沿着刚才割草时留下的足迹慢吞吞地走回来，列文也就沿着他自己的足迹往回走。尽管汗水从他面颊上，从他鼻子上雨水般流下来，他的背也湿透了，像刚从水里起来一样，他还是感到很高兴。他感到特别高兴的是，现在他知道他能够坚持下去了。

使他扫兴的是，他的那一行割得很难看。"我要少动胳膊，多动身子。"他一面想，一面拿基特割得笔直的一行同自己割得弯弯曲曲、参差不齐的一行作着比较。

列文发现，基特割第一行割得特别快，而这一行又特别长，大概是有意想试试老爷的力气。以后几行就比较省力了，但列文还是得使出浑身力气，才不至于落在农民后面。

他什么也不想，也不希望什么，一心只求不落在农民后面，尽可能把活儿干好。他耳朵里只听见镰刀的飒飒声，眼睛前面只看见基特越走越远的笔直的身子、割去草的弧形草地、碰着镰刀像波浪一样慢慢倒下去的青草和野花，以及前面——这一行的尽头，到了那儿就可以休息了。

在劳动中，他忽然觉得他那热汗淋漓的肩膀上有一种凉快的感觉，他不明白是怎么一回事，是怎么产生的。他在磨刀的时候抬头望望天空。飘来一片低垂的沉重乌云，接着大颗的雨点就落下来了。有些农民走去把上衣穿起来；有些农民像列文一样，只感到清凉舒服，愉快地耸耸肩膀。

他们割了一行又一行，有的行长，有的行短，有几行草好，有几行草坏。列文完全丧失了时间观念，压根儿不知道此刻是早是晚。劳动使他起了变化，给他带来很大的快乐。在劳动中，有时他忘乎所以，只觉得轻松愉快。在这样的时刻，他割的那一行简直同基特割的一样整齐好看。但他一想到他在做什么，并且存心要割得好些，就顿时感到非常吃力，那一行也就割得很糟了。

他又割完一行，正要换行，可是基特停了下来，走到高个子老头儿跟前，低声对他说了些什么。两人都望望太阳。"他们在说些什么？为什么他不换行啊？"列文想，没有考虑到他们已经不停地割了四个多钟头，该吃早饭了。

"该吃饭了，老爷。"老头儿说。

"到时候了吗？啊，那就吃吧！"

列文把镰刀交给基特，同那些到放衣服的地方去拿面包的农民一起，穿过被雨稍稍淋湿的一大片割过的草地，向他的马走去。这时他才想到，他看错了天气，他的干草都被雨淋湿了。

"干草要糟蹋了。"他说。

"不要紧，老爷，雨天割草晴天收嘛！"老头儿说。

列文解下马，回家去喝咖啡。

柯兹尼雪夫刚刚起床。列文喝完咖啡，又去割草。这时柯兹尼雪夫还没有穿好衣服进餐室呢。

早饭以后，列文在行列中的位置变了，他的一边是个爱开玩笑、要求同他并肩割草的老头儿，另一边是那个去年秋天刚成亲、头一次出来割草的小伙子。

那老头儿挺直身子，两脚向外撇，稳健地大踏步

劳动的第三阶段：忘我劳动，陶醉在劳动的过程中。劳动不再是理性的计算，劳动成了本能。

向前走去,同时像走路时随便摆动两臂那样,轻松地把草割下来,堆成整齐的高高的草垛。仿佛不是他,而是锋利的镰刀自动割下多汁的青草。

小伙子米施卡走在列文后面。他那青春焕发的可爱脸庞因为使劲而牵动着,他的头发用新鲜的草扎住。不论谁向他瞧瞧,他总是露出微笑。看样子,他是死也不肯承认,干这活是很累的。

列文夹在他们两人中间。他觉得大热天割草并不太费力。浑身出汗使他感到凉快,而那烧灼着他的脊背、头部和肘部以下裸露的双臂的太阳,却给他增添了劳动的毅力和干劲。他越来越频繁地处在那种忘我的陶醉状态。镰刀自动地割着草。这真是幸福的时刻。更愉快的是,当他们走到行列尽头的河边时,老头儿用湿草擦擦镰刀,把刀口浸到清清的河水里洗濯,又用装磨刀石的盒子舀了一点水,请列文喝。

"喂,尝尝我的克瓦斯! 怎么样? 味道好吗?"他眨眨眼睛说。

列文确实从没喝过这种带有绿萍和铁皮磨刀石盒锈味的温水。喝过水以后,他一只手撑着镰刀,心旷神怡地慢慢踱着步。这当儿,可以拭去流下来的汗水,深深吸一口气,望望排成一长行的割草人以及树林里和田野上的景色。

列文割得越久,越频繁地处在忘我的陶醉状态中,仿佛不是他的双手在挥动镰刀,而是镰刀本身充满生命和思想,自己在运动,而且仿佛着了魔似的,根本不用思索,就有条不紊地割下去了。<u>这实在是最幸福的时刻呀</u>。

不曾停歇的灵魂征战

简直就是托尔斯泰本人的写照,他认为体力劳动能够净化人的心灵。

只有当他遇到土墩或者难割的酸模,需要考虑该怎么割时,他才会停止这种无意识的动作,感到劳动是费力的。老头儿干这活儿一直很轻松。遇到土墩,他就改变姿势,时而用刀刃,时而用刀尖,小幅度地从两边割去土墩周围的草。他一面割,一面总是留神观察前面的景象。他一会儿割下一段酢浆,自己当场吃掉或者给列文吃;一会儿用刀尖割下一段树枝;一会儿看看鹌鹑的巢,母鸟怎样从刀尖下飞走;一会儿又在路上捉到一条蛇,用镰刀像叉子一样把它挑起来,给列文看看,又把它扔掉。

列文也好,他背后那个小伙子也好,要这样改变劳动姿势都很困难。他们两人不断重复着一种紧张的动作,沉浸在劳动的狂热中,没有本领改变这动作和观察前面的景象。

列文没有注意时间在怎样过去。要是有人问他割了多久,他会说才半小时,其实已是吃午饭的时候了。当他们割完一行转过身来时,老头儿叫列文看看那些从四面八方走来的男女孩子。他们的小手拿着一袋袋沉甸甸的面包和用破布塞着的一罐罐克瓦斯,穿过几乎遮没他们身子的高高的草丛和道路,向割草的农民走来。

"你瞧,那些小虫子爬来了!"他指指孩子们说,接着手搭凉棚望望太阳。

他们又割了两行,老头儿站住了。

"哦,老爷,该吃饭了!"他断然说。割草的农民走到河边,穿过刚割过的一行行草地,向堆放衣服的地方走去。送饭来的孩子正坐在那边等他们。农民们聚集起来:远的聚在大车旁边,近的聚在铺着青草的柳树底下。

列文坐在他们旁边,他不想走开。

农民们在老爷面前早已一点也不觉得拘束了。他们在准备吃饭。老头儿们在洗脸,小伙子们在河里洗澡,也有人在安排休息的地方。他们解开面包袋,打开装克瓦斯的罐子。那老头儿把面包掰碎,放在碗里,用匙柄揉压,从磨刀石盒里倒些水,再捏些面包进去,又撒了些盐,接着就向东方祷告。

"哦,老爷,您尝尝我的泡面包吧。"他跪在碗前面说。

<u>这泡面包味道实在好,列文吃得不想回家去吃饭了。</u>他同老头儿一起吃饭,跟他闲话家常,并且把自己的事和老头儿可能感兴趣的情况全告诉了他。他觉得他对待这老头儿比对待哥哥还亲。想到他竟会有这样的感情,他不禁亲切地笑了。老头儿又站起来,做了祷告,然后拿一把草当枕头,在矮树旁躺下。列文也照他的样做了。尽管太阳底下有纠缠不清的苍蝇和爬得他汗湿的面孔和身体发痒的虫子,但他很快就睡着了。直到太阳移到矮树的另一边,照在他身上的时候,他才醒过来。老头儿早已起来,坐在那里给小伙子们磨镰刀。

列文向四下里看了一下,简直不认得这地方了。一切都变了样。有一大片草地割过了,它在夕阳的斜照下,连同一行行割下的芬芳的青草,闪出一种异样的光辉。那河边被割过的灌木,那原来看不清的泛出钢铁般光芒的弯弯曲曲的河流,那些站起来走动的农民,那片割到一半的草地上用青草堆起来的障壁,那些在割过的草地上空盘旋的苍鹰——一切

不是面包美味,而是体力劳动时人胃口大开,使人体会到种种不同的幸福,既有痛快淋漓地出汗的幸福,也有大口吞咽面包的幸福。

不曾停歇的灵魂征战

18

都显得与原来不同了。列文清醒过来,估量着已经割了多少,今天还能割多少。

四十二个人割草的成绩很不错。这块大草地,在农奴制时代三十个人要割两天,如今已全部割好了。只剩下几个短行的边角还没有割。列文希望这一天割得越多越好,因此看到太阳很快就要落山,有点懊丧。他一点也不觉得疲劳,一心只想尽可能多干些,干得快些。

"我们把马施金高地也割了,你说怎么样?"他问老头儿。

"看上帝的意思吧。太阳已经不高了。您给小伙子们喝点伏特加好不好?"

午饭以后,大伙儿又坐下来,吸烟的人吸起烟来,这时候老头儿向大家宣布:"割完马施金高地,请大伙儿喝伏特加。"

"嘿,行啊!走吧,基特!我们加把劲!晚上来喝个痛快吧。走吧!"

大家异口同声地说。他们不等吃完面包,就又干了起来。

"喂,弟兄们,打起精神来!"基特说着,一马当先,像跑步一般走去。

"走吧,走吧!"老头儿说着,跟在他后面,一下子就赶上了他。"当心哪!我可要赶过你了!"

小伙子和老头儿都争先恐后地割着草。他们割得很快,却没有把草糟蹋,一行行照样割得整整齐齐。剩下的一个角落只花五分钟就割完了。最后几个人割完他们剩下的几行,前面几个已拿起上衣往肩上一搭,穿过大路向马施金高地走去。

当他们带着叮当作响的磨刀石盒,走进马施金高地树木茂盛的谷地时,太阳已经快落到树梢后面了。谷地中央的草长得齐腰高,草茎很软,草叶很阔,树林里处处都是三色堇。

大家简短地商量了一下,究竟直割好还是横割好,然后叶尔米林一马当先,向前走去。他个儿高大,皮肤黧黑,也是个出名的割草能手。他走在行列前头,回过头来,开始割草。大家跟在他后面,沿着谷地走下山坡,又来到山坡上树林的边缘。太阳落到树林后面去了。已经有露水了,割草的农民只有在小山上才照得到太阳,但在有雾霭升起的低地和小山的另一边,他们就在阴凉的露珠滚滚的地方割草。<u>活儿干得热火朝天。</u>

割草时,野草飒飒作响,散发出芬芳的香味,高高地堆成一行又一行。割草的农民从四面八方聚集到短短的一行行草地上,把磨刀石盒震得铿锵作响,一会儿是镰刀的碰击声,一会儿是磨刀声,一会儿又是欢乐的喧闹声,大家都你追我赶地割着。

列文仍旧夹在小伙子和老头儿中间。老头儿穿上羊皮袄,还是兴致勃勃,说着笑话,动作很麻利。树林里,杂生在青草丛中的肥大的桦树菌,不时被镰刀割断。老头儿一遇到蘑菇,就弯下腰,捡起来放在怀里。"再给老太婆送个礼。"他每次总是这样说。

尽管刈割湿润而柔软的草并不费劲,但是沿着谷地的斜坡爬上爬下却很吃力。可是老头儿满不在乎。他仍旧那样挥动镰刀,他那穿着一双大树皮鞋的脚,稳稳当当地迈着小步,慢吞吞地爬上斜坡。虽然由于使劲,他整个身子和拖到衬衫下面的短裤都

群体内的亲和力深深植根于俄罗斯文化中,当时俄罗斯的主要思想流派中,无论是共产主义、无政府主义还是"托尔斯泰主义",都从大众利益出发,认为"互助"是人的天性,是建构美好社会的基石。

在不断晃动，但他并不放过一根小草，一个蘑菇，而且仍旧跟农民和列文说着笑话。列文跟在他后面，常常觉得拿着镰刀爬那种空手都很难爬的陡坡准会摔跤，但他还是爬了上去，做了应该做的事。他觉得仿佛有一种外力在推动着他。

（节选自《安娜·卡列尼娜》，草婴译，现代出版社）

3. 少女娜塔莎

少女时期的娜塔莎是美好生命和幸福的天使化身，是带点诗意又可爱的淘气鬼，她柔软又富于变化的声音，精灵多变的活泼性格，天生优雅的举止，形成了这样一个"迷人的精灵"形象。

娜塔莎的快乐和纯真犹如一道火光照亮了安德烈的内心，青春的快乐不需要理由。不由得让人想起了卞之琳的《断章》：你站在桥上看风景，看风景的人在楼上看你。明月装饰了你的窗子，你装饰了别人的梦。

但是你能想到吗？婚后的娜塔莎完全变了，她的快乐全部来自她的丈夫和家庭，她似乎丢失了自我。但这是作家眼中理想的女性，婚后就该做个贤妻良母。托尔斯泰的妻子索菲娅就是如此。

安德烈公爵为梁赞庄园托管事要去见县首席贵族。现任县首席贵族是罗斯托夫伯爵。5月中旬，安德烈公爵去访问他。

已是暮春时节。树林已披上绿装；路上尘土飞扬，天气很热，经过水塘时真想下去洗个澡。

安德烈公爵闷闷不乐，一心考虑着他该向首席贵族问些什么。这时，马车驶进奥特拉德诺罗斯托夫伯爵家花园的林荫路。他听见右边树丛里有姑娘们快乐的叫声，接着看见一群姑娘从他的马车前面跑过。跑在最前面的是一个黑头发黑眼睛的姑娘。她长得很苗条，苗条得出奇，身穿一件黄色印花布连衣裙，头上扎着一块白头巾，头巾下露出一绺绺梳理

不曾停歇的灵魂征战

22

过的头发。这姑娘向马车跑来，嘴里叫着什么，但一认出是个陌生人，就眼睛也不抬，笑着跑回去了。

安德烈公爵不知怎的突然感到不痛快。天气那么美好，阳光那么灿烂，周围一片欢乐，可是这个苗条好看的姑娘却不知道，也不愿知道有他这样一个人存在，而只满足于自己愚蠢又快乐的生活。"她为什么那样快乐？她在想些什么？她不会想到军事条令，也不会考虑到梁赞代役制问题。那么她在想些什么呢？她为什么这样快乐？"安德烈公爵不禁好奇地问着自己。

1809 年，罗斯托夫伯爵在奥特拉德诺庄园里过着同以前一样的生活，也就是说，用狩猎、看戏、宴会和音乐来款待全省的贵族。他欢迎安德烈公爵，就像欢迎一切新来的客人那样，并且硬要留他过夜。

罗斯托夫伯爵家里因命名日将临而住满了客人。老一辈男女主人和一批贵宾殷勤地招待安德烈公爵。在这无聊的日子，安德烈几次窥察小辈中莫名其妙地欢笑的娜塔莎，不断问自己："她在想些什么？她为什么这样快乐？"

晚上，安德烈公爵只身留在陌生地方，久久不能入睡。他看书，然后熄掉蜡烛，接着又把它点着。屋子里关上百叶窗，很热。他埋怨那个傻老头（他这样称罗斯托夫伯爵），因为他借口必要的文件还没有从城里送来，硬留他过夜。他也怨自己留了下来。

安德烈公爵爬起来，走到窗前开窗。他一打开百叶窗，月光仿佛早就守候在窗外，一下子倾泻进来。夜清凉、宁静而明亮。窗外是一排梢头剪过的树，一侧黑魆魆，另一侧则银光闪闪。树下长着潮

欲扬先抑的写法。安德烈年龄比娜塔莎大十多岁，经历过战场上面对死亡时的感悟，已经认为什么都不重要了。

23

湿、多汁而茂密的灌木,有些枝叶是银色的。在黑乎乎的树木后面有一个露珠闪亮的屋顶,右边是一棵枝叶扶疏、树干发白的大树,树的上方,在清澈无星的春天的天空中挂着一轮近乎满月的月亮。安德烈公爵双臂支着窗台,眼睛凝望着天空。

安德烈公爵的房间在当中一层。楼上房间里也住着人,房里的人也没有睡觉。他听见楼上有女人的说话声。

"再唱一次吧!"楼上传来一个女人的声音,安德烈公爵立刻听出是谁的声音。

"那你到底什么时候睡啊?"另一个声音说。

"我不要睡,我睡不着,叫我有什么办法!那么,最后一次……"

两个女声唱了一段歌曲的结尾。

"哦,多美啊!好,现在该睡觉了,结束了。"

"你睡吧,我可睡不着!"第一个女人的声音在窗口回答。她的身子显然已从窗口探出来,因为听得见她衣服的窸窣声,连她的呼吸声都能听见。万籁俱寂,一切都凝然不动,就像月亮、月光和阴影那样。安德烈公爵一动不动,唯恐让人发觉他无意中听到她们的谈话和歌唱。

"宋尼雅!宋尼雅!"又听见第一个女人的声音,"哦,怎么能睡觉呢!你瞧,多美啊!真是太美啦!你醒醒吧,宋尼雅!"她似乎是含着泪说的。"这样美好的夜晚还从来没有过,从来没有过。"

宋尼雅勉强回答了一声。

"啊,你瞧瞧,多好的月亮!……哦,多美啊!你过来。好姐姐,你过来。喂,你看见了吗?就这样蹲

不曾停歇的灵魂征战

下来,抱住你的膝盖,使劲抱住,紧紧地抱住,这样,你就会飞上天去了。就是这样!"

"小心别跌出去!"

安德烈公爵听见两人的挣扎声和宋尼雅不高兴的声音:

"已经过一点了。"

"哼,你在这里只会碍我的事。好,你走吧,走吧。"

一切又归于沉寂,但安德烈公爵知道她还坐在那里。他时而听见她轻微活动的声音,时而听见叹息声。

"啊,我的天!我的天!这是怎么回事!"她忽然惊叫道。"睡就睡吧!"她说着关上了窗户。

"她根本不在意有我这样一个人!"安德烈公爵倾听她说话时想,不知怎的又希望她提到他,又怕她提到他。"又是她!她像天公故意这样安排!"安德烈公爵想。他的心灵里突然涌起一股同他整个生活不相称的杂乱的青春的思想和希望,他觉得自己的心情说不清,很快就入睡了。

(节选自《战争与和平》,草婴译,现代出版社)

看月亮,渴望飞,是少女的梦想,但也隐含了精神的追求,有一种脱离尘俗的洁净,也许就是这一点吸引了曾陶醉于天空的高邈的安德烈公爵吧。

正是在这样一个花季烂漫,憧憬着美好爱情,想要恋爱的时候,安德烈不早不晚地出现在了娜塔莎的生活中,爱情仿佛从天而降。

4. 婚后的娜塔莎

在托尔斯泰看来，婚姻应该以爱情为基础，妻子应全身心投入家庭生活，养儿育女，做一个贤妻良母，这是妇女的天职。

从中我们可以看出作者的矛盾之处。一方面从后文可以看出当时的托尔斯泰认为婚后的妇女就该属于家庭，而不是属于自己；另一方面，他的直觉又告诉他，如果婚后的妇女还拥有自我，"她就显得格外富有魅力"。这一点不断地发展，就有了后来的《安娜·卡列尼娜》中的安娜。

不曾停歇的灵魂征战

娜塔莎在 1813 年早春结婚，到 1820 年已有三个女儿和一个儿子。这个儿子她想望已久，现在由她亲自喂奶。她发胖了，身子变粗了，从现在这位强壮的母亲身上，很难认出当年那个活泼苗条的娜塔莎。她的面孔定型了，神情娴静、温柔而开朗，她的脸上已没有青春的魅力。现在只能看到她的相貌和体态，完全看不出她的内心活动。她只是一位强壮、美丽和多子女的母亲，难得看到她原来热情的火焰。现在，只有当丈夫回家，孩子病愈，或者跟玛丽亚伯爵夫人一起回忆安德烈公爵（她在丈夫面前从不提安德烈公爵，认为他会吃醋），或者偶尔兴致突发唱起歌来（她婚后已不再唱歌），只有在这些时候，她才会重新燃起热情。而当原有的热情偶尔在她美丽丰满的身体里重新燃烧时，她就显得格外富有魅力。

娜塔莎婚后同丈夫一起在莫斯科、彼得堡、莫斯科郊外的村庄和娘家，也就是尼古拉家里住过。年轻的皮埃尔伯爵夫人难得在交际场中露面，见到她的人对她也没有好感。她一点也不亲切可爱。并不是娜塔莎喜欢孤独（她自己也不知道是不是喜欢孤独，多半是不喜欢）。她是因为接二连三地怀孕，生育，喂奶，时刻参与丈夫的生活，无暇参加社交活动。凡是在娜塔莎婚前就认识她的人，看到她这种变化，无不像看到什么新鲜事那样感到惊讶。只有老伯爵夫人凭着母性的本能懂得，娜塔莎的热情都出于她需要家庭，需要丈夫。就像她曾在奥特拉德诺耶一本正经地说过的那样。做母亲的看到人家不了解娜塔莎，感到惊奇，她总是说娜塔莎是个贤妻良母。

"她爱丈夫、爱孩子爱到极点，"伯爵夫人说，"简直有点傻。"

聪明人，特别是法国人，都宣扬：一个姑娘婚后不应该不修边幅，疏于打扮，而应该更加注意自己的仪表，使丈夫更为她着迷。但娜塔莎却没有遵守这条金科玉律。她正好相反，立刻收起自己所有的魅力，而唱歌则是她最迷人的活动。她不再唱歌，就因为唱歌最能使人入迷。她确实变得落拓不羁，既不注意自己的言谈举止，也不向丈夫献媚，更不讲究梳妆打扮，毫不顾忌地向丈夫提出种种要求，什么事都满不在乎。她的行为都违反那条金科玉律。她一开始就将自己整个身心毫无保留地奉献给丈夫。因为她认为以前向丈夫施展魅力是出于本能，现在再这样做只会显得可笑。她觉得她同丈夫的联系，现在靠的不是以前那种充满诗意的感情，而是另一种模糊而牢固的东西，就像自己的心灵同肉体的结合那样。

她认为，梳上蓬松的卷发，穿上时髦的连衣裙，唱唱抒情歌曲来讨丈夫的欢心，这就像自得其乐地梳妆打扮一样可笑。现在，为讨人喜欢而梳妆打扮，她也许会觉得有趣，但她实在没有工夫。她不唱歌，不打扮，说话不注意措辞，主要是因为她顾不上这些。

这里有托尔斯泰与西欧文学不同之处：西欧文学注重情欲，重视个体的特性；而托尔斯泰注重道德，重视整体的和谐。他的思想有东方文明的某些特质。

有论者认为，娜塔莎作为男权社会中甘愿牺牲奉献的女性形象是受到男权社会称赞的。这也说明男权文化对她的影响至深，同时娜塔莎也是自觉接受以男人为中心的观念的，在与男性交往中表现出过于顺从和依赖的性格。

当然，人能把全部精力贯注于一件事，不管这件事是多么微不足道。而一旦全神贯注，不论什么微不足道的事就会变得极其重要。

　　娜塔莎全神贯注的就是家庭，也就是丈夫。她要使他完全属于她，属于家庭。另外，她还要生育、喂养和教育孩子。

　　她投身于她所从事的活动，不仅用全部智慧，而且用整个心灵，她陷得愈深，那件事就显得愈大，她就愈感到力不从心。因此，即使她全力以赴，还是来不及做完她应该做的事。

　　妇女权利、夫妻关系、夫妻的自由和权利，当时虽然没有被当作问题，但亦像现在一样存在。不过，娜塔莎对这些问题不仅不感兴趣，而且根本不能理解。

　　这些问题在当时也同现在一样，只对那些把夫妇关系纯粹看成某种满足的人才存在。他们只看到婚姻的开端，而没有看到家庭的全部含义。

　　这些议论和现在存在的一些问题就像怎样从吃饭中获得最大满足一样，但对那些认为吃饭的目的是取得营养，结婚的目的是建立家庭的人来说，这种问题是不存在的。

　　如果吃饭的目的在于使身体得到营养，那么两顿饭一起吃的人也许会感到很大的满足，然而不能达到吃饭的目的，因为胃容纳不了两顿饭。

　　如果婚姻的目的是建立家庭，那么，希望娶许多妻子或嫁许多丈夫的人也许能得到许多满足，但绝不能建立家庭。

　　如果吃饭的目的在于得到营养，结婚的目的在

不曾停歇的灵魂征战

于建立家庭，那么，要达到目的，进食就不能超过胃的容量，一个家庭里的夫妻也不能超过需要，就是说只能是一夫一妻。娜塔莎需要一个丈夫，她有了一个丈夫，丈夫给了她一个家庭。另外再找一个丈夫，她不仅认为没有必要，而且由于她全心全意为丈夫和家庭操劳，她不能想象另一种情况，对此也毫无兴趣。

娜塔莎不爱交际，但她很重视亲戚关系，珍惜同玛丽亚伯爵夫人、哥哥、母亲和宋尼雅的关系。她会穿着睡袍、披头散发，喜气洋洋地从育儿室大步跑出来，把不再沾着绿色屎斑而是沾着黄色屎斑的尿布给他们看，听他们安慰地说孩子身体好多了。

娜塔莎不修边幅，她的衣着、她的发型、她那不合时宜的谈吐、她的嫉妒心（她嫉妒宋尼雅，嫉妒家庭女教师，嫉妒任何女人，不管她是美是丑）常常成为她周围人们的笑柄。大家都认为皮埃尔被老婆管得服服帖帖，事实也真是这样。娜塔莎一结婚就提出她的要求。她认为他生活中的每一分钟都应该属于她和家庭。娜塔莎的这一崭新观点使皮埃尔大吃一惊。皮埃尔对妻子的要求虽然感到惊讶，但又沾沾自喜，完全听从她的话。

<u>皮埃尔对妻子俯首帖耳，表现在他不仅不敢向别的女人献殷勤，而且不敢露出笑容同别的女人谈话，不敢去俱乐部吃饭作为消遣，不敢随便花钱，不敢长期出门，除非去办正经事。</u>妻子把学术活动算作正经事，尽管她对此一窍不通，却很重视。作为交换条件，皮埃尔在家里有权处理自己的事，也可以随自己的意思安排全家的事。娜塔莎在家里甘当丈夫

套牢丈夫，当代的中国读者，读到此处，会心一笑。但这种"幸福"，还有待时间的考验。托尔斯泰晚年，不满于与自己精神追求不同的妻子经常偷看他的日记，搜查他的房间，在八十岁高龄出走。他的妻子极爱他，得知后投水自杀，被人救起。

的奴隶。皮埃尔工作时,也就是当他在书房里读书写作时,全家人都踮着脚尖走路。只要皮埃尔表示喜欢什么,他的愿望总能得到满足。只要他一提出什么希望,娜塔莎就立刻跑去加以实现。

全家都遵照实际上并不存在的皮埃尔的吩咐,也就是遵照娜塔莎竭力猜测的丈夫的愿望行事。全家的生活方式、居住地点、社交活动、娜塔莎的工作、孩子的教育,无不遵照皮埃尔的心意,而且娜塔莎还竭力从皮埃尔的言谈中揣测他的意思。她总能相当准确地猜出皮埃尔的真实心意,一旦猜透,她就坚决去办。如果皮埃尔改变主意,娜塔莎就以他原来的想法反驳他。

他们生活中一度遇到过的困难,皮埃尔永远不会忘记。当时,娜塔莎生下第一个瘦弱的孩子后,先后换了三个奶妈。娜塔莎急坏了。有一天,皮埃尔把他信奉的卢梭思想讲给她听,说请奶妈喂奶违反自然规律,而且对母子都有害。于是娜塔莎在生第二个孩子后,不顾母亲、医生和丈夫的反对,违反当时的风俗习惯,坚持自己喂奶,而且从此以后所有的孩子都由她亲自喂奶。

常常有这样的事:两口子在气头上争吵起来,但在争吵一阵后,皮埃尔常常又惊又喜地发现,不仅是妻子的言谈,而且是她的行动,都反映出他原来的想法。他不仅发现他原来的想法,而且她已避而不提他在争吵中说过的偏激话。

过了七年夫妇生活后,皮埃尔高兴地深信自己不是一个坏人,他之所以有这种想法,是因为他从妻子身上看到了自己。他觉得自己内心有善有恶,两

皮埃尔身上也有作者的身影,《战争与和平》是托尔斯泰夫妇最幸福的时候的作品。托尔斯泰当时已经不写个人日记了,《战争与和平》这部巨著,他的妻子索菲娅替他誊抄了七遍。

不曾停歇的灵魂征战

者互相遮掩。但在妻子身上只反映出他身上真正善的一面，而那些不完善的东西都被抛弃了。这种情况不是通过逻辑思维而是神秘地直接反映出来的。

（节选自《战争与和平》，草婴译，现代出版社）

■ 5. 皮埃尔与普拉东相遇

　　一个普通农民以他的顺从命运的生活方式,让处在人生信仰危机中的皮埃尔找到了世界的秩序感。在目睹了人类的残杀之后,皮埃尔对世界对人类充满了怀疑,善良在恶面前似乎崩塌了。但普拉东,这个永远随遇而安的善良人,把这个破碎的世界黏合好了。作品突出表现了普拉东作为居于逆境的普通人的应有境界:随遇而安、泰然自得、无思无识、浑浑噩噩,却具有一种圆融无碍的东方智慧。

　　(皮埃尔被俘后,看见了士兵被迫进行的可怕的屠杀,觉得世界崩溃了。)

　　……

　　皮埃尔一动不动地坐在墙边的干草上,默不作声,眼睛一会儿睁开,一会儿闭上。他一闭上眼睛,面前就出现工人那张可怕的脸,由于朴实而显得格外可怕的脸,以及那些被迫行刑的刽子手因良心不安而显得更加可怕的脸。于是他又睁开眼睛,在黑暗中茫然望着四周。

　　皮埃尔旁边坐着一个弯着腰的矮小的人。皮埃尔最初发现他,是因为他一动身上就发出一股强烈的汗臭。这人在黑暗中摆弄他的脚,皮埃尔虽然看不见他的脸,却觉得这人一直在打量他。皮埃尔在黑暗中习惯了这一点，发现这人正在脱靴子。皮埃尔对他脱靴子的姿势很感兴趣。

他解开一只脚上的带子，把它整整齐齐地卷好，立刻又解另一只，同时端详着皮埃尔。他一只手把带子挂起来，另一只手已在解另一只脚上的带子。他就这样有条有理、麻利地脱下靴子，把靴子挂在头上的橛子上，拿出一把小刀，割掉些什么，又把小刀合拢放到枕头底下，然后身子坐得舒服一点，双手抱住膝盖，眼睛直盯着皮埃尔。从他熟练的动作上，从他在角落里有条不紊的安排上，甚至从他身上的气味上，皮埃尔体会到一种愉快、宽慰和从容的感受，不由得目不转睛地望着他。

"您吃过不少苦吧，老爷?"矮小的人突然问。他那悦耳的声音是如此亲切诚挚，皮埃尔想回答，可是下巴发抖，眼泪夺眶而出。矮小的人不让皮埃尔发窘，又用他动听的声音说起来。

这种声音仿佛代表了纯粹人类的声音，亲切、温暖、体贴。

"喂，好兄弟，别难过。"他用俄国乡下老太婆的口气说，声音温柔、亲切而好听。"别难过，朋友，受苦一时，活命一世! 就是这样，老弟! 住在这里，感谢上帝，不用受气。这里的人也有好有坏。"他说。他一面说，一面灵活地一屈膝站起来，咳嗽着走开了。

"哼，小调皮来了!"皮埃尔听见那人亲切的声音从棚子尽头传来，"小调皮来了，它还记得我! 哦，好啦，好啦!"那兵推开向他扑来的小狗，回到自己位置上坐下。他手里拿着一个破布包。

在停房营中，也有生活的快乐!

"来，吃吧，老爷!"他又恢复原先恭敬的语气说，打开包，递给皮埃尔几个烤土豆，"中饭吃过稀粥了。

真是随遇而安，知足常乐!

这土豆可好吃了!"

皮埃尔一整天没吃过东西,觉得土豆特别香。他谢过那兵,吃起来。

"怎么样? 不错吧?"士兵拿起一个土豆笑着说,"你得这么办。"他又拿出折刀,在手掌上把土豆切成两半,从布里捏点盐撒上,递给皮埃尔。

"烤土豆可好吃了!"他又说,"你就这么吃吧。"

皮埃尔觉得,他从没吃过这么好吃的东西。

"唉,我倒无所谓,"皮埃尔说,"可是他们凭什么枪毙这些可怜的人! 最后一个才二十岁呢。"

"嘘嘘……嘘嘘……"矮小的人说。"罪过啊,罪过啊……"他连忙补上一句,仿佛这话总是挂在嘴边,随时会脱口而出,接着又说,"这是怎么搞的? 老爷,您怎么留在莫斯科不走?"

"我没想到他们会来得那么快。我不是存心留下来的。"皮埃尔说。

"那他们是怎么把你抓住的? 好兄弟,是在你家里抓的吗?"

"不,我去看火烧,他们就把我抓起来了,说我是纵火犯。"

"哪里有法庭,哪里就有伤天害理的事。"矮小的人插嘴说。

"你在这里待了很久啦?"皮埃尔一边问,一边嚼着最后一个土豆。

"我吗? 我是上星期在莫斯科一家医院给他们抓来的。"

"你是干什么的? 是当兵的吗?"

"我们是阿普雪隆团的兵。发高烧,烧得半死。

最简单的食物,居然成了贵族从没吃过的美味! 是因为饥饿,也是因为绝望后体味到的来自人间的温暖。

因为人类的残暴带给这个善良人的精神困惑并没有消失。

不曾停歇的灵魂征战

34

我们什么消息也没听到。我们二十来个人都病倒了。真是没想到。"

"怎么样？在这儿闷得慌吗？"皮埃尔问。

"怎么不闷？好兄弟。我叫普拉东，姓卡拉塔耶夫。"他补充说，显然要使皮埃尔容易称呼他。"在部队里大家都叫我'小鹰'。怎么不闷？好兄弟！莫斯科是众城之母。瞧这光景，心里怎么不闷？老人们说得好：虫子转进圆白菜，先把自己害。"他急急地添加说。

"什么？你说什么？"皮埃尔问。

"我吗？"普拉东问。"我说，人有千算，逃不了上帝裁判。"他说，仿佛在重复说过的话。他立刻又说下去："您过得怎么样？老爷，领地有吗？房子有吗？这么说来，您挺富有！内当家的有吗？老人都在吗？"黑暗中，皮埃尔虽看不见，但感觉到那兵在问这些时，抿着嘴忍住亲切的微笑。他听说皮埃尔没有老人，特别是没有母亲，很为他难过。

"有老婆好商量，有丈母娘好照顾，但都不及老娘亲！"他说。

"那么，有没有孩子？"他继续问。皮埃尔的否定回答显然又使他难过，他连忙添加说："<u>不要紧，你们还年轻，上帝会赐给你们的。只要夫妇和睦……</u>"

"现在都无所谓了。"皮埃尔情不自禁地说。

"不，你这个好人哪！"普拉东表示不同意。"讨饭也罢，坐牢也罢，永远别嫌弃。"他坐得舒服些，清清嗓子，显然要作长篇大论。"听我说，亲爱的朋友，当我在家的时候，"他开始说，"我们老爷的领地很富，土地很多，庄稼人日子过得挺好，也有自己的房

最世俗的关切，也是最纯朴的感情，这是处在虚伪做作的上层社会中的皮埃尔平时难以感受到的。

安然接受命运的安排,绝不怨天尤人。令人想到东方文化中的"吃亏是福""福祸相倚"。

子,感谢上帝。我们一家七口,我爹亲自下地干活。日子过得挺不错。我们是规规矩矩的正教徒。没想到出了事……"于是普拉东详细讲了他的遭遇:有一天他到人家树林里砍柴,被看林人捉住,挨了一顿毒打,受到审判,然后被送去当兵。"嗨,好兄弟,"他含笑说,声音有点异样,"没想到因祸得福!我要是不犯罪,我弟就得去当兵。我弟弟有五个孩子,可我呢,只有一个老婆。有过一个丫头,可是在我当兵前就被上帝召回去了。不瞒你说,我请假回去过一次。到家一看,日子过得比原先还好。满院子都是牲口,娘儿们在家,两个弟弟出去挣钱了。只有小弟弟米哈伊洛在家。我爹说:'孩子都一样,十指连心,咬哪个指头都一样痛。要不是普拉东那次被抓去当兵,米哈伊洛就得去。'不瞒你说,我爹把我们都叫去,要我们站在圣像前,他说:'米哈伊洛,过来,跪在他脚前,还有你,米哈伊洛的媳妇,也跪下,儿孙们也都跪下。你们明白吗?'他说:'就是这样,我的孩子。'人拗不过命。可是我们老是发牢骚:这个不行,那个不好。老弟,幸福好比网里水,拉上来却啥也没有。就是这么一回事。"普拉东在干草上换了个座位。

沉默了一会儿,普拉东站起来。

"我看,你困了吧?"他说着迅速画起十字,念着祷词,"主哇,耶稣基督,圣尼古拉,圣福罗拉和圣拉夫勒,主耶稣基督,圣尼古拉,圣福罗拉和圣拉夫勒,主耶稣基督,饶恕我们,拯救我们吧!"他结束后在地上叩头,然后站起来,叹了一口气,坐到原来的干草上。"就是这么一回事。主哇,但愿我睡得像石头一样沉,起来像面包一样轻。"他说着躺下来,把外套拉

不曾停歇的灵魂征战

到身上。

"你这念的是什么祷词啊?"皮埃尔问。

"什么?"普拉东问,他刚要睡着,"念什么? 祷告上帝。难道你不祷告吗?"

"不,我也祷告,"皮埃尔说,"但你说的圣福罗拉和圣拉夫勒是什么意思?"

"那有什么?"普拉东迅速地回答,"他们是马神。<u>畜生也要爱惜。</u>""瞧这贱货,缩成一团。它这样倒暖和,狗崽子。"他说着,摸摸脚边的狗,翻了个身就睡着了。

普拉东拥有对整个世界的温情,哪怕是对并不属于自己的畜生。

远处传来哭声和叫声,从棚子缝看得见火光,但棚子里一片寂静和黑暗。皮埃尔好半天睡不着,他睁着眼睛躺在黑暗中,听着身边普拉东均匀的鼾声,觉得原来被破坏的世界又面目一新,重新牢固地出现在他心中。

13

皮埃尔在棚子里蹲了四个星期。棚子里关着二十三名被俘的士兵、三名军官和两名文官。

后来,这些人在皮埃尔的记忆中都模糊了,唯有普拉东从此给他留下可贵的深刻印象,并且成了善良的圆圆的俄罗斯人的典型。进棚第二天早晨,皮埃尔看见这位邻人,最初留下的圆的印象完全得到了证实:普拉东身穿用绳子束腰的法军大衣,头戴军帽,脚穿树皮鞋,<u>整个形象是圆的,头是滚圆的,背、胸、肩都是圆的,就连他那双随时准备拥抱什么的双手都是圆的,他那愉快的笑脸是圆的,还有他那双温</u>

"圆"有圆融的象征意义,意味着一个自足的农民世界。

和的栗色大眼睛也是圆的。

从普拉东讲到他当兵的经历来看,他该有五十出头了。他自己不知道也说不准他有几岁,但他爱笑,笑时露出一排完整的洁白坚实的牙齿,他的头发和胡子没有一根白,他的整个身体富有弹性,特别结实耐劳。

他的脸虽有细小的皱纹,但神情天真无邪。他的声音悦耳动听。他说话的特点是直率和自然。他显然从不考虑他说过什么和将要说什么,正因为如此,他那迅速而诚恳的语调具有一种不容反驳的说服力。

被俘初期,他体力过人,动作麻利,似乎根本不知道什么叫疲劳和病痛。每天早晨和晚上,他总是躺在那儿说:"主哇,但愿我睡得像石头一样沉,起来像面包一样轻。"早晨起来总是耸耸肩膀说:"躺下,缩成一团;起来,精神抖擞。"真的,他一躺下,就睡得像石头一样沉;他一起来,就精神抖擞,一秒钟也不耽误,立刻动手干活,就像孩子一起身就摆弄玩具那样。他什么事都会做,做得不好也不坏。也烤面包、烧菜、缝衣服、刨木头、补靴子,总是忙个不停,只有晚上才跟人说话(他喜欢说话),唱歌。他唱歌不像歌手,歌手知道人家在听才唱歌,他唱歌好像鸟儿,觉得需要发出这些声音,就像人需要伸懒腰和散步一样。他唱歌声音总是像女人一样尖细婉转,感伤动人,神情总是很严肃。

当了俘虏后,他留长胡子,抛弃了强加在他身上的当兵的规矩,恢复了原先农民的、老百姓的生活习惯。

劳动使普拉东扎实地生活在这大地上。

不曾停歇的灵魂征战

38

"士兵一休假,衬衫露下摆。"(农民习惯把衬衫下摆露在外面,当兵就得塞在裤子里)他常常说,他不愿谈当兵的生活,也不诉苦,但常说当兵期间他没有挨过一次打。他主要讲他所宝贵的当"基督徒"(他总是把"基督徒"和"农民"相混淆)的往事。他的话里充满了俗语,但不是士兵下流粗俗的俗语,而是民间格言。这种格言本身没有多大意义,但用得恰当却意味深长。

他说话常常前后矛盾,但说起来总是振振有词,煞有介事。他爱说话,也善于说话,说话时常使用格言谚语。皮埃尔认为这些格言谚语都是他杜撰的,而他说话的魅力主要在于,那些皮埃尔看见但不加注意的小事,经他一说,就变得意义深长,非同寻常。有个士兵天天晚上讲故事,讲的都是同样几个,但普拉东喜欢听,尤其喜欢听现实生活中的真事。他听这类故事,总是眉开眼笑,有时插几句嘴,提些问题,想把这些事理解得完美无缺。皮埃尔心中的眷恋、友谊和爱情,普拉东是完全没有的,但他对周围一切都充满爱心,特别是对人,不是对某一个人,而是对周围所有的人。他爱他的长毛狗,爱同伴,爱法国人,爱坐在他身旁的皮埃尔;但皮埃尔觉得,普拉东虽对他十分亲切(他这样做使皮埃尔内心感到很温暖),但一旦同他分手也丝毫不会惋惜。皮埃尔对普拉东也产生了同样的感情。

普拉东在其他俘虏的眼里只是一个普通的大兵,大家管他叫小鹰或者好普拉东,不怀恶意地取笑他,任意差遣他。但在皮埃尔的心目中,他第一眼给人的印象就是个朴实和真实得不可思议的永恒的浑

尽管他的形象缺乏老子思想里那种柔弱无为中蕴含的转为刚强和有为的态势,但是他毕竟成了皮埃尔的精神导师,把他从东奔西突、求索不到人生意义的困境中拯救出来。值得注意的是,皮埃尔的走向实际上正标志着托尔斯泰本人精神探索的一个阶段,作家本人也由贵族的生活走向了农民。

圆的化身，而且这个印象从此不变。

普拉东除了祈祷文外什么也背诵不出，他说话开了头，似乎就不知道怎样结束。

有时皮埃尔对普拉东的话感到惊奇，请他再重说一遍，可是普拉东已记不清刚才说过的话。同样，他也不能把他心爱的歌词说出来。譬如歌曲里唱道："亲爱的故乡，小白桦树，我心里烦恼。"但他说不出这些词的意义。他不理解，也不能理解话里单词的意义。他的一言一行都是他生活的不自觉活动的表现。而个人生活他觉得毫无意义。只有作为他经常感觉到的整体的一部分才有意义。他的言行从他身上表现出来，就像香气从花里散发出来一样均匀、必要和直接。他不能理解个别言行的意义和价值。

（节选自《战争与和平》，草婴译，现代出版社）

不曾停歇的灵魂征战

6. 复活节晨祷中的群像

复活节晨祷中的每个人都是天使,大家都陶醉在信仰和爱的光辉之中,更何况处在美好初恋时期的年轻人。这份爱,慢慢地沉淀为生命的底色,即使这份底色一时被遮蔽,两个主人公都渐渐走向了自己的堕落。但自省的力量、道德的自我完善最终将使爱的力量复活。两位主人公也最终通过不同的方式获得了精神的复活。这意味着,人类的沉沦可以自我拯救,因为人类的心底还沉淀着最初的美好。

这次晨祷给聂赫留朵夫一辈子留下极其鲜明、极其深刻的印象。

通过稀稀落落散布着几堆白雪的漆黑道路,他骑马涉着水,来到教堂前的院子里。他的马看见教堂周围的点点灯火,竖起了耳朵。这时候,礼拜已开始了。

有几个农民认出他是玛丽雅小姐的侄儿,就领他到干燥的地方下马,并牵过马来拴好,然后把他领到已挤满了过节的人的教堂里。

右边都是庄稼汉:老头子身穿土布长袍,脚包白净的包脚布,外套树皮鞋;小伙子身穿崭新的呢长袍,腰束色彩鲜艳的阔腰带,脚蹬高筒皮靴。左边都是女人,她们头上包着红绸巾,身穿棉绒紧身袄,配

贵族聂赫留朵夫以陪审员的身份出庭,见到被控为罪犯的玛丝洛娃,那个从前被他引诱的使女,深受良心谴责。他忆起当初自己纯洁的青涩年华、纯洁的爱恋。现在是妓女的玛丝洛娃就是当年美丽的卡秋莎。

盛装的村民们,显示出隆重庄严的氛围,一切都那么纯净、美好。是宗教引发了人们的善良美好,还是人们的善良美好才产生了宗教?

着大红衣袖,系着蓝色、绿色、红色或者花色的裙子,脚上穿着钉上铁钉的半筒靴。老年妇女衣着朴素,站在后面,她们包着白头巾,身穿灰短袄,系着老式毛织裙子,脚穿平底鞋或者崭新的树皮鞋。人群中还夹杂着孩子,他们打扮得漂漂亮亮,头发抹得油光光的。农民们画十字,甩动头发鞠躬。妇女们,特别是那些上了年纪的,用她们褪了色的眼睛盯着蜡烛和圣像,用并拢的手指紧紧地按按额上的头巾、双肩和腹部,嘴里念念有词,弯腰站着或者跪下。孩子们在有人看他们的时候,就学大人的模样,一个劲儿地做祷告。镀金的圣像壁,被周围饰金大蜡烛和小蜡烛照得金光闪闪。枝形大烛台上插满了蜡烛,光辉灿烂。从唱诗班那里传来业余歌手欢乐的歌声,其中夹杂着嘶哑的男低音和尖细的童声。

聂赫留朵夫向前走去。教堂中央站着上层人物:一个地主带着妻子和穿水兵服的儿子,警察分局局长,电报员,穿高筒皮靴的商人,佩戴奖章的乡长。在读经台右边,地主太太后面站着玛特廖娜。玛特廖娜身穿闪光的紫色连衣裙,披着有流苏的白色大围巾。卡秋莎站在她旁边,身穿一件胸前有皱褶的雪白连衣裙,腰里系着一根浅蓝带子,乌黑的头发上扎着一个鲜红的蝴蝶结。

整个教堂里都洋溢着喜悦、庄严、欢乐和美好的气氛。司祭们穿着银光闪闪的法衣,挂着金十字架。助祭和诵经士穿着有金银丝绦装饰的祭服。业余歌手们也都穿着节日的盛装,头发擦得油光锃亮。节日的赞美诗听上去像欢乐的舞曲。司祭们高举插有三支蜡烛、饰有花卉的烛台,不停地为人们祝福,嘴

不曾停歇的灵魂征战

里反复欢呼："基督复活了！基督复活了！"一切都很美丽，但最美丽的却是那穿着雪白连衣裙、系着浅蓝腰带、乌黑的头发上扎着鲜红蝴蝶结、眼睛闪耀着快乐光芒的卡秋莎。

聂赫留朵夫发觉她虽然没有回过头来，但却看见了他。他是在走向祭坛，经过她身边时注意到的。他对她本没有什么话要说，但就在经过她身边时想出了一句：

"姑妈说，做完晚弥撒她就开斋。"

就像每次见到他那样，她那可爱的脸蛋上泛起了青春的红晕，乌黑的眼睛闪耀着笑意和欢乐，她天真烂漫地从脚到头瞅着聂赫留朵夫。

"我知道。"她笑眯眯地说。

这时，一个诵经士手里拿着一把铜咖啡壶，穿过人群，在经过卡秋莎身边时没有留神，他的祭服下摆触到了卡秋莎。那诵经士为表示对聂赫留朵夫的尊敬，有意从他旁边绕过去，结果却触到了卡秋莎。聂赫留朵夫心里奇怪，那个诵经士怎么会不明白，这里的一切，连全世界的一切，都是为卡秋莎一人而存在的，他可以忽视世间万物，但不能怠慢卡秋莎，因为她就是世界的中心。为了她，圣像壁才金光闪闪，烛台上的蜡烛才欢乐地燃烧；人们为了她才高歌欢唱："耶稣复活了，人们啊，欢乐吧！"世上一切美好的东西都是为她，为她一人而存在的。他认为卡秋莎也懂得，一切都是为了她。聂赫留朵夫注视着她那穿着带皱褶雪白连衣裙的苗条身材，注视着她那张聚精会神的喜气洋洋的脸，心里有这样的感觉。他还从她脸部的表情上看出，她心里所唱的和他心里所

这是一种恋爱时的典型心态，幸福从内心满溢出来。原来并不是晨祷美好，而是卡秋莎太迷人，使周围的一切也如此美好，她就是爱人眼中的世界的中心。

唱的是同一首歌。

聂赫留朵夫在早弥撒和晚弥撒之间的那个时刻走出教堂。人们纷纷让路给他，向他鞠躬。有人认识他，有人却问："他是谁家的？"他在教堂门前的台阶上停住脚步。乞丐们把他团团围住。等他走下台阶时已把钱包里的零钱都分给他们了。

天已经亮了，四下里一切都看得清楚，但太阳还没有升起。人们分散在教堂周围的墓地上。卡秋莎留在教堂里。聂赫留朵夫站在门口等她。

人们陆续从教堂里出来，他们靴底的钉子在石板地上敲得叮叮作响。他们走下台阶，分散到教堂前面的院子里和墓地上。

每个人都是上帝面前一样的子民。在基督复活的时刻，人类互相友爱。

玛丽雅姑妈家的糕点师傅，老态龙钟，脑袋不断颤动，拦住聂赫留朵夫，同他互吻了三次。糕点师傅的老伴头上包着一块丝绸三角巾，头巾下面有一个皮肤打皱的小肉团。她从手绢里取出一个黄澄澄的复活节蛋，送给聂赫留朵夫。这当儿，一个体格强壮，身穿一件崭新的紧身外套，腰里束着一条绿色宽腰带的青年庄稼汉，笑嘻嘻地走过来。

"基督复活了！"他眼睛里含着笑意说。他向聂赫留朵夫凑过脸来，使他闻到一股庄稼汉身上所特有的好闻气味，他那卷曲的大胡子扎得聂赫留朵夫脸上发痒，接着就用他那宽厚滋润的嘴唇对住聂赫留朵夫的嘴唇吻了三次。

就在聂赫留朵夫跟那个庄稼汉亲吻，接受他所送的深棕色复活节蛋时，出现了玛特廖娜的闪光连衣裙和那个戴着鲜红蝴蝶结的可爱的乌黑脑袋。

她隔着前面过路人的头看见了他，他也看到她

不曾停歇的灵魂征战

容光焕发的脸。

她跟玛特廖娜一起走到教堂门口的台阶上站住，散钱给乞丐。一个鼻子烂得只剩块红疤的乞丐走到卡秋莎跟前。<u>她从手绢里取出一样东西送给他</u>，然后向他凑拢去，<u>丝毫没有嫌恶的样子，眼睛里依旧闪耀着快乐</u>的光辉，同他互吻了三次。正当她同乞丐接吻的时候，她的目光同聂赫留朵夫的目光相遇了。她仿佛在问：她这样做好吗？做得对吗？

"对，对，宝贝，一切都很好，一切都很美，我喜欢这样。"他的眼神这样回答。

她们走下台阶，他就走到她跟前。他不想按复活节的规矩同她互吻，只想同她挨得近一点。

"基督复活了！"玛特廖娜说。她微笑着低下头，那口气仿佛在说：今天大家平等。接着她把手绢揉成一团，擦擦嘴，把嘴唇向他凑过去。

"真的复活了！"聂赫留朵夫回答，同她接吻。

他回头看了卡秋莎一眼。她飞红了脸，同时向他挨过来。

"基督复活了，德米特里·伊凡内奇！"

"真的复活了！"他说。他们互吻了两次，仿佛为还要不要再吻一次，迟疑了一下。终于决定再吻一次，他们就吻了第三遍，然后两个人都笑了。

"你们不去找司祭吗？"聂赫留朵夫问。

"不，德米特里·伊凡内奇，我们要在这里坐一会儿。"卡秋莎说，仿佛在愉快的劳动以后用整个胸部深深地呼吸着，同时用她那双温柔、纯洁、热烈而略带斜睨的眼睛盯住他的眼睛。

男女之间的爱情达到顶点的时刻既没有自觉和

爱的光辉普照天下，即使乞丐也不例外。

理性的成分,也没有肉欲的成分。这个基督复活节的夜晚,对聂赫留朵夫来说就是这样的时刻。如今他每次回想到卡秋莎,这个夜晚的情景总是盖过了他看见她的其余各种情景——那个头发乌黑光滑的小脑袋,那件束住她处女的苗条身材和高高胸部的有皱褶的雪白连衣裙,那个泛起红晕的脸蛋,那双由于不眠而略带斜睨的乌黑发亮的眼睛,还有她全身焕发出来的魅力:她那纯洁无瑕的少女的爱,不仅对着他——这一点他知道——而且对着世上一切人,一切事物,不仅对着人间一切美好的事物,而且对着她刚才吻过的那个乞丐。

他知道她心里有这样的爱,因为他意识到,这一夜他通宵达旦也有这样的感情,并且知道,正是这种爱把他同她联结在一起。

唉,要是他们的关系能保持在那天夜里的感情上,那该多好!"是的,那件可怕的事是在复活节夜晚之后发生的呀!"现在聂赫留朵夫坐在陪审员议事室窗前,暗自想着。

(节选自《复活》,草婴译,现代出版社)

7. 圣徒托尔斯泰

茨威格

托尔斯泰在 1869 年 9 月因事途经阿尔扎马斯，深夜在旅馆中突然感到一种从未有过的忧愁和恐怖，"感到一种可怕的东西"在追赶他、纠缠他，他无法摆脱，疑惧万分中他听到了死神的声音在回答他："是我，我在这……"他说："我曾试想，是什么东西占据了我的心灵？是买到的东西(庄园)，还是妻子？没有什么值得快活的，这一切都成了虚无。"1868 年秋至 1869 年夏，他对叔本华哲学发生兴趣，一度受到虚无主义思想的影响。从 19 世纪 70 年代初起，"乡村俄国一切'旧基础'……的破坏"的加剧，"到民间去"等社会运动的兴起，使他开始新的思想危机和新的探索时期。他惶惶不安，怀疑生存的目的和意义，因自己所处的贵族寄生生活的"可怕地位"深感苦恼，不知"该怎么办"，终于在 1886 年产生了精神危机，开始了自我放逐、不断寻觅的救赎之路。

"从前有一个人住在乌斯地区。他从来不做坏事，对神也还算敬畏。他有七千只羊，三千匹骆驼，五百头驴，此处还有许多奴仆。他是东方居民中的首富。"

约伯的故事就是这样开始的。直到神向他举起

约伯的故事出自《圣经》。他不明白上帝为什么让这么多的灾难落在像他这样的人身上，因此大胆地质问上帝，上帝没有回答，却用富有诗意的话表示了自己神圣的权能和智慧。约伯终于谦虚地承认上帝的智慧和大能，深悔自己曾对上帝说了激烈任性的话。

手来,让他患上麻风病,使他从昏沉沉的舒适中觉醒,让他的灵魂受到痛苦的煎熬,他一直都生活在天赐的心满意足之中。列夫·尼古拉耶维奇·托尔斯泰的精神危机也是这样开始的。在人世间的权势者之中,他也是"首屈一指"的人物,他富有,他恬适地居住在祖传的家园。他身体健康,精力充沛,把他一心追求的姑娘娶到了家里,妻子给他生了十三个孩子。他用手和心灵创造的作品已经成为不朽之作,照耀着整个时代。这位显要的封建贵族,在雅斯纳雅·波良纳从农民身旁走过时,他们都怀着崇敬的心情向他鞠躬。就连整个世界也对他如雷贯耳的声誉深表崇敬。就像约伯面对考验那样,列夫·托尔斯泰也别无所求。他曾在一封信里写出一句世上最放肆的话:"我是彻底幸福的。"

然而一夜之间,这一切就再也没有意义、没有价值了。工作使这位辛勤劳动的人厌恶,他感到妻子陌生,孩子都无关紧要。夜里,他从一团糟的床上起来,像一个病人似的走来走去;白天,他沉闷地坐在写字台前,手木然不动,目光呆滞无神。有一天,他急急忙忙走上楼去,把他的猎枪锁到柜子里,以防把枪口对准自己。他有时呻吟,胸腔几乎都要爆裂,有时在昏暗的房间里像一个孩子似的呜咽。他不再拆看书信,不再接待朋友;儿子们都胆怯地望着他,妻子对这位突然变得阴沉郁闷的丈夫十分失望。

这种突变的原因是什么呢?是疾病在悄悄吞食他的生命,是麻风病侵袭了他的肌体,还是他遭遇了外来的不幸?列夫·尼古拉耶维奇·托尔斯泰到底出了什么事?这位最有影响的人物怎么会突然变得如此郁郁寡欢？这位俄罗斯土地上最伟大的强者怎么会变得如此凄凉悲惨？

最令人惊惧的答案是：什么也没有！他没出什么事，或者从根本上说，更加可怕的是：虚无。托尔斯泰在所有事物的背后看到的只不过是虚无。在他的灵魂里有什么东西被撕碎了。一道罅隙直裂到心底，那是一道狭长的黑洞洞的罅隙。大惊失色的眼睛被迫呆呆地望着这空虚，望着这位于我们自己温暖的血脉流通的生命背后的异样、陌生、冰冷和不可理解的东西，望着转瞬即逝的存在背后的永恒的虚无。

谁一旦往这个不可名状的深渊望去，他就再也不能把目光转向别处，黑暗便流进各个感官，他的生命的光华和色彩便消失殆尽。他嘴角的笑是冰冷的。感觉不到这种冰冷，就抓不到任何东西；不联想到另外的东西——虚无，就什么东西也看不见。本来还是完全感觉得到的东西，如今都枯萎了，变得毫无价值了。荣誉变成了捕风捉影，艺术变成了小丑表演，金钱变成了黄色炉渣，自己生机勃勃的头等健康的身体变成了蠕虫的寄居地。这看不见的黑色的唇吸光了一切宝贵东西的汁液和香甜。有谁一旦怀着造物的原始恐惧发现这个可怕的、吃人的、黑夜般的虚无，这个埃德加·爱伦·坡的席卷一切的"大漩涡"，帕斯卡的比一切思想深度还要深的"深渊"，他就会感到世界已经冻结了。

这一切无论怎样遮掩和隐藏都是白费气力。把这种黑暗的吮吸称为神，并且宣告为圣徒，也是于事无补。用福音书的书页封贴这个漏洞，同样毫无用

叔本华说："生命是个不应存在的东西，是罪恶，转化为空无是生命唯一的幸福。"

美国作家、诗人、编辑与文学评论家，被尊崇是美国浪漫主义运动要角之一，以悬疑、惊悚小说最负盛名。

托尔斯泰不相信东正教及其教义，如他在《教条神学批判》一文中写道："教会就是一连串的谎言、残忍和欺骗。"教会后来于1901年革除了他的教籍。

处,因为这种原始的黑暗能穿透一切古代文献,熄灭教堂的灯烛,这种宇宙极地的冰冷是无法通过言语微温的呼吸变暖的。人们像孩子们在森林中高声歌唱企图压倒内心的恐惧一样,开始扯着嗓门说教,企图压倒死一般的沉寂,照例无济于事。没有任何意志,没有任何智慧再能照亮这位受惊者阴沉沉的心。

托尔斯泰在他具有世界影响的生命的第五十四个年头第一次看到了这种巨大的虚无。从那时起,直到他的生命终结,他都毫不动摇地呆呆望着这个黑色的洞,望着自己生存背后这个不可理解的内在的东西。不过,即使转向虚无,列夫·托尔斯泰的目光仍然是犀利的、明亮的,这是我们这个时代所见到的一个人知识最多、智力最高的目光。从来没有一个人以如此巨大的力量同不可名状的东西、同非永生的悲剧进行过斗争。从来没有一个人更坚定地针对命运向人提出的问题,追问人类命运的问题。没有一个人更可怕地遭遇彼岸那种空虚的吮吸灵魂的目光,没有一个人更出色地忍受过这样的目光,<u>因为托尔斯泰黑色瞳孔里男子汉的良知向艺术家明亮、勇敢、善于观察的目光提出了异议</u>。面对生存的悲剧,列夫·托尔斯泰从未胆怯地垂下目光或闭上眼睛。这是我们的新艺术的最警觉最诚挚最无法收买的眼睛。因此,没有什么更杰出的东西比得上这种英勇的深度:即使对不可理解的东西也要赋予形象的意义,即使对不可避免的东西也要赋予真理。

从二十岁到五十岁,托尔斯泰无忧无虑、自由

19 世纪 80 年代前后是托尔斯泰创作的两个阶段,前阶段侧重于艺术的再现生活,作品多为小说,后阶段重在探索有关人和自然的关系、宗教和道德的基本问题,作品多为散文。

不曾停歇的灵魂征战

50

自在地创作和生活了三十年。从五十岁到生命终结这三十年里,他仅生活在探索生活的意义和认识生活的过程之中。在他为自己提出这个无法测试的使命之前,他一直生活得十分轻松愉快。现在,他为真理而奋斗,不仅是为了拯救自己,而且是为了拯救全人类。他担负起这个使命,使他自己成了英雄,<u>甚至成了圣徒</u>。他为这一使命蒙难受苦,使自己成了一切人当中最富有人性的人。

（节选自《描述自我的三作家》,茨威格著,关惠文译,安徽文艺出版社）

一般来说,基督宗教的圣徒被认为能直接与上帝相连,可以带领别人走上上帝的道路。

第二单元

DI ER DAN YUAN

无法回避的死亡之谜

"为何而活?"这一问题是俄罗斯文学、哲学所提出的人类为数不多的"终极性"问题之一,对托尔斯泰来说,思考生与死的意义则意味着心智每时每刻都在遭受痛苦。我们承认,只要认真思量这一问题,生命中的每一瞬间就会被死亡——这一无可逃避、随时可能发生的死亡,而大煞风景,但是直面死亡也会让人去追索生命的意义,向死而生。

1. 负伤后仰望苍穹的安德烈公爵

　　安德烈在负伤倒下之前，正手握军旗冲锋陷阵，浑身上下洋溢着英雄的豪情，但倒下后，高邈的天空令他震撼，那些曾经的争斗、英雄、功业、名誉都一一远去。在广袤无垠的天空的启示下，安德烈体验到了虚无，也体验到了纯净。哪怕是以前他所仰慕的英雄拿破仑的表现，在天空面前也显得微不足道，毫无价值。其中的意境，似与中国的散文名篇《前赤壁赋》遥相呼应。

　　"这是怎么回事？我倒下了？我的腿不中用了？"安德烈想着，仰天倒下来。他睁开眼睛，想看看法国兵和炮兵之间的搏斗怎样结束。他想知道，红头发炮兵有没有被打死，大炮有没有丢失。可是他什么也没看见。他头上什么也没有，只有高高的天空，虽不清澈，但极其高邈，上面缓缓地飘着几片灰云。"多么宁静、多么安详、多么庄严，一点不像我那样奔跑，"安德烈想，"不像我们那样奔跑、叫嚷、搏斗，一点不像法国兵和炮兵那样现出愤怒和恐惧的神色争夺炮膛刷——云片在无边无际的高空中始终从容不迫地飘翔着。我以前怎么没见过这高邈的天空？如今我终于看见它了，我是多么幸福！是啊！

只有在负伤后，在庄严的天空下，安德烈才突然从日常生活中退出，敬畏天空，初次体会到个体生命的渺小。

除了这无边无际的天空，一切都是空的，一切都是假的。除了天空，什么也没有，什么也没有。但就连天空也不存在，存在的只有宁静，只有安详。赞美上帝！"……

傍晚，他不再呻吟，完全安静下来。他不知道自己昏迷了多久。突然，他又清醒过来，觉得头痛欲裂。

"那片天空在哪儿？今天我第一次看到的那片高远的天空在哪儿？"这是他的第一个念头。"这样的痛苦以前我从未尝到过，"他想，"是的，以前我什么也不知道。可是现在我在哪儿？"

他留神细听，听见渐渐逼近的马蹄声和说法语的人声。他睁开眼睛，头上又是那片高远的天空，上面高高地飘着一片片浮云，浮云中露出深邃的蓝天。他没有转过头去，只从马蹄声和说话声中听出有人走过来，在他身旁站住，但他没有看他们。

骑马过来的是拿破仑和伴随他的两名副官。拿破仑巡视战场，发了加强炮击奥格斯特堤坝的最后命令，察看着战场上伤亡的士兵。

"了不起的人民！"拿破仑望着一个阵亡的俄国掷弹兵说。那个兵脸朝地，后脑勺发黑，远远伸出一条僵硬的手臂，伏在那里。

"炮弹打光了，陛下！"从轰击奥格斯特村的炮兵队来的一个副官这时走过来报告说。

"下命令到后备队去取。"拿破仑说完，走了几步，在仰面躺着、旗杆弃在一边（军旗已被法军作为战利品取去）的安德烈公爵身旁站住。

"死得漂亮！"拿破仑瞧着安德烈说。

安德烈公爵明白，这是在说他，说话的就是拿破仑。他听见这个说话的人被称作"陛下"。但他听这话，就像听苍蝇在嗡嗡叫一样。他不仅对此不感兴趣，而且不加注意。立刻就把它忘记了。他的头火烧火燎，他觉得他在流血，他看见头上那高邈、永恒的天空。他知道这是拿破仑，他心目中的英雄，但是此刻，同他的心灵和浮云飘飞的苍穹之间所发生的<u>一切比起来，他觉得拿破仑十分渺小，微不足道</u>。此刻不论谁站在他身边，不论说些什么，他都不在乎。他高兴的只是有人站在他旁边，他只希望这些人帮助他回生，因为现在他对生命有了新的理解，他觉得生命是如此美好。他竭尽全力想动一动，发出一点声音。他稍微动了动脚，发出微弱无力的可怜呻吟。

这时的天空仿佛是一面镜子，照出了生命的原初状态；生命原本就十分美好，附着在生命上的荣誉原来只是微尘，不值一提。

"哦！他还活着，"拿破仑说，"把这个年轻人抬到救护车上去！"

拿破仑说完这话，骑马向兰纳元帅驰去。兰纳元帅脱下帽子，含笑走到皇帝面前向他祝贺胜利。

……

"怎么样，年轻人？"拿破仑对安德烈说，"您觉得怎么样，我的勇士？"

尽管五分钟以前安德烈公爵已能对抬他的士兵说几句话，此刻他却直视着拿破仑，一言不发……在这一刹那，他觉得比起他所看见和理解的高邈、公正、仁慈的天空来，拿破仑所关心的一切都是那么微不足道，这个英雄怀着的庸俗虚荣心和胜利的欢乐都是那么渺小，以致他不屑回答他。

失血过多引起的虚弱和痛苦，以及死亡的临近，使安德烈产生了一些严肃而壮丽的想法。同这种想

57

法比起来，一切都显得渺小和无聊。安德烈望着拿破仑的眼睛想：伟大其实毫无价值，生命（谁也无法理解它的意义）也毫无价值，而死亡（活人中谁也无法理解它的意义）更是毫无价值。

尘世间忙碌的皇帝即使胜利了，比起永恒的天空来，也显得可笑而浅薄。是的，即使是拿破仑，"而今安在哉？"

　　<u>法国皇帝没等他回答就转过身，一边走，一边对一个军官说</u>："叫他们照顾这些先生，把他们抬到我的宿营地，叫我的拉雷医生给他们治伤。再见，雷普宁公爵。"他说完便催动马匹，飞快跑开了。

　　<u>拿破仑脸上焕发出得意扬扬的神色。</u>

　　抬送安德烈公爵的法国兵原已把玛丽亚公爵小姐挂在哥哥脖子上的小金圣像取下，这时看见皇帝这样优待俘虏，连忙把圣像还给他。

　　安德烈公爵没有看到谁把圣像还给他，只感到细金链吊着的圣像突然又回到军服胸口上。

　　"要是一切都像玛丽亚公爵小姐所想的那么简单明了，"安德烈公爵看了看妹妹那么热情虔诚地替他挂上的圣像，想，"那就好了。要是能知道今生哪里可以得到帮助，死后将会怎样，那该多好！<u>要是此刻我能说：'主啊，可怜我吧！'那该多么幸福，多么安心啊！</u>但这话我能对谁说呢！是向那不明确、不理解、无法称呼，甚至无法用语言表达的力量——伟大的万有或虚无说呢，还是向玛丽亚公爵小姐缝在这护身符里的神说呢？除了我所理解的微不足道的一切，和我无法了解但十分重要的伟大事物之外，没有什么东西是可靠的！"

　　担架抬走了。每一下颠簸都使他感到难以忍受的疼痛，发烧更厉害，他开始昏迷。父亲、妻子、妹妹和未来的儿子、对未来的想望，他在交战前夜体验到

在死亡面前，渺小的人类需要皈依感，否则会感到虚无彷徨，不知所终。但人类该皈依什么呢？托尔斯泰用自己的后半生寻找着。

不曾停歇的灵魂征战

的柔情、微不足道的拿破仑的矮小身材,尤其是高邈的天空——这一切是他昏迷中胡思乱想的主要内容。

他想起了童山上平静的生活和安宁的家庭幸福。他正在享受这种幸福,突然出现了那个矮小的拿破仑,他带着幸灾乐祸的眼神冷漠地瞧着别人的苦难。于是安德烈又感到疑虑和痛苦,只有天空许给他安慰。黎明时分,种种幻想交织成一片混乱和没有知觉的黑暗。据拿破仑的医生拉雷说,他的结局多半是死亡而不是复元。

"这人神经质,肝火旺,"拉雷说,"好不了啦。"

安德烈公爵就同其他没有希望的重伤员一起,留下来给当地居民照顾。

(节选自《战争与和平》,草婴译,现代出版社)

2. 三死

这是作者1858年的作品,这时作者的内心还没有对自我的怀疑和否定自我的痛苦,他对死亡的看法深受卢梭崇尚自然的影响,推崇真实自然,拒绝虚伪说谎。小说的构思在托尔斯泰本人写给姑妈的信中详细地提到:"我的想法是这样的:三个生灵死去了——地主太太、农民和树——地主太太既可怜又可恨,因为她一辈子说谎,至死都在说谎……农民平静地死去了,正因为他不是基督徒。他信奉的是另一种宗教——自然,他活着的时候也是顺应自然的。他自己砍树,种黑麦收黑麦,宰羊也养羊,生养孩子,送走老人,他清楚地明白这个规律,也从来没有像地主太太那样回避过,而是直面死亡……树平静地死去了,死得诚实而优美——因为没有说谎,没有做作,既不畏惧,也不抱怨。"

秋天,两辆马车在大道上疾驰。前面的轿车上坐着两个女人。一个是贵夫人,身体消瘦,脸色苍白。另一个是使女,脸色红润,体态丰满。使女干枯的短发老从褪色的帽子里掉下来,她只好用戴着破手套的冻红的手不时把头发塞进去。她那高高的胸脯裹着粗披巾,散发出健康的气息。她那双乌溜溜的眼睛时而望望窗外掠过的田野,时而怯生生地瞧

使女:身份低微,但身体健康,眼神灵活。

瞧太太,时而不安地打量马车的角落。她的鼻子前面晃动着太太那顶挂在网架上的帽子,她的膝盖上躺着一条小狗,她的腿因地上放着一堆匣子而高高地跷着,在车座弹簧的抖动声和车窗玻璃的丁丁声中,可以隐隐听见她的鞋底碰到匣子的声音。

贵夫人双手叠放在膝盖上,闭着眼睛,稍稍皱起眉头,从胸膛里咳嗽着,身子靠在背后的靠垫上微微摇晃。她头上戴着一顶白色睡帽,娇嫩白净的脖子上系着一条浅蓝色头巾。睡帽底下露出笔直的头路,把她那搽过油的平整的淡褐色头发分开,苍白的头路显得没有生气,像死人的皮肤一样。她的脸清秀美丽,但皮肤松弛枯黄,两颊和颧骨泛出红潮。她的嘴唇干燥,不断翕动;稀疏的睫毛没有卷起;凹陷的胸脯使她的旅行呢外套现出一条条直褶。<u>她双目紧闭,脸上现出疲倦、烦躁和常有的痛苦神色。</u>

听差双肘支着软椅,在驭座上打瞌睡。驿车夫神气活现地吆喝着,赶着四匹热汗淋漓的高头大马,偶尔回头望望后面篷车上吆喝着的另一名马车夫。宽阔的平行车辙在泥泞的石灰路上均匀而迅速地向前伸展。天空阴沉寒冷,黑雾不断降落到田野和大路上。马车里很闷,散发出花露水和尘土的气味。病人把头往后一靠,慢慢睁开眼睛,她那双眼睛又大又亮,黑得很美。

当使女外套的下摆稍稍触到太太的腿时,她就用消瘦的纤手神经质地把它推开,并且说:"又来了!"她的嘴痛苦地瘪了一下。玛特廖莎双手提起外套,用强壮的腿支起身子,坐得远一点。她那娇嫩的脸上泛起鲜艳的红晕。<u>病人那双美丽的乌黑眼睛紧</u>

贵夫人:精致的衣着,掩盖不住的病态,只有烦躁与痛苦。

紧盯使女,是病人对健康人的敏感和嫉妒。

61

紧盯着使女的一举一动。太太两手按住座位，也想支起身子坐得高些，但她力不从心，她的嘴瘪了一下，整个脸由于无可奈何的自嘲而变得难看。"你哪怕帮我一把也好啊！……唉！不必了！我自己也能，只是对不起，别把麻袋之类的东西放在我背后！……既然你不会，那就别来碰我！"太太闭上眼睛，接着又迅速地抬起眼皮，瞧了使女一眼。玛特廖莎望着她，咬着红红的下唇。病人从胸膛里吐出深沉的叹息，但叹息到一半又变成了咳嗽。她转过脸去，皱起眉头，双手按住胸口。咳嗽完了，她又闭上眼睛，仍旧一动不动地坐着。轿车和篷车驶进了村庄。玛特廖莎从披巾下伸出一只胖鼓鼓的手，画了个十字。

"什么事？"太太问。

"到站了，太太。"

"我问你为什么画十字？"

"有座教堂，太太。"

病人转身对着窗外，睁大眼睛望着马车经过的那座乡村教堂，动手慢慢地画十字。

轿车和篷车同时在驿站前停下。病人的丈夫和医生下车来到轿车跟前。

"您觉得怎么样？"医生把着她的脉问。

"哦，怎么样？我的朋友，你累了吗？"丈夫用法语问，"你不想下车吗？"

玛特廖莎抱起包裹缩在角落里，免得妨碍他们谈话。

"没什么，还是那样，"病人回答，"我不下车。"

丈夫站了一会儿，走进驿站。玛特廖莎霍地跳下马车，踮着脚尖跑过泥泞地，也走进驿站大门。

旁注（左栏）：

语气从抱怨到嫌弃，从不满到愤怒。这都属于病中失衡的内心表现。

敏感。

这是上层社会的语言习惯，以显示教养和风雅，但并不利于表达心声。也许这就是一种语言面具，可以遮掩自己真正的内心。

不曾停歇的灵魂征战

"就算我身体不好，也不能成为您不吃早饭的理由。"病人含笑对站在车窗旁的医生说。

"他们谁也不来管我，"医生刚轻手轻脚地离开她，跑上驿站台阶，她就这样自言自语，"他们身体好，什么都不在乎。哦！天哪！"

"怎么样，爱德华·伊凡诺维奇？"丈夫遇到医生，快乐地笑着搓搓手说，"我吩咐他们把食盒拿进来，您觉得怎么样？"

"行。"医生回答。

"那么，她怎么样？"丈夫压低声音，扬起眉毛，叹了口气说。

"我说过：她到不了意大利，能到莫斯科就算不错了，特别是碰到这种天气。"

"那怎么办呢？哦，天哪！天哪！"丈夫用手掩住眼睛，说。"拿到这儿来！"他对端食盒进来的仆人说。

"本来就该待在家里。"医生耸耸肩膀回答。

"您说，我有什么办法呢？"丈夫反问道，"不瞒您说，我曾想尽办法留住她，我提到费用，提到不得不撇在家里的孩子，提到我的工作，可她什么都不听。她定了在国外生活的计划，仿佛她是个健康人。但如果把她的病情如实告诉她，那就等于要她的命。"

"其实她已经没命了，华西里·德米特里奇，这一点您要心里有数。人没有肺不能活，而肺又不能重新生出来。这确实很令人伤心、难受，但是有什么办法呢？你我所能做到的，只是让她死得尽可能平静些。现在得请神父了。"

"哦，天哪！您要明白我的处境，要问问她有什

这一句插话表明丈夫并未乱了分寸，"天哪！"中的慌乱和不知所措与"拿到这儿来"的冷静对比鲜明，后者才是丈夫真正的内心状态。

么遗愿。听天由命吧，我可不能对她说这事。您知道，她这人多么善良……"

"不论怎么说，您还得劝她等路冻硬了再走，"医生意味深长地摇摇头说，"要不然路上会出事……"

"阿克秀莎，喂，阿克秀莎!"驿站长的女儿从头上套上一件短袄，在泥泞的后门台阶上跺着脚，尖声喊道，"我们去瞧瞧希尔金家的太太，据说她得了肺病，要到外国去，我还从没见过害痨病的人是什么样子。"

阿克秀莎从门里跳出来，两人手拉着手跑到大门外。她们放慢脚步走过马车，向开着的车窗张望了一下。病人向她们转过头来，发现她们好奇的神色，就皱起眉头转过脸去。

旁人的视角，特别是孩子的视角，更能揭示出真相，病人已病入膏肓。

"我的妈呀!"驿站长的女儿连忙转过头来说，"她原来是个多么漂亮的美人，可现在变成什么样了? 简直可怕。阿克秀莎，你看见了吗? 看见了吗?"

"是啊，真瘦呀!"阿克秀莎附和说，"我们假装到井边去，再去看看。瞧，她转过头去，可我还是看见了。真可怜，玛莎。"

"路上真泥泞啊!"玛莎回答。接着两人都跑回大门里去了。

"我的样子一定很可怕，"病人想，"但愿快一点到国外，快一点到国外，到了那边很快就会康复了。"

"你觉得怎么样，我的朋友?"丈夫走到马车跟前，嘴里还嚼着东西，说。

这一细节，透露出丈夫真实的心境，并不如他的语调所表达的那样焦虑不安。

"问来问去就是这句话，"病人想，"自己还在吃东西!"

不曾停歇的灵魂征战

"没什么。"她透着牙缝说。

"要知道,我的朋友,我担心这种天气赶路对你更不好。爱德华大夫也这么说。我们还不如回去吧。"

她气呼呼地不吭声。

"天气说不定会好起来,到那时候路也好走了,你的身体也会好些,那时我们再一起去。"

"对不起。要是我早先不听你的话,我现在已到了柏林,身体也完全康复了。"

"有什么办法呢?我的天使,你知道那是办不到的。可现在,你要是肯再等一个月,你的身体就会大大康复,我们也可以把事情办完,我们还可以把孩子带去……"

"孩子们身体健康,可是我有病。"

"不过你要明白,我的朋友,在这样的天气里,万一你的病在路上加重……不然至少还在家里。"

"家里,家里怎么样?……叫我死在家里吗?"病人暴躁地说。但死这个字显然使她害怕,她恳求而又询问似的对丈夫瞧瞧。丈夫垂下眼睛没作声。病人的嘴突然像孩子似的瘪了一下,接着眼泪夺眶而出。丈夫用手帕捂住脸,默默地从马车旁走开去。

"不,我要去。"病人抬起眼睛望着天空,抱着双臂,嘴里断断续续地低声说着话。"天哪!这是为什么呀?"她说。泪水流得更多了。她热烈地祈祷了很久,但胸口还是感到疼痛,喘不过气来;天空、田野和道路还是那么阴沉灰暗,秋天的黑雾还是那样不密不稀地落在泥泞的道路上、屋顶上、马车上和车夫们的皮袄上。车夫们热烈而快乐地交谈着,给车轮抹

明显是谎言。

康德也极力反对撒谎,他认为:人不应该说谎!即使为了最善良的目的——这是哲学的绝对命令。托尔斯泰深受其影响,认为撒谎是做人的道德上的一个重要缺点。

因为害怕死亡,优雅的贵妇人失去了方寸。

油，套车……

二

轿车套好了，但车夫还在磨蹭。他走进车夫休息的小屋。小屋里又热、又闷、又暗，充满人气和烤面包、白菜、羊皮袄的气味。正房里有几个车夫，厨娘在炉灶旁忙碌着，炕上躺着一个穿羊皮袄的病人。

"费多尔叔叔！费多尔叔叔！"一个身穿羊皮袄、腰里插着鞭子的年轻车夫走进屋来招呼病人。

"懒鬼，你找费多尔干什么？"一个车夫答应说，"瞧，人家在马车里等你哪。"

"我想问他借双靴子，我这双破了。"小伙子把头发往后一甩，又把手套塞在腰里，回答。"他睡着了？喂，费多尔叔叔！"他走到炕边，又喊道。

"什么事？"一个微弱的声音答应道，一张红褐色的瘦脸从炕上探下来。接着，一只毛茸茸的苍白瘦弱的大手拉上一件粗呢大衣，盖住穿着肮脏衬衫的瘦肩膀。"给我点水喝，老弟，你有什么事？"

"是这么回事，费多尔，"他迟疑不决地说，"你现在大概用不着新靴子了，给我吧，你大概不会到处跑了。"

病人把疲软无力的头俯在光滑的勺子上，稀疏的下垂胡子浸在浑浊的水里，他吃力而贪婪地喝着水。他那蓬乱的胡子很脏，凹陷无神的眼睛勉强抬起来望着小伙子的脸。喝完水，他想举起手来擦擦湿嘴唇，可是没有力气，只能在大衣袖子上蹭一蹭。他没吭声，困难地用鼻子呼吸着，勉强打起精神直盯

谁也不回避真相，不讳言将死的现实。"迟疑不决"不是针对将死的真相，而是针对自己该不该要别人的靴子。

不曾停歇的灵魂征战

着小伙子的脸。

"也许你已经答应别人了,"小伙子说,"那就算了。主要是外边地上泥泞,我得去干活儿,因此我就想:把费多尔那双靴子借来吧,他大概用不着了。也许你自己要用,那就直说吧……"

表达很诚实直接,没有客套。

病人胸口有什么东西涌上来,咕噜咕噜直响。他佝偻着身子,拼命咳嗽起来。

"他要靴子做什么?"厨娘突然怒气冲冲地嚷起来,嚷得整个屋子都能听见,"他有一个多月没下炕了。嘿,听他那个咳嗽呀,我连心口都疼了。他要靴子做什么?总不见得让他穿着新靴子入土吧。上帝恕我直说,他早该上路了。瞧他那个咳嗽。得把他搬到别的屋子或者什么地方去!听说城里有这种医院,要不他占着整个角落,怎么行?弄得你没有一点儿空地方,还讲究什么干净?"

确实是直说,一个垂死的人给周围人带来的焦虑和麻烦,被毫不费力地表达出来,没有人觉得该为此尴尬、羞愧或愤怒。

"喂,谢廖加!快上车,老爷们等着哪!"驿站长向屋里喊道。

谢廖加没等到回答想走,但病人一面咳嗽,一面用目光表示他有话要说。

"谢廖加,你把靴子拿去吧。"他忍住咳嗽,歇了一会儿,说。"但你听我说,我死后你给我买块墓碑。"他哑着嗓子加了一句。

以自然的方式面对死亡,交代后事。

"谢谢叔叔,那我拿去了,墓碑我会给你买的。"

"喂,伙计们,听见了没有?"病人还有话要说,但他又佝偻着身子喘不过气来。

"好,听见了,"一个车夫说,"去吧,谢廖加,上车吧,要不站长又要跑来了。你知道,希尔金家的太太正病着呢。"

谢廖加连忙脱下他那双大得出奇的破靴子,把它扔到长凳底下。费多尔叔叔那双新靴子正好合脚,谢廖加端详着那双靴子,向马车走去。

"瞧,多漂亮的靴子!我来给你上点油。"当谢廖加爬上驭座,拿起缰绳,一个手拿刷子的车夫说,"白白送给你了?"

"你眼红了是不是?"谢廖加回答,拉拉粗呢大衣的下摆把腿盖好。"走吧!我的宝贝!"他挥挥鞭子向马吆喝道。于是载着乘客、各种箱子的轿车和篷车就在泥泞的大路上飞驰,渐渐隐没在灰蒙蒙的秋雾里。

生病的车夫留在闷热小屋的炕上,他咳不出痰,好不容易翻了个身,才安静下来。

小屋里,直到傍晚一直有人进进出出,来这里吃饭,但谁也不理会病人。晚上,厨娘爬上炕,<u>伸手从他腿边拿走羊皮袄</u>。

毫不客气的动作,这是底层人生活的现实。

"你别生我的气,娜斯塔西娅,"病人说,"我很快就会把这地方给你腾出来的。"

"好,好,那有什么?没关系,"娜斯塔西娅含糊地说,"叔叔,你哪儿疼呀?你说吧。"

"五脏六腑都难受。天知道怎么一回事。"

"咳嗽的时候嗓子大概疼吧?"

"哪儿都疼。我快死了,就是那么回事。喔哟,喔哟,喔哟!"病人呻吟道。

"你把腿盖盖好,就这样。"娜斯塔西娅说,顺手替他拉好粗呢大衣,从炕上爬下来。

夜里,小屋里灯光暗淡。娜斯塔西娅和十来个车夫睡在地板和长凳上,大声打着呼噜。只有病人一人在炕上翻来覆去，微弱地呻吟着，咳嗽着。到早上，他一点声音也没有了。

"昨天晚上我做了一个怪梦，"第二天，厨娘在晨光熹微中伸着懒腰说，"我梦见费多尔叔叔从炕上爬下来，出去劈柴。他说：'娜斯塔西娅，我来帮你忙。'我就对他说：'你怎么能劈柴呢？'他却抓起斧头就劈，劈得很有劲，只见木屑飞溅开来。我说：'你不是有病吗？'他说：'不，我好了。'他说着抢起斧头猛劈，可把我吓了一跳。我大叫一声就醒了。莫非他死了？喂，费多尔叔叔！叔叔！"

费多尔没有回答。

"可不是，他也许是死了？让我去瞧瞧。"一个刚醒来的车夫说。

一条长满黄褐色绒毛的手臂从炕上垂下来，又白又凉。

"他大概死了，得去告诉驿站长。"车夫说。

费多尔没有亲人，他是个外乡人。第二天，他被埋在小树林后的新墓地里。娜斯塔西娅一连好几天逢人就说她的梦，并且说是她第一个发现费多尔死的。

三

春天来了。在城里潮湿的街上，湍急的流水潺潺地流过上冻的畜粪；熙来攘往的人们穿着鲜艳的衣衫，热闹地交谈着。在围着篱笆的花园里，树木已经发芽，树枝飒飒地在微风中摇摆。到处都有清澈的水流动着，滴下来……麻雀叽叽喳喳地欢叫，鼓动

死得真是安宁，又干净利落，后事处理也简单平静。

第二单元 无法回避的死亡之谜

严寒后的生机最动人，严冬之后大地依旧生机勃发。任何个体的死亡，都无法改变大自然新陈代谢的规律。每一个生命个体，都不必把自己看得太重要，听从命运的召唤吧。

69

小翅膀飞来飞去。在向阳的一边,篱笆上、房屋上、树木上,一切都在晃动,一切都闪闪发亮。空中、地上和人们心里都洋溢着青春的欢乐。

大街上一座大公馆门前刚铺上干草,那位急于出国的垂死的女病人就在这个公馆里。

在一间关着的房门口站着病人的丈夫和一个上了年纪的女人。一位神父坐在沙发上,垂下眼睛,手里拿着一包用长巾包着的东西。一位老太太——病人的母亲——躺在屋角那张高背安乐椅里,伤心地哭着。一个使女拿着一块干净手帕伺候老太太;另一个使女用着什么东西揉着老太太的太阳穴,并且吹着她睡帽底下的白发。

"嗯,基督保佑您,夫人,"病人丈夫对站在门口上了年纪的女人说,"她那么信任您。您又那么会同她说话,去吧,好朋友,您去好好劝劝她。"他刚要给她开门,但表姐拦住他,几次拿手帕按在眼睛上,猛地摇摇头。

"好了,这下子我不像哭过了。"她说,接着自己打开门走进去。

丈夫心里十分焦急,似乎完全手足无措。他向老太太走去,但没走几步又转过身,穿过房间,走到神父跟前。神父对他瞧瞧,扬起眉毛,叹了一口气。他那浓密的花白胡子也扬了起来,接着又垂下。

"天哪!天哪!"丈夫说。

"有什么办法?"神父叹息着说。

"她妈妈也在这儿!"丈夫几乎绝望地说,"她可受不了这样的打击。要知道她是多么爱她呀,我没见过谁像她这样爱女儿……神父,您最好想法子安

总计六个人围绕着垂死的人转。

劝慰什么?平静地接受死亡的现实?那么,劝慰者自己是否平静呢?

"似乎"一词绝不多余。

不曾停歇的灵魂征战

70

慰安慰她,劝她离开这儿。"

神父站起来,走到老太太跟前。

"是的,做母亲的心事谁也无法估量,"他说,"不过上帝是仁慈的。"

老太太的脸突然抽搐起来,她神经质地打着嗝。

"上帝是仁慈的,"等她稍微平静下来,神父继续说,"我可以告诉您,在我的教区里有一个病人,比玛丽雅·德米特里耶夫娜的病重得多,但一个普通市民用草药很快就把他治好了,而且那个市民现在就在莫斯科。我对华西里·德米特里奇说过,不妨请他来试试。至少对病人是个安慰。上帝是万能的。"

此时这"安慰"有用吗? 无力回天之时,却用虚妄之事点燃无知的人们的幻梦,无法给予痛苦的人真正的心灵安慰。

"不,她已经没救了,"老太太说,"上帝不召我去,却要把她带走。"接着,她更厉害地打着神经质的嗝,一会儿就昏过去了。

病人的丈夫双手捂住脸,从屋子里跑出来。

他在走廊里首先遇见他那个六岁的男孩,男孩正一个劲地追着妹妹。

"请问,要不要把孩子带到妈妈那儿去?"保姆问。

"不,她不愿看见他们,这会使她伤心的。"

男孩站了一会儿,凝神瞧瞧父亲的脸,突然撒腿向前跑去,嘴里快乐地嚷嚷着。

"爸爸,她好像一匹黑马!"男孩指指妹妹叫道。

将死之人的自私之处: 嫉妒周围一切健康的人,甚至是自己的孩子。

这时候在另一个房间里,表姐坐在病人旁边,巧妙地和她谈着话,使她对死有个思想准备。医生在另一扇窗前调药水。

病人穿着宽大的白色睡袍坐在床上,四周围着枕头,默默地望着表姐。

"唉，表姐，"病人突然打断她的话说，"你不用来给我作思想准备。不要把我当孩子。我是个基督徒。我什么都知道。我知道我活不长了。我也知道我的丈夫要是早点儿听我的话，现在我已经到了意大利，说不定——简直可以肯定——身体已经好了。大家都这么对他说。可是有什么办法呢，看来这是上帝的意思。我们大家都有许多罪孽，这一点我知道，但我相信上帝是仁慈的，人人都会得到宽恕。我竭力了解自己。我知道我也有许多罪孽，表姐。因此我受了那么多苦。我一直在努力忍受痛苦……"

"那么，我去叫神父来好吗？表妹，您领了圣餐，一定会好过<u>些</u>。"表姐说。

病人点点头表示同意。

"上帝啊！饶恕我这个罪人吧！"她喃喃地说。

表姐走出去，对神父使了个眼色。

"她是个天使！"她含泪对病人丈夫说。

丈夫哭了，神父走进门去，老太太还是不省人事，第一间屋里鸦雀无声。五分钟后，神父从屋里出来，取下长巾，理理头发。

"感谢上帝，她现在比较安静了，"他说，"她想看看你们。"

表姐和丈夫走了进去。病人正望着圣像低声哭泣。

"恭喜你，我的朋友。"丈夫说。

"谢谢！我现在觉得好多了，<u>我感到说不出的快乐</u>，"病人薄薄的嘴唇上露出一丝微笑说，"上帝真是仁慈！他是仁慈和万能的，是不是？"她又双眼饱含泪水，目光虔诚地望着圣像。

然后她仿佛突然想起什么事,示意丈夫到她跟前去。

"我求你的事,你总是不肯做。"她用微弱的声音不满地说。

这是真实的心态:不甘、不满。

丈夫伸长脖子,恭顺地听着。

"什么事,我的朋友?"

"我跟你说过多少次,这些医生什么也不懂,倒是有些郎中能治病……神父说……有一个市民……去把他找来。"

神父分明不是在安慰,而是在欺骗,这也是一种折磨。

"把谁找来呀,我的朋友?"

"天哪! 他什么也不愿懂! ……"病人皱起眉头,闭上眼睛。

医生走到她跟前,拿起她的手。她的脉搏显然越来越弱。他对她丈夫使了个眼色。病人发现这眼色,恐怖地环顾一下。表姐转过脸去,哭起来。

"不要哭,不要折磨自己,也不要折磨我,"病人说,"这样你会使我失去最后的安宁。"

周围人的哭泣,造成病人临死前的恐惧,她最终没有获得死前的平静。

"你是个天使!"表姐吻着她的手说。

"不,吻这儿,只有对死人才吻手。天哪! 天哪!"

托尔斯泰与康德一样,对于他们来说,虚伪是最深重的罪孽。虚伪是万恶之源,虚伪产生恐惧。

当天晚上,病人已成了一具尸体,尸体入殓后,灵枢停在公馆大厅里。大厅门户紧闭,里面坐着一名诵经士,用鼻音有节奏地念着大卫的诗篇。明亮的烛光从高高的银烛台上投射到死人苍白的额上,投射到那双僵硬的白蜡似的手上,投射到膝盖和脚趾处可怕的凸起的衾衣的挺直褶皱上。诵经士并不懂所念的诗句,只是有节奏地念着;在肃静的屋子里,诗句古怪地交替响起和静止。从遥远的房间时而传来孩子们的说话声和脚步声。

"你掩面,他们便惊惶。"诗篇说,"你收回他们的气,他们就死亡,归于尘土。你发出你的灵,他们便受造,你使地面更换为新。愿耶和华的荣耀存到永远。"

死者的脸严峻、平静而庄严。她那冰凉的洁白前额、她那紧闭的嘴都一动不动。她看上去全神贯注。但她现在是否理解这些庄严的诗句呢?

生前所缺少的,死亡赋予了她。

四

极短时间内建起大工程,展示的是财力还是爱意? 其实是给旁人看的。

这才是真正的"来于尘土,归于尘土",符合自然的安葬方式。

一个月后,贵妇人的墓上盖起了一座石头小教堂。车夫的坟上却还没有石碑,坟上长出嫩绿的青草,成为这里埋葬着一个人的仅有标志。

"谢廖加,你真造孽,不给费多尔买块石碑,"驿站的厨娘有一次说,"你说过,冬天买,冬天买,可是现在还不守信用。你这是当着我的面说的。他来找过你一次了,你再不买,他还会来,会把你掐死的。"

"什么,难道我说话不算数吗?"谢廖加回答,"石碑我会买的,我答应过,我会买的,我会花一个半卢布去买。我没有忘记,但得去把它运回来。哪天进城,我一定去买。"

"你哪怕先去竖个十字架也好,"一个年老的车夫插嘴说,"要不太不像话。靴子倒穿在脚上了。"

"叫我到哪儿去弄十字架呀? 总不能用木材削一个吧?"

"你这算什么话? 木材是削不出的,你带把斧头一早到小树林去,在那儿做一个不就得了吗? 砍一

不曾停歇的灵魂征战

74

棵白蜡树什么的,不就可以做个十字架吗? 要不你还得请护林员喝酒。为这么一根废料请他喝酒可划不来。瞧,前天我弄断了一根撬棒,我就去砍了一根新的,挺结实,谁也没说过一句话。"

第二天清早,天色刚亮,谢廖加就拿着斧头到小树林里去了。

大地万物都盖着一层灰白的寒露,没有照到阳光的露水一滴一滴地滴下来。东方破晓,微弱的曙光映在薄云片片的苍穹上。地上的小草,枝头的树叶,都纹丝不动。只有树丛中鸟雀的扑翼声和地上沙沙的响声偶尔打破树林的寂静。在树林边缘,突然响起一阵与大自然格格不入的响声,然后又沉寂了。<u>接着响声又起,并且在一棵一动不动的树干周围有节奏地重复着</u>。一棵树的树梢异乎寻常地颤动起来,苍翠欲滴的叶子飒飒发响,一只红胸鸲栖在树枝上,唧唧叫着鼓动翅膀,摇摇尾巴,落到另一棵树上。

斧头低低地发出越来越重浊的响声,湿润的白木片飞落到露珠滚滚的草地上,在砍击声中传出一声轻微的折裂声,整棵树颤动了一下,向一边倾斜,又迅速地挺直,根部恐惧地摇摆着。一瞬间又万籁俱寂,接着那棵树又向一边倾斜的树干上发出折裂声,于是枯枝折断,树枝下垂,一棵树树梢朝下轰隆一声倒在潮湿的地上。斧头声和脚步声都静止了。那只红胸鸲叫了一声,拍拍翅膀往高处飞去。被它的翅膀触动的树枝摇晃了一会儿,又像其他树枝一样一动不动了。树林披着纹丝不动的树叶,在开阔的新的空地上更加快乐地展示出它们新的美丽。

无妄之灾,突降小树。小树之死,特别无辜。

小树无言,接受命运,用自己装点了他人的坟墓。

最初的几道阳光穿过透明的云片在空中闪了一下,然后照遍大地和天空。朝雾在谷地里像波浪似的翻腾,草木上露珠滚滚,闪闪发亮,透明的云片在蓝幽幽的空中迅速地飞散开来。鸟儿在树丛中扑腾,兴高采烈地啁啾;苍翠欲滴的叶子在树梢上快乐而宁静地飒飒作响,而那些活着的树木的枝叶也在倒下的死树上面庄严地微微晃动。

（节选自《哥萨克》,草婴译,现代出版社）

3. 伊凡·伊里奇之死

　　这篇作品是 19 世纪俄国文学史上短篇小说的杰作,被认为是"死亡文学"中的最高成就,并开创了存在主义文学的先河。小说的伟大之处在于用通俗简洁的语言和细腻的笔触,深刻地刻画出主人公伊凡在濒临死亡时,在漫长而又痛苦的垂死挣扎的过程中,通过对生命的回顾与存在意义的追问和思索,终于在死亡的最后关头意识到了生命的意义。

五

　　就这样过了两个月光景。新年前夕,他的内弟来到他们城里,住在他们家。那天,伊凡·伊里奇上法院尚未回家。普拉斯柯菲雅·费多罗夫娜上街买东西去了。伊凡·伊里奇回到家里,走进书房,看见内弟体格强壮,脸色红润,正在打开手提箱。他听见伊凡·伊里奇的脚步声,抬起头,默默地对他瞧了一会儿。他的眼神向伊凡·伊里奇说明了问题。内弟张大嘴,正要喔唷一声叫出来,但立刻忍住了。这个动作证实了一切。

　　"怎么,我的样子变了吗?"

　　"是的……有点变。"

　　接着,不管伊凡·伊里奇怎样想使内弟再谈谈他的模样，内弟却绝口不提。普拉斯柯菲雅·费多罗夫娜一回来，内弟就到她屋里去了。伊凡·伊里奇锁上房门，去照镜子，先照正面，再照侧面。他拿起同妻子合拍的照片，拿它同镜子里的自己做着比较。变化很大。然后他把双臂露到肘部，打量了一番，才放下袖子，在软榻上坐下来，脸色变得漆黑。

"别这样，别这样。"他对自己说，霍地站起来，走到写字台边，打开卷宗，开始批阅公文，可是看不进去。他打开门，走到前厅。客厅的门关着。他踮着脚走到门边，侧着耳朵听。

"不，你说得过分了。"普拉斯柯菲雅·费多罗夫娜说。

"怎么过分？你没发觉，他已经像个死人了。你看看他的眼睛，没有一点光。他这是怎么搞的？"

"谁也不知道。尼古拉耶夫（一位医生）说如此这般，可我不知道。列谢季茨基（就是名医）说的正好相反……"

伊凡·伊里奇回到自己屋里，躺下来想："肾，游走肾。"他回忆起医生们对他说过的话，肾脏怎样离开原位而游走。他竭力在想象中捕捉这个肾脏，不让它游走，把它固定下来。这事看上去轻而易举。"不，我还是去找找彼得·伊凡内奇（那个有医生朋友的朋友）。"他打了铃，吩咐套车，准备出去。

"你上哪儿去，约翰？"妻子露出异常忧愁和<u>矫揉造作的贤惠</u>神情问。

这种矫揉造作的贤惠使他生气。他阴沉着脸对她瞅了一眼。

"我去找彼得·伊凡内奇。"

虚伪的神情让病人意识到自己并没有被真正爱过，却还要被欺骗，所以感到生气。

不曾停歇的灵魂征战

他去找这个有医生朋友的朋友。然后跟他一起到医生家去。他遇见医生，跟他谈了好半天。

医生根据解剖学和生理学对他的病作了分析，他全听懂了。

盲肠里有点毛病，有点小毛病，全会好的。只要加强一个器官的功能，减少另一个器官的活动，多吸收一点，就会好的。吃饭时，他晚到了一点。吃过饭，他兴致勃勃地谈了一通，但好一阵不能定下心来做事。最后他回到书房，立刻动手工作。他批阅公文，处理公事，但心里念念不忘有一件要事被耽误了。等公事完毕，他才记起那件事就是盲肠的毛病。但他故作镇定，走到客厅喝茶。那里有几个客人，正在说话，弹琴，唱歌。他得意的未来女婿、法院侦讯官也在座。据普拉斯柯菲雅·费多罗夫娜说，伊凡·伊里奇那天晚上过得比谁都快活，其实他一分钟也没有忘记盲肠的毛病被耽误了。十一点钟他向大家告辞，回自己屋里去。自从生病以来，他就独自睡在书房里。他走进屋里，脱去衣服，拿起一本左拉的小说，但没有看，却想着心事。他想象盲肠被治愈了——通过吸收、排泄，功能恢复正常。"对了，就是那么一回事，"他自言自语，"只要补养补养身体就好了。"他想到了药，支起身来，服了药，又仰天躺下，仔细体味药物怎样治病，怎样制止疼痛。"只要按时服药，避免不良影响就行；我现在已觉得好一点了，好多了。"他按按腰部，按上去不疼了，"是的，不疼了，真的好多了。"他灭了蜡烛，侧身躺下……盲肠在逐渐恢复，逐渐吸收。突然他又感觉到那种熟悉的隐痛，痛得一刻不停，而且很厉害。嘴里又是那种恶面对死亡的第一阶段——自我安慰、自我欺骗。但终于发现死亡的真相，无法自欺，因为死亡终将来临。

不曾停歇的灵魂征战

臭。他顿时心头发凉，头脑发晕。"天哪！天哪！"他喃喃地说，"又来了，又来了，再也好不了啦！"突然他觉得完全不是那么一回事。"哼，盲肠！肾脏！"他自言自语，"问题根本不在盲肠，不在肾脏，而在生和……死。是啊，有过生命，可现在它在溜走，在溜走，而我又留不住它。是啊！何必欺骗自己呢？除了我自己，不是人人都很清楚我快死了吗？问题只在于还有几个礼拜、几天，还是现在就死。原来有过光明，现在却变成一片黑暗。我此刻在这个世界，但不久就要离开！到哪儿去？"他觉得浑身发凉，呼吸停止，只听见心脏在怦怦跳动。

"等我没有了，那还有什么呢？什么也没有了。等我没有了，我将在哪儿？难道真的要死了吗？不，我不愿死。"他霍地跳起来，想点燃蜡烛，用颤动的双手摸索着。蜡烛和烛台被碰翻，落到地上。他又仰天倒在枕头上。"何必呢？反正都一样，"他在黑暗中瞪着一双眼睛，自言自语，"死。是的，死。他们谁也不知道，谁也不想知道，谁也不可怜我。他们玩得可乐了。（他听见远处传来喧闹和伴奏声）他们若无其事，可他们有朝一日也要死的。都是傻瓜！我先死，他们后死，他们也免不了一死。可他们还乐呢。畜生！"他愤怒得喘不过气来。他痛苦得受不了。"难道谁都得受这样的罪吗？"他坐起来。

"总有什么地方不对头，我得定下心，从头至尾好好想一想。"他开始思索。"对了，病是这样开始的。先是腰部撞了一下，但过了一两天我还是好好的。稍微有点疼，后来疼得厉害了，后来请医生，后来泄气了，发愁了，后来又请医生，但越来越接近深渊。体力越来越差,越来越接近……越来越接近……我的身子虚透了,我的眼睛没有光。我要死了,可我还以为是盲肠有病。我想治好盲肠,其实是死神临头了。难道真的要死吗?"他又感到魂飞魄散,呼吸急促。他侧身摸索火柴,用臂肘撑住床几。臂肘撑得发痛,他恼火了,撑得更加使劲,结果把床几推倒了。他绝望得喘不过气来,又仰天倒下,恨不得立刻死去。

这当儿,客人们纷纷走散。普拉斯柯菲雅·费多罗夫娜送他们走。她听见什么东西倒下,走进来。

"你怎么了?"

"没什么,不留神把它撞倒了。"

她走出去,拿着一支蜡烛进来。他躺着,喘息得又重又急,好像刚跑完了几里路,眼睛呆滞地瞧着她。

"你怎么了,约翰?"

"没……什么。撞……倒了。"他回答,心里却想:"有什么可说的? 她不会明白的。"

她确实不明白。她扶起床几,给他点上蜡烛,又匆匆走掉了——她还得送客。

等她回来,他仍旧仰天躺着,眼睛瞪着天花板。

"你怎么了,更加不舒服吗?"

"是的。"

她摇摇头,坐下来。

"我说,约翰,我们把列谢季茨基请到家里来好吗?"

这就是说,不惜金钱,请那位名医来出诊。他冷笑了一声说:"不用了。"她坐了一会儿,走到他旁边,吻了吻他的前额。

她吻他的时候，他从心底里憎恨她，好容易才忍住不把她推开。

"再见。上帝保佑你好好睡一觉。"

"嗯。"

六

伊凡·伊里奇看到自己快要死了，经常处于绝望中。

他心里明白，他快要死了，但他对这个念头很不习惯，他实在不理解，怎么也不能理解。

他在基捷韦帖尔的逻辑学里读到这样一种三段论法：盖尤斯是人，凡人都要死，因此盖尤斯也要死。他始终认为这个例子只适用于盖尤斯，绝对不适用于他。<u>盖尤斯是人，是个普通人，这个道理完全正确；但他不是盖尤斯，不是个普通人，他永远是个与众不同的特殊人物。他原来是小伊凡，有妈妈，有爸爸，有两个兄弟——米嘉和伏洛嘉，有许多玩具，有马车夫，有保姆，后来又有了妹妹卡嘉，还有儿童时代、少年时代和青年时代的喜怒哀乐。难道盖尤斯也闻到过他小伊凡所喜爱的那种花皮球的气味吗？难道盖尤斯也那么吻过妈妈的手，听到过妈妈绸衣褶裥的窸窣声吗？难道盖尤斯也曾在法学院里因点心不好吃而闹过事吗？难道盖尤斯也那么谈过恋爱吗？难道益尤斯也能像他那样主持审讯吗？</u>

盖尤斯的确是要死的，要他死是正常的，但我是小伊凡，是伊凡·伊里奇，我有我的思想感情，跟他

即将死亡令他开始面对本真的自我。自我是什么？是由属于自己的一切经历构成的，这才能将"自我"与"他人"区分开来。

不曾停歇的灵魂征战

截然不同。我不该死，要不真是太可怕了。

这就是他的心情。

"我要是像盖尤斯那样也要死，那我一定会知道，一定会听到内心的声音，可是我心里没有这样的声音。我和我的朋友们都明白，我跟盖尤斯完全不同。可是如今呢！"他自言自语，"这是不可能的，不可能发生的，可是偏偏发生了。这是怎么搞的？这事该怎么理解？"

他无法理解，就竭力驱除这个想法，把这个想法看作是虚假、错误和病态的，并且用正确健康的想法来挤掉它。但这不只是思想，而是现实，它出现了，摆在他面前。

他故意想想别的事来排挤这个想法，希望从中找到精神上的支持。他试图用原来的一套思路来对抗死的念头。但奇怪得很，以前用这种办法可以抵挡和驱除死的念头，如今却不行了。近来，伊凡·伊里奇常常想恢复原来的思绪，以驱除死的念头。有时他对自己说："我还是去办公吧，我一向靠工作过活。"他摆脱心头的种种疑虑，到法院去。他跟同事们谈话，在法庭上坐下来，照例漫不经心地扫一眼人群，两条干瘦的胳膊搁在麻栎椅扶手上，照例侧身凑近旁边的法官，挪过卷宗，同他耳语几句，然后猛地抬起眼睛，挺直身子，说几句套话，宣布开庭。但审讯到一半，腰部不顾正在开庭，突然又抽痛起来。伊凡·伊里奇定下神，竭力不去想它，可是没有用。它又来了，站在他面前，打量着他。他吓得呆若木鸡，眼睛里的光也熄灭了。他又自言自语："难道只有它是真的吗？"同事和下属惊奇而痛心地看到，像他这

"倾听内心的声音"才能对抗死亡所带来的虚无感，那将显示"生"的意义。

第二单元　无法回避的死亡之谜

83

样一位精明能干的法官竟然说话颠三倒四,在审讯中出差错。他竭力振作精神,定下心来,勉强坚持到庭审结束,闷闷不乐地回家去。他明白,法院开庭也不再能回避他想回避的事,他在审讯时也不能摆脱它。最最糟糕的是,它吸引他,并非要他有什么行动,而只是要他瞧着它,面对面地瞧着它,什么事也不做,难堪地忍受着折磨。

为了摆脱这种痛苦,伊凡·伊里奇寻找另一种屏风来自卫,但另一种屏风也只能暂时保护他,不久又破裂了,或者变得透明了,仿佛它能穿透一切,什么东西也挡不住它。

> 企图用工作来对抗死亡,也失败了,疼痛所暗示的死亡就在那里,无法绕过去。这是面对死亡的第二阶段——逃避。

有一次他走进精心布置的客厅——他摔跤的地方,他嘲弄地想,正是为了布置它而献出了生命,因为他知道他的病是由跌伤引起的,他发现油漆一新的桌上有被什么东西划过的痕迹。他研究原因,发现那是被照相簿上弯卷的青铜饰边划破的。他拿起他深情地贴上照片的照相簿,对女儿和她那些朋友的粗野很恼火——有的地方撕破了,有的照片被颠倒了。他把照片仔细整理好,把照相簿饰边扳平。

然后他想重新布置,把照相簿改放到盆花旁的角落里。他吩咐仆人请女儿或者妻子来帮忙,可是她们不同意他的想法,反对搬动。他同她们争吵、生气。但这样倒好,因为他可以不再想到它,不再看见它。

不过,当他亲自动手挪动东西的时候,妻子对他说:"啊,让仆人搬吧,你又要糟蹋自己了。"这当儿,它突然又从屏风后面出现,他又看见了它。它的影子一闪,他还希望它能再消失,可是他又注意到自己的腰。腰还是在抽痛。他再也无法把它忘记，它明明在盆花后面瞧着他。

"这是干什么呀？"

"真的，我为了这窗帘就像冲锋陷阵一样送了命。难道真是这样吗？多可怕而又多么愚蠢哪！这不可能！不可能！但是事实。"

他回到书房里躺下，又同它单独相处。他同它又面面相对，但对它束手无策。他只能瞧着它，浑身发抖。

面对死亡的第三阶段——恐惧。

七

伊凡·伊里奇生病第三个月的情况怎样，很难说，因为病情是逐步发展的，不易察觉。但妻子也好，女儿也好，儿子也好，佣人也好，朋友也好，医生也好，主要是他自己，都知道，大家唯一关心的事是，他的位置是不是快空出来，活着的人能不能解除由于他的存在而招惹的麻烦，他自己是不是快摆脱痛苦了。

他的睡眠越来越少；医生给他服鸦片，注射吗啡，但都不能减轻他的痛苦。他在昏昏沉沉中所感到的麻木，起初使他稍微好过些，但不久又让他感到同样痛苦，甚至比清醒时更不好受。

家里人遵照医生的指示给他做了特殊的饭菜，但他觉得这种饭菜越来越没有滋味，越来越倒胃口。

为他大便也做了特殊的安排。每次大便他都觉得很痛苦，因为不清洁，不体面，有臭味，还得麻烦别人帮忙。

不过，在这件不愉快的事上，伊凡·伊里奇倒也得到一种安慰。每次大便总是由男仆盖拉西姆伺候。

盖拉西姆是个年轻的庄稼汉，衣着整洁，容光焕发，因为长期吃城里伙食长得格外强壮。他性格开朗，总是乐呵呵的。开头这个整洁的小伙子身穿俄罗斯民族服装，做着这种不体面的事，总使伊凡·伊里奇感到困窘。

有一次，他从便盆上起来，无力拉上裤子，就倒在沙发上。他看见自己皮包骨头的大腿，不禁心惊胆战。

盖拉西姆脚蹬散发着柏油味的大皮靴，身上系着干净的麻布围裙，穿着干净的印花布衬衫，卷起袖子，露出年轻强壮的胳膊，带着清新的冬天空气走进来。他目光避开伊凡·伊里奇，竭力抑制着从焕发的容光中表现出来的生的欢乐——免得病人见了不高兴——走到便盆旁。

"盖拉西姆。"伊凡·伊里奇有气无力地叫道。

盖拉西姆打了个哆嗦，显然害怕自己什么地方做得不对，慌忙把他那张刚开始长胡子的淳朴善良而又青春洋溢的脸转过来对着病人。

"老爷，您有什么吩咐？"

"我想，你做这事一定很不好受。你要原谅我，我是没有办法。"

"哦，老爷，好说。"盖拉西姆闪亮眼睛，露出一排洁白健康的牙齿，"那算得了什么？您有病嘛，老爷。"

他用他那双强壮的手熟练地做着做惯的事，轻悄悄地走了出去。过了五分钟,又那么轻悄地走了回来。

伊凡·伊里奇一直那么坐在沙发上。

"盖拉西姆,"当盖拉西姆把洗干净的便盆放回原处时,伊凡·伊里奇说,"请你帮帮我,你过来。"盖拉西姆走过去。"你搀我一把。我自己爬不起来,德米特里被我派出去了。"

盖拉西姆走过去。他用他那双强壮的手,也像走路一样轻松、利索而温柔地把主人抱起来,一只手扶住他,另一只手给他拉上裤子,想让他坐下。但伊凡·伊里奇要求他把自己扶到长沙发上。盖拉西姆一点也不费劲,稳稳当当地把他抱到长沙发上坐下。

"谢谢。你真行,干得真轻巧。"

盖拉西姆又微微一笑,想走。可是伊凡·伊里奇同他一起觉得很愉快,不肯放他走。

"还有,请你把那把椅子给我推过来,不,是那一把,让我搁腿。腿搁得高,好过些。"

盖拉西姆端过椅子,轻轻地把它放在长沙发前,然后抬起伊凡·伊里奇的双腿放在上面。当盖拉西姆把他的腿高高抬起时,他觉得舒服些。

"腿抬得高,我觉得舒服些,"伊凡·伊里奇说,"你把这个枕头给我垫在下面。"

盖拉西姆照他的吩咐做了。他又把他的腿抬起来放好。盖拉西姆抬起他的双腿,他觉得确实好过些。双腿一放下,他又觉得不舒服。

"盖拉西姆,"伊凡·伊里奇对他说,"你现在有事吗?"

"没有,老爷。"盖拉西姆说,他已学会像城里仆人那样同老爷说话。

"你还有什么活要干?"

"我还有什么活要干? 什么都干好了,只要再劈点木柴留着明天用。"

"那你把我的腿这么高高抬着,行吗?"

"有什么不行的? 行!"盖拉西姆把主人的腿抬起来,伊凡·伊里奇觉得这样一点也不疼了。

"那么劈柴怎么办?"

"不用您操心。我们来得及的。"

伊凡·伊里奇叫盖拉西姆坐下抬着他的腿,并同他谈话。真奇怪,盖拉西姆抬着他的腿,他觉得好过多了。

从此以后伊凡·伊里奇就常常把盖拉西姆唤来,要他用肩膀扛着他的腿,并喜欢同他谈天。盖拉西姆做这事轻松愉快,态度诚恳,使伊凡·伊里奇很感动。别人身上的健康、力量和生气往往使伊凡·伊里奇感到屈辱;只有盖拉西姆的力量和生气不仅没有使他觉得伤心,反而使他感到安慰。

伊凡·伊里奇觉得最痛苦的事就是听谎言,听大家出于某种原因都相信的那个谎言,他只是病了,并不会死,只要安心治疗,一定会好的。可是他知道,不论采取什么办法,他都不会好了,痛苦只会越来越厉害,直到死去。这个谎言折磨着他。他感到痛苦的是,大家都知道,他自己也知道他的病很严重,但大家都讳言真相而撒谎,还要迫使他自己一起撒谎。谎言,在他临死前夕散布的谎言,把他不久于人世这样严肃可怕的大事,缩小到访问、挂窗帘和晚餐吃鳇鱼等小事,这使他感到极其痛苦。说来也奇

身体的接触能令人不感到孤单,心中会有安慰,任何人都是这样,这是人的天性。

被欺骗者对于撒谎极痛恨,那极不道德,不合伦理,因为这将哄骗病人无法面对真相,无法找寻生命真正的意义。

不曾停歇的灵魂征战

怪,好多次当他们就他的情况编造谎言时,他差一点大声叫出来:"别再撒谎了,我快要死了。这事你们知道,我也知道,所以大家别再撒谎了。"但他从来没有勇气这样做。他看到,他不久于人世这样严肃可怕的事,被周围的人看成只是一件不愉快或者不体面的事(就像一个人走进会客室从身上散发出臭气一样),还要勉强维持他一辈子苦苦撑住的"体面"。他看到,谁也不可怜他,谁也不想了解他的真实情况。只有盖拉西姆一人了解他,并且可怜他。因此只有同盖拉西姆在一起他才觉得好过些。盖拉西姆有时通宵扛着他的腿,不去睡觉,嘴里还说:"您可不用操心,老爷,我回头会睡个够的。"这时他感到安慰。或者当盖拉西姆脱口而出亲热地说:"要是您没病就好了,我这样伺候伺候您算得了什么?"他也感到安慰。只有盖拉西姆一人不撒谎,显然也只有他一人明白真实情况,并且认为无须隐讳,但他怜悯日益消瘦的老爷。有一次伊凡·伊里奇打发他走,他直截了当地说:

"我们大家都要死的。我为什么不能伺候您呢?"他说这话的意思就是,现在他不辞辛劳,因为伺候的是个垂死的人,希望将来有朝一日轮到他的时候也有人伺候他。

除了这个谎言,或者正是由于这个谎言,伊凡·伊里奇觉得特别痛苦的是,没有一个人像他所希望的那样可怜他。伊凡·伊里奇长时期受尽折磨,有时特别希望——尽管他不好意思承认——有人像疼爱有病的孩子那样疼爱他。他真希望有人疼他,吻他,对着他哭,就像人家疼爱孩子那样。他知道,他

这一句话超越了阶层和身份,体现了他对生命的那一份平等的善意和尊重。也正是从这些普通人身上,托尔斯泰最终发现,只有那种"全人类普遍的爱"才能带给人真正的幸福,"真正的爱总是在对所有的人怀着善意时产生的"。

这是身体的要求,更是心灵的真实要求。

是个显赫的大官,已经胡子花白,因此这是不可能的,但他还是抱着这样的希望。他同盖拉西姆的关系近似这种关系,因此跟盖拉西姆在一起,他感到安慰。伊凡·伊里奇想哭,要人家疼他,对着他哭,不料这时他的法院同事谢贝克走来了,伊凡·伊里奇不仅没有哭,没有表示亲热,反而板起脸,现出严肃和沉思的神气,习惯成自然地说了他对复审的意见,并且坚持自己的看法。他周围的这种谎言和他自己所说的谎言,比什么都厉害地毒害了他生命的最后日子。

伊凡·伊里奇是一名官员,时时处处体现自己的威严已经成为他难以脱下的面具,但同时他还是一个有血肉的人,心中眷恋着属于人类的真情流露。人格有轻微分裂。

八

有一天早晨。伊凡·伊里奇知道这是早晨,因为每天早晨都是盖拉西姆从书房里出去,男仆彼得进来吹灭蜡烛,拉开一扇窗帘,悄悄地收拾房间。早晨也好,晚上也好,礼拜五也好,礼拜天也好,反正都一样,反正没有区别:永远是一刻不停的难堪的疼痛;意识到生命正在无可奈何地消逝,但还没有完全消逝;那愈益逼近的可怕而又可恨的死,只有它才是真实的,其他一切都是假的。在这种情况下,几天、几个礼拜和几小时有什么区别?

"老爷,您要不要用茶?"

"他还是老一套,知道老爷太太每天早晨都要喝茶。"他想,接着回答说:"不用了。"

"您要不要坐到沙发上去?"

"他得把屋子收拾干净,可我在这里碍事。我太邋遢,太不整齐了。"他想了想回答说:"不,不用管我。"

男仆继续收拾屋子。伊凡·伊里奇伸出一只手。彼得殷勤地走过去。

"老爷,您要什么?"

"我的表。"

彼得拿起手边的表,递给他。

"八点半了。她们还没有起来吗?"

"还没有,老爷。瓦西里·伊凡内奇(这是儿子)上学去了,普拉斯柯菲雅·费多罗夫娜关照过,要是您问起,就去叫醒她。要去叫她吗?"

"不,不用了。"他回答,接着想:"要不要喝点茶呢?"于是就对彼得说:"对了,你拿点茶来吧。"

彼得走到门口。伊凡·伊里奇独自留着觉得害怕。"怎么把他留住呢? 有了,吃药。"他想了想,说:"彼得,给我拿药来。"接着又想:"是啊,说不定吃药还有用呢。"他拿起匙子,把药吃下去。"不,没有用。一切都是胡闹,都是欺骗。"他一尝到那种熟悉的甜腻腻的怪味,就想。"不,我再也不能相信了。可是那个疼,那个疼,要是能停止一会儿就好了。"他呻吟起来。彼得向他回过头来。"不,你去吧,拿茶来。"

彼得走了,剩下伊凡·伊里奇一个人。他又呻吟起来。他疼得很厉害,可呻吟主要不是由于疼痛,而是由于悲伤。"老是那个样子,老是那样的白天和黑夜。但愿快一点。什么快一点? 死,黑暗。不,不! 好死不如赖活着!"

彼得托着茶盘进来,伊凡·伊里奇茫然看了他好一阵,认不出他是谁,不知道他是来干什么的。他这种目光弄得彼得很狼狈。彼得现出尴尬的神色,伊凡·伊里奇才醒悟过来。

"噢,茶……"他说,"好的,放着。你帮我洗洗脸,拿一件干净衬衫来。"

伊凡·伊里奇开始梳洗。他断断续续地洗手,洗脸,刷牙,梳头,然后照照镜子。他感到害怕,特别是看到他的头发怎样贴着苍白的前额。

彼得给他换衬衫。他知道他要是看到自己的身体,一定会更加吃惊,因此不往身上看。梳洗完毕了,他穿上晨衣,身上盖了一条方格毛毯,坐到扶手椅上喝茶。有那么一会儿他觉得神清气爽,但一喝茶,立刻又感到那种味道、那种疼痛。他勉强喝完茶,伸直腿躺下来。他躺下,让彼得走。

还是那个样子。一会儿出现了一线希望,一会儿又掉进绝望的海洋。老是疼,老是疼,老是悲怆凄凉,一切都是老样子。独个儿待着格外悲伤,想叫个人来,但他知道同人家待在一起更难受。"最好再来点儿吗啡,把什么都忘记。我要请求医生,叫他想点别的办法。这样可真受不了,真受不了!"

一小时、两小时就这样过去了。忽然前厅里响起了铃声。会不会是医生?果然是医生。他走进来,精神饱满,容光焕发,喜气洋洋。那副神气仿佛表示:"你们何必这样大惊小怪,我这就来给你们解决问题。"医生知道,这样的表情是不得体的,但他已经习惯了,改不掉了,好像一个人一早穿上大礼服,就这样穿着一家家去拜客,没有办法改变了。

医生生气勃勃而又使人宽慰地搓搓手。

"啊,真冷,可把我冻坏了。让我暖和暖和身子。"他说这话时的神气仿佛表示,只要稍微等一下,

独自面对病痛、面对死亡,任何人都无法替代。

不曾停歇的灵魂征战

92

等他身子一暖和,就什么问题都解决了。

"嗯,怎么样?"

伊凡·伊里奇觉得,医生想说:"情况怎么样?"但他觉得不该那么问,就说:"晚上睡得怎么样?"

伊凡·伊里奇望着医生的那副神气表示:"您老是撒谎,怎么不害臊?"但医生不理会他的表情。

伊凡·伊里奇就说:

"还是那么糟。疼痛没有消除,也没有减轻。您能不能想点办法……"

"啊,你们病人总是这样。嗯,这会儿我可暖和了,就连普拉斯柯菲雅·费多罗夫娜那么仔细,也不会对我的体温有意见了。嗯,您好。"医生说着握了握病人的手。

接着医生收起戏谑的口吻,现出严肃的神色给病人看病:把脉,量体温,叩诊,听诊。

伊凡·伊里奇清清楚楚地知道,<u>这一切都毫无意义,全是骗人的</u>,但医生跪在他面前,身子凑近他,用一只耳朵忽上忽下地细听,脸上显出极其认真的神气,像做体操一般做着各种姿势。伊凡·伊里奇面对这种场面,屈服了,就像他在法庭上听辩护律师发言一样,尽管他明明知道他们都在撒谎以及为什么撒谎。

医生跪在沙发上,还在他身上敲着。这当儿门口传来普拉斯柯菲雅·费多罗夫娜绸衣裳的声音,还听见她在责备彼得没有及时向她报告医生的来到。

她走进来,吻吻大夫,立刻振振有词地说,她早就起来了,只是不知道医生来了才没有及时出来

当伊凡·伊里奇自己渐渐摆脱了自欺,就更清楚地发现了周围人的欺骗,他们也一样不敢面对死亡。

中国的传统文化也往往不直面死亡,孔子就说"未知生,焉知死?"拒绝讨论死亡,民间更是忌讳说死,其中的文化意味令人深思。

迎接。

伊凡·伊里奇对她望望，打量着她的全身，对她那白净浮肿的双手和脖子、光泽的头发和充满活力的明亮眼睛感到嫌恶。他从心底里憎恨她。她的亲吻更激起他对她的难以克制的憎恨。

她对待他和他的病还是老样子。正像医生对病人的态度都已定型不变那样，她对丈夫的态度也已定型不变：她总是亲昵地责备他没有照规定服药休息，总是怪他自己不好。

"唉，他这人就是不听话！不肯按时吃药。尤其是他睡的姿势不对，两腿搁得太高，这样睡对他不好。"

她告诉医生他怎样叫盖拉西姆扛着腿睡。

医生鄙夷不屑而又和蔼可亲地微微一笑，仿佛说："有什么办法呢？病人总会做出这样的蠢事来，但情有可原。"

检查完毕，医生看了看表。这时普拉斯柯菲雅·费多罗夫娜向伊凡·伊里奇宣布，不管他是不是愿意，她今天就去请那位名医来，让他同米哈伊尔·达尼洛维奇（平时看病的医生）会诊一下，商量商量。

"请你不要反对。我是为我自己才这样做的。"她嘲讽地说，让他感到这一切都是为她而做的，因此他不该拒绝。他不作声，皱起眉头。他觉得周围是一片谎言，很难判断是非曲直。

她为他做的一切都是为了她自己。她对他说这样做是为了她自己，那倒是真的，不过她的行为叫人很难相信，因此必须从反面来理解。

十一点半，那位名医果然来了。又是听诊，又是当着他的面一本正经地交谈，而到了隔壁房间又是谈肾脏，谈盲肠，又是一本正经地问答，又是避开他现在面临的生死问题，大谈什么肾脏和盲肠有毛病，米哈伊尔·达尼洛维奇和名医又都主张对肾脏和盲肠进行治疗。

名医临别时神态十分严肃，但并没有绝望。伊凡·伊里奇眼睛里露出恐惧和希望的光芒仰望着名医，怯生生地问他，是不是还能恢复健康。名医回答说，不能保证，但可能性还是有的。伊凡·伊里奇用满怀希望的目光送别医生，他的样子显得那么可怜，以致普拉斯柯菲雅·费多罗夫娜走出书房付给医生出诊费时都忍不住哭了。

被医生鼓舞起来的希望并没有持续多久。还是那个房间，还是那些图画，还是那些窗帘，还是那种墙纸，还是那些药瓶，还是他那个疼痛的身子。伊凡·伊里奇呻吟起来，注射了吗啡，便迷迷糊糊睡着了。

他醒来时，天色开始发黑。仆人给他送来晚餐，他勉强吃了一点肉汤。于是一切如旧，黑夜又来临了。

饭后七点钟，普拉斯柯菲雅·费多罗夫娜走进他的房间。她穿着晚礼服，丰满的胸部被衣服绷得隆起，脸上有扑过粉的痕迹。早晨她就提起，今晚她们要去看戏。萨拉·贝娜到这个城里做访问演出，她们定了一个包厢。那也是他的主意。这会儿，他把这事忘记了，她这副打扮使他生气。不过，当他记起是他要她们定包厢去看戏的，认为孩子们看这戏可以获得美的享受，他就把自己的愤怒掩饰起来。

普拉斯柯菲雅·费多罗夫娜进来的时候得意扬扬，但仿佛又有点负疚。她坐下来，问他身体怎么样，不过他看出，她只是为了敷衍几句才问的，并非真的想了解什么，而且知道也问不出什么来。接着她就讲她要讲的话：她本来说什么也不愿去，可是包厢已经定了，爱伦和女儿，还有彼特利歇夫（法院侦讯官，未来的女婿）都要去，总不能让他们自己去，她其实是宁可待在家里陪他的。现在她只希望她不在家时，他能照医生的嘱咐休息。

"对了，费多尔·彼得罗维奇（未来的女婿）想进来看看你，行吗？还有丽莎。"

"让他们来好了。"

女儿走进来。她打扮得漂漂亮亮，露出部分年轻的身体。对比之下，他觉得更加难受。她公然显示她健美的身体。显然她正在谈恋爱，对妨碍她幸福的疾病、痛苦和死亡感到嫌恶。

费多尔·彼得罗维奇也进来了。他身穿燕尾服，头发烫出波纹，雪白的硬领夹着青筋毕露的细长脖子，胸前露出一大块白硬衬，瘦长的黑裤紧裹着两条强壮的大腿，手上套着雪白的手套，拿着大礼帽。

一个中学生在他后面悄悄走进来。这个可怜的孩子穿一身崭新的学生装，戴着手套，眼圈发黑——伊凡·伊里奇知道怎么会这样。

他总是很怜悯儿子。儿子那种满怀同情的怯生生目光使他心惊胆战。伊凡·伊里奇觉得除了盖拉西姆以外，只有儿子一人了解他、同情他。

大家都坐下来，又问了一下病情。接下来是一

淡漠的亲情，更使病人陷入深深的孤独感之中。这个世界依旧，只有自己即将离开。

这才是人与人之间应有的感情，但"文明人"认为不该这么做，认为这会刺激病人，所以选择了逃避和欺骗。其实质却是自己不敢面对。

片沉默。丽莎问母亲要望远镜。母女俩争吵起来，不知是谁拿了，放在什么地方。这事弄得大家都很不高兴。

费多尔·彼得罗维奇问伊凡·伊里奇有没有看过萨拉·贝娜。伊凡·伊里奇起初没听懂他问什么，后来才说：

"没有，您看过吗？"

"看过了，她演过《阿德里安娜·莱科芙露尔》。"

普拉斯柯菲雅·费多罗夫娜说，她演那种角色特别好。女儿不同意她的看法。大家谈到她的演技又典雅又真挚——那题目已谈过不知多少次了。

谈话中间，费多尔·彼得罗维奇对伊凡·伊里奇瞧了一眼，不作声了。其他人跟着瞧了一眼，也不作声了。伊凡·伊里奇睁大眼睛向前望望，显然对他们很生气。这种尴尬的局面必须改变，可是怎么也无法改变。必须设法打破这种沉默，谁也不敢这样做，大家都害怕，唯恐这种礼貌周到的虚伪做法一旦被揭穿，真相就会大白。丽莎第一个鼓起勇气，打破了沉默。她想掩饰大家心里都有的感觉，却脱口而出：

"嗯，要是去的话，那么是时候了。"她瞧了瞧父亲送给她的表，说。接着对未婚夫会意地微微一笑，衣服窸窣响着站起来。

大家都站起来，告辞走了。

等他们一走，伊凡·伊里奇觉得好过些，因为虚伪的局面结束了，随着他们一起消失了，但疼痛如旧。依旧是那种疼痛，依旧是那种恐惧，一点也没有缓和，而且每况愈下。

时间还是一分钟又一分钟、一小时又一小时地过去，一切如旧，没完没了，而无法避免的结局却越来越使人不寒而栗。

"好的，你去叫盖拉西姆来。"他对彼得说。

九

妻子深夜才回家。她踮着脚悄悄进来，但他还是听见了她的脚步声。他睁开眼睛，连忙又闭上。她想打发盖拉西姆走开，自己陪他坐一会儿。他却睁开眼睛，说：

"不，你去吧。"

"你很难受吗？"

"老样子。"

"服点鸦片吧。"

他同意了，服了点鸦片。她走了。

直到清晨三时，他一直处在痛苦的迷糊状态中。他仿佛觉得人家硬把他这个病痛的身子往一个又窄又黑又深的口袋里塞，一个劲地往下塞，却怎么也塞不到袋底。这件可怕的事把他折磨得好苦。他又害怕，又想往下沉，不断挣扎，越挣扎越往下沉。他突然跌了下去，随即惊醒过来。依旧是那个盖拉西姆坐在床脚跟，平静而耐心地打着瞌睡。他却躺在那里，把那双穿着袜子的瘦腿搁在盖拉西姆肩上；依旧是那支有罩的蜡烛，依旧是那种一刻不停的疼痛。

"你去吧，盖拉西姆。"他喃喃地说。

"不要紧，老爷，我坐坐。"

"不，你去吧。"

他放下腿，侧过身子来睡。他开始可怜自己。他等盖拉西姆走到隔壁屋里，再也忍不住，就像孩子般痛哭起来。他哭自己的无依无靠，哭自己的孤独寂寞，哭人们的残酷，哭上帝的残酷和冷漠。

"你为什么要这样做？为什么把我带到这儿来？为什么？为什么这么狠心地折磨我？……"

他知道不会有回答，但又因得不到也不可能得到回答而痛哭。疼痛又发作了，但他一动不动，也不呼号。他自言自语："痛吧，再痛吧！可是为了什么呀？我对你做了什么啦？这是为了什么呀？"

后来他安静了，不仅停止哭泣，而且屏住呼吸，提起精神来。他仿佛不是在倾听说话声，而是在倾听灵魂的呼声，倾听自己思潮的翻腾。

"你要什么呀？"这是他听出来的第一句明确的话。"你要什么呀？你要什么呀？"他一再问自己，"要什么？"——"摆脱痛苦，活下去。"他自己回答。

他又全神贯注地倾听，连疼痛都忘记了。

"活下去，怎么活？"心灵里有个声音问他。

"是的，活下去，像我以前那样活得舒畅而快乐。"

"像你以前那样，活得舒畅而快乐吗？"心灵里的声音问。于是他开始回忆自己一生中美好的日子。奇怪的是，所有那些美好的日子现在看来一点也不美好，只有童年的回忆是例外。童年时代确实有过欢乐的日子，要是时光能倒转，那是值得重温的。但享受过当年欢乐的人已经不存在了，存在的似乎只有对别人的回忆。

自从伊凡·伊里奇变成现在这个样子以来，过

倾听内心的声音，才能发现生存的真相：过那大家艳美的生活毫无意义，只有童年才是美好的。也许那种生活才是真实的没有欺骗的生活吧。

去的欢乐都在他眼里消失了，或者说，变得不足道了，变得令人讨厌了。

离童年越远，离现在越近，那些欢乐就越显得不足道、越可疑。这是从法学院开始的。在那里还有点真正美好的事：还有欢乐，还有友谊，还有希望。但读到高年级，美好的时光就越来越少。后来开始在官府供职，又出现了美好的时光：那是对一个女人的倾慕。后来生活又浑浑噩噩，美好的时光更少了，越来越少，越来越少。

结婚……是那么意外，那么叫人失望。妻子嘴里的臭味，放纵情欲，装腔作势！死气沉沉地办公，不择手段地捞钱，就这样过了一年，两年，十年，二十年——始终是那么一套。而且越是往后，就越是死气沉沉。我在走下坡路，却还以为在上山。就是这么一回事。大家都说我官运亨通，步步高升，其实生命在我脚下溜掉……如今瞧吧，末日到了！

这究竟是怎么一回事？为什么会这样？生活不该那么无聊，那么讨厌。不该！即使生活确是那么讨厌，那么无聊，那又为什么要死，而且死得那么痛苦？总有点不对头。

"是不是我的生活有些什么地方不对头？"他忽然想到。"但我不论做什么都是循规蹈矩的，怎么会不对头？"他自言自语，顿时找到了唯一的答案：生死之谜是无法解答的。

如今你到底要什么呢？要活命？怎么活？像法庭上听到民事执行吏高呼"开庭了！"时那样活。"开庭了，开庭了！"他一再对自己说。"喏，现在要开庭了！可我又没有罪！"他恨恨地叫道。"为了什么

死亡来临，他才看到自己的一生是如此荒谬和虚无。死神的逼近会让人清醒，让人反思自己的一生意义何在。这是面对死亡的第四个阶段——反思自我。

不曾停歇的灵魂征战

100

呀?"他停止哭泣,转过脸来对着墙壁,一直思考着那个问题:为什么要忍受这样的恐怖?为什么?

然而,不管他怎样苦苦思索,都找不到答案。他头脑里又出现了那个常常出现的想法:<u>这一切都是由于他生活过得不对头</u>。他重新回顾自己规规矩矩的一生,立刻又把这个古怪的想法驱除掉。

十

又过了两个礼拜。伊凡·伊里奇躺在沙发上已经起不来了。他不愿躺在床上,就躺在长沙发上。他几乎一直面对墙壁躺着,孤独地忍受着那难以摆脱的痛苦,孤独地思索着那难以解答的问题:"这是怎么一回事?难道真的要死吗?"心灵里有个声音回答说:"是的,要死的。"——"为什么要受这样的罪?"那声音回答说:"不为什么,就是这样。"除此以外就什么也没有了。

自从伊凡·伊里奇开始生病,自从他第一次看医生以来,他的心情就分裂成两种对立的状态,两种状态交替出现着:一会儿是绝望地等待着神秘而恐怖的死亡,一会儿是希望和紧张地观察自己身上的器官。一会儿眼前出现了功能暂时停止的肾脏或者盲肠,一会儿又出现了无可避免的神秘而恐怖的死亡。

这两种心情从一开始生病就交替出现;但随着病情的发展,他觉得肾脏的功能越来越可疑,越来越虚幻,而日益逼近的死亡却越来越现实。

他只要想想三个月前的身体,再看看现在的情况,看看他怎样一步步不停地走着下坡路,任何侥幸的心理就自然而然土崩瓦解了。

近来,他面向沙发背躺着,感到异常孤寂,那是一种处身在闹市和许多亲友中间却没有人理睬的孤寂,即使跑遍天涯海角都找不到的孤寂。身处在这种可怕的孤寂中,他只能靠回忆往事度日。一幕幕往事像图画般浮现在他眼前。他总是从近期的事开始,一直回忆到遥远的过去,回忆到童年时代,然后停留在那些往事上。譬如他从今天给他端来的李子酱,会想到童年吃过的干瘪法国李子,觉得别有风味,吃到果核,满口生津。同时他又会想到当年的种种情景:保姆、兄弟、玩具。"那些事别去想了……太痛苦了。"伊凡·伊里奇对自己说,思想又回到现实上来。他瞧着羊皮沙发上的皱纹和沙发背上的纽扣,心想:"山羊皮很贵,又不牢;有一次就为这事争吵过。还记得当年我们撕坏父亲的皮包,因此受罚,但那是另一种山羊皮,是另一次争吵……妈妈还送包子来给我们吃。"他的思想又停留在童年时代,他感到很难过。他竭力驱散这种回忆,想些别的事。

在一系列往事的回忆中,他又想到了那件事:他怎样生病和病情怎样恶化。他想到年纪越小,越是充满生气。生命里善的因素越多,生命力也就越充沛。两者互为因果。"病痛越来越厉害,整个生命也就越来越糟,"他想。"生命开始还有一点光明,后来却越来越暗淡、消逝得越来越快,离死越来越近。"他忽然想到,一块石子落下总是不断增加速度,生命也是这样,带着不断增加的痛苦,越来越快地掉落下去,掉进痛苦的深渊。"我在飞逝……"他浑身打了

不曾停歇的灵魂征战

个哆嗦，试图抗拒，但知道这是无法抗拒的。他的眼睛虽已疲劳，却依旧瞪着前面，瞪着沙发背。他等待着，等待着那可怕的坠落、震动和灭亡。"无法抗拒，"他自言自语，"真想知道为什么会这样，可是无法知道。要是说我生活得不对头，那还有理由解释，可是不能这么说。"他对自己说，自己一辈子奉公守法，过着正派而体面的生活。"不能这么说，"他嘴上露出冷笑，仿佛人家会看到他这个样子，并且会因此受骗似的，"可是找不到解释！折磨，死亡……为了什么呀？"

十一

这样过了两个礼拜。在这期间发生了伊凡·伊里奇夫妇所希望的那件事：彼特里歇夫正式来求婚。这事发生在一天晚上。第二天，普拉斯柯菲雅·费多罗夫娜走进丈夫房间，考虑着怎样向他宣布彼特里歇夫求婚的事，但就在那天夜里，伊凡·伊里奇的病情又有新的发展。普拉斯柯菲雅·费多罗夫娜发现他又躺在长沙发上，但姿势跟以前不同。他仰天躺着，呻吟着，眼睛呆滞地瞪着前方。她谈起吃药的事。他把目光转到她身上。她没有把话说完，因为她发现他的目光里充满对她的愤恨。"看在基督分上，让我安安静静地死吧！"他说。她正想出去，但这当儿女儿进来向他请安。他也像对妻子那样对女儿望望，而对女儿问候病情的话只冷冷地说，他不久就会让她们解脱的。母女俩默不作声，坐了一会儿走了。"我们究竟有什么过错呀？"丽莎对母亲说，"仿佛都是我们弄得他这样似的！我可怜爸爸，可他为什么要折磨我们？"医生按时来给他看病。伊凡·伊里奇对他的问题只回答"是"或者"不是"，并愤怒地盯着医生，最后说："您明明知道毫无办法，那就让我去吧！""我们可以减轻您的痛苦。"医生说。"这点您也办不到，让我去吧！"医生走到客厅，告诉普拉斯柯菲雅·费多罗夫娜情况很严重，只有一样东西可以减轻他的痛苦，就是鸦片。医生说，他肉体上的痛苦很厉害，这是事实，但精神上的痛苦比肉体上的痛苦更厉害，而这也是令他最难受的事。他精神上的痛苦就是，那天夜里他瞧着盖拉西姆睡眼惺忪、颧骨突出的善良的脸，忽然想："我这辈子说不定真的过得不对头。"他忽然想，以前说他这辈子生活过得不对头，他是绝对不同意的，但现在看来可能是真的。他忽然想，以前他有过轻微的冲动，反对豪门权贵肯定的好事，这种冲动虽然很快就被他自己克制住，但说不定倒是正确的，而其他一切可能都不对头。他的职务，他所安排的生活，他的家庭，他所献身的公益事业和本职工作，这一切可能都不对头。他试图为这一切辩护，但忽然发现一切都有问题，没有什么可辩护的。"既然如此，那么现在在我将离开世界的时候，发觉我把天赋予我的一切都糟蹋了，但又无法挽救，那可怎么办？"他自言自语。他仰天躺着，重新回顾自己的一生。早晨他看到仆人，后来看到妻子，后来看到女儿，后来看到医生，他们的一举一动、一言一语，都证实他夜间所发现的可怕真理。他从他们身上看到了自己，看到了他赖以生活的一切，并且明白这一切都不对头，这一切都是掩盖着生死问题的

精神上最大的发现和痛苦："我"的生命存在竟然从来没有一个"我"自己独立判断、自觉抉择过的意义；"我"的一切生存活动不过是在虚无不觉中，跟随众人游走罢了。这可能也是托尔斯泰本人对自己过去的文学生涯和贵族生活的否定。

不曾停歇的灵魂征战

可怕的大骗局。这种思想增加了他肉体上的痛苦，比以前增加了十倍。他不断呻吟，辗转反侧，扯着身上的衣服。他觉得衣服束缚他，使他喘不过气来。他为此憎恨它们。医生给了他大剂量鸦片，他昏睡过去，但到吃晚饭时又开始折腾。他把所有的人都赶走，不断地翻来覆去。妻子走过来对他说："约翰，心肝，你就为了我（为了我？）这么办吧。这没有什么害处，常常还有点用。真的，这没什么。健康的人也常常……"他睁大眼睛，问："什么事？进圣餐吗？干什么呀？不用了！不过……"她哭了。"好吗，我的亲人？我去叫我们的神父来，他这人挺好。""好，太好了。"他说。神父来了，听了他的忏悔，他觉得好过些，疑虑似乎减少了些，痛苦也减轻了，刹那间心里看到了希望。他又想到了盲肠，觉得还可以治愈。他含着眼泪进了圣餐。他进了圣餐，又被放到床上，刹那间觉得好过些，并且又出现了生的希望。他想到他们曾建议他动手术。"活下去，我要活下去！"他自言自语。妻子走来祝贺，她敷衍了几句，又问："你是不是感到好些？"他眼睛不看她，嘴里说："是。"她的服装，她的体态，她的神情，她的腔调，全都向他说明一个意思："不对头。你过去和现在赖以生活的一切都是谎言，都是对你掩盖生死大事的骗局。"他一想到这点，心头就冒起一阵愤恨，随着愤恨又感觉到肉体上的痛苦，同时意识到不可避免的临近的死亡。接着又增加了一种新的感觉：拧痛、刺痛和窒息。当他说"是"的时候，他的脸色是可怕的。他说了一声"是"，眼睛直盯住她的脸，接着使出全身的力气迅速地把脸转过去，伏在床上嚷道："都给我走，都给我走，让我一个人待着！"

从那时起，他连续三天一刻不停地惨叫，叫得那么可怕，就是隔着两道门听了也觉得毛骨悚然。当他回答妻子的时候，他明白他完了，无法挽救了，末日到了，生命的末日到了，可是生死之谜始终没有解决，永远是个谜。

"哎哟！哎哟！哎哟！"他用不同的音调惨叫着。他开始嚷道："我不要！"接下去又是哎哟、哎哟地惨叫。

整整三天，他一刻不停地在那个黑口袋里拼命挣扎，而一个肉眼看不见的力量却无可抗拒地把他往口袋里塞。他好像一个死刑犯，落到刽子手手里，知道没有生路了。他每分钟都感觉到，不管他怎样挣扎，他是越来越接近那恐怖的末日了。他觉得他的痛苦在于他正被人塞到那个黑窟窿里去，而更痛苦的是他不能爽爽快快落进去。他之所以不能爽爽快快落进去，是因为他认为他的生命是有价值的。这种对自己生命的肯定，阻碍了他，不让他走，使他特别痛苦。

突然，他的胸部和腰部受到猛烈的打击，呼吸更加困难，他掉到窟窿里。在窟窿底有一道亮光。他觉得自己仿佛身处在火车车厢里，他以为火车在前进，其实却在后退。这时他突然辨出了方向。

"是的，一切都不对头，"他自言自语，"但没有关系，可以纠正的。可怎样才算'对头'呢？"他问自己，接着突然沉默了。

第三天傍晚，他临终前两小时，念中学的儿子悄悄地进来，走到父亲床跟前。垂死的人一直在惨叫，挥动双臂。他的一只手落在儿子头上。儿子捉住他的手,把它贴在嘴唇上,哭了起来。

就在这时候,伊凡·伊里奇掉了下去,看见了光。他领悟到他的生活过得不对头,但还可以纠正。他问自己:怎样才"对头"? 接着一动不动地留神听着。他感到有人在吻他的手。他睁开眼睛,对儿子瞧了一眼。他可怜起儿子来。妻子走到他跟前。他对她瞧了一眼。她张开嘴,鼻子上和面颊上挂着眼泪,露出绝望的神情瞧着他。他为她难过。

"是的,我把他们害苦了,"他想,"他们真可怜,但等我一死,他们就会好过些。"他想把这话说出来,可是没有力气说。"不过,何必说呢? 应该行动。"他想。他对着儿子用目光示意说:

"带他走……可怜……你也……"他还想说"原谅我",但却说了"原来我"。他已经没有力气纠正,只摆了摆手,知道谁需要听懂自然会懂的。

他恍然大悟,原来折磨他的东西消失了,从四面八方消失了,从一切方面消失了。他可怜他们,应该使他们不再受罪。应该使他们,也使自己摆脱种种痛苦。"多么简单,多么快乐。"他想。"疼痛呢?"他问自己,"它哪儿去了? 嗳,疼痛,你在哪儿啊!"

他留神倾听。"噢,它在这里。好吧,疼就疼吧。"

"那么死呢? 它在哪里?"

他寻找着往常折磨他的死的恐惧,可是没有找到。"它在哪里? 什么样的死啊?"他一点也不觉得恐惧,因为根本没有死。

没有死,只有光。"原来如此!"他突然说出声

经历了最痛苦的折磨,他不再为自己而活了,"爱"出现了,为了使儿子和妻子不再难过,自己就必须死。由此他摆脱了对死亡的恐惧,获得了灵魂的解脱。

海德格尔在《存在与时间》里对死亡的分析的灵感和依据多半就来自托尔斯泰的这部小说。根据海德格尔的理论,主人公伊凡在死亡之前所经历的恐惧、愤怒、孤独、绝望的负面情绪,在死亡的最后一刻,也在他顿悟了生命是"向死存在"的真理以后才彻底结束。

来，"多么快乐呀！"

对于他，这一切都只是一刹那的事，这一刹那的含义没有再变。但旁人看到，临死前他又折腾了两小时。他的胸膛里咯咯发响，皮包骨头的身体不断抽搐。接着咯咯声越来越小，喘息也越来越微弱。

"过去了！"有人在他旁边说。他听见这话，心里重复了一遍，"死过去了，"他对自己说，"再也不会有死了。"

他吸了一口气，吸到一半停住，两腿一伸就死了。

（节选自《伊凡·伊里奇之死》，草婴译，现代出版社）

不曾停歇的灵魂征战

4. 托尔斯泰遗嘱

（1895 年 3 月 27 日日记）

　　一切有关死亡的思索最终都将指向如何面对生活和如何面对死亡。托尔斯泰的遗嘱体现了他的人生态度：俭朴、坦诚、放弃财产、报偿社会。这份遗嘱虽然在后来还四易其稿，但对于死后埋葬的方式和放弃版权的决定始终如一。这份遗嘱在 1910 年的定稿也成了他和妻子意见不一以致剧烈冲突、离家出走的导火索。

　　我的遗嘱大概就是这样。在我没有写另外一份以前，它完全就是这样。

　　（1）我死在哪儿就安葬在哪儿，墓地要最便宜的。如果死在城里，那就用最便宜的棺材，像埋穷人那样。不要送花、花圈，不要发表演说。如果可能的话，甚至不要请牧师，不要做安魂祈祷。但是，如果这样做不能被那些葬我的人所接受，那之后任凭人们按通常所有安魂祈祷仪式的葬礼那样处理；不过仪式要尽可能地节俭和简单。

　　（2）死的消息不要登报，不要写讣告。

　　（3）对我的全部文稿的审定和整理的事应交给我的妻子、契夫特科夫、维·盖·斯特拉霍夫（和我的女儿塔尼亚和玛莎）（被涂掉的都是我自己涂的，

　　"安葬"的意义在于使死者安心，在面对下层农民忍饥、挨冻、受辱时，托尔斯泰对自己所过的贵族老爷的生活感到惭愧，更为自己的著作获得巨大报酬来支持这种贵族生活感到不安。所以才有了这样的遗嘱。

女儿们不必去研究这些），即交给他们中仍然活着的人。在受委托的人们中我没有提到我的儿子们，这不是说我不爱他们（我，感谢上帝，在今后的日子里，会越来越爱他们的），我也知道他们爱我。但他们不完全了解我的思想，不能关注我思想发展的轨迹，他们对事物可能有自己独到的看法。因此，他们可能会保留一些不需要保留的东西，却可能抛弃那些应该保留的东西。对于我从前单身生活时的日记，可从中选取一部分有价值的，其余的请销毁。同样，在我婚后生活的日记中，我也请求销毁那些公布后可能使任何人不愉快的部分。契尔特科夫答应过我在我活着时做完这件事。他曾给了我巨大的、我不应得到的爱和莫大的精神上的关怀。我坚信他能够很好地处理这件事。我请求销毁部分婚前的日记，并不意味着我想对人们隐瞒自己不光彩的生活。我过去的生活是极为普通的、很糟糕的。用世俗的眼光看，那是年轻人尚无定见的生活。因此，这些隐隐记录了那些折磨着我的负罪意识的日记，可能会使人产生错误的、片面的感受和印象……

其实，就让我的日记像它本来的面貌那样留下来吧。至少，从中能看到，尽管我有过年轻时代的全部的低级趣味和庸俗，但我仍然没有被上帝抛弃，虽然我直到晚年才对他有一些了解和热爱。

至于其余的文稿，我请求从事研究的人，不要全部发表出来，只出版那些对人们可能有益的部分。

我写下这一切，不是因为要给我的文稿添上巨大的或某种其他的重要性，而是因为我预先知道，在我死后最初的那段时间里，人们将会发表我的著作，评

托尔斯泰思想的崇拜者。在托尔斯泰晚年陪伴在老人身边，坚持要老人实施他的思想，即放弃自己的财产。

不曾停歇的灵魂征战

110

论它们,并赋予这些作品以重大的意义。如果确实这样做了,那么就让我写的东西不至于对人们有害处。

(4)我以前的作品的版权(十卷文集和那些识字课本),我请求我的继承人将它转交给社会,也就是放弃版权。但是这仅仅是我的请求,而无论如何不是遗言嘱咐。如果你们做到了这一点,那太好了!这对你们也很好。如果做不到,那是你们的事。这意味着你们不能这样做。在最近十年里,我的作品被出卖了,这是我一生中最沉痛的事。

(5)还有一件很重要的事,我请求所有的人,亲近的和不亲近的,不要赞扬我(我知道人们会这样做的。因为他们在我活着时正是用这种不好的方式这样干的)。既然有人想研究我写的东西,那么他就应该在我知道是上帝的力量通过我在说话的那些地方去深入体会,并为自己的生活而去运用它们。曾经有过这样的时刻,我感到我成了上帝意志的传播者。我常常是那样不纯洁,以至于被自私的欲念所充斥,这个真理的光照被我的愚昧不明遮掩得朦胧了。但是这些真理有时依然会渗透我,这曾是我一生中最幸福的时刻。祈求上帝!让真理透过我的时候不致被玷污,让人们能以真理作为精神食粮,虽然他们从我的作品中可能得到一些卑微的、不纯洁的性格的影响。

我所写的东西的意义仅在于此。由于我的作品我可能遭到斥责,并且无论如何也不应得到赞扬。这就是一切。

(译自《托尔斯泰全集》(百年纪念版)第53卷,张柠译,倪瑞琴校)

他希望通过这种方式来报偿社会,实现自己平民化的理想。但这一点却遭到妻子索菲娅的强烈反对。因为托尔斯泰的版权,是当时全家几乎唯一的"财源"。

托尔斯泰死后,版权风波随时光流逝而消散。但是,先前遗嘱中的一条被忠实执行了,那就是,托尔斯泰被安葬在离庄园不远处的树林中,那里没有墓志铭,没有十字架,朴素如晚年的托尔斯泰形象。

5. 安娜之死

托尔斯泰对于安娜的情感非常复杂:原来只是想构思一个不忠实于自己丈夫的妻子,但他更关注真实的人,真实的情感,真实的追求幸福的渴望,真实的对虚伪丑陋的反抗。因此,托尔斯泰对待安娜既同情又谴责,既赞扬又批判,既爱又恨,矛盾重重。不知道是否正是这种纠结的心理,作品中的安娜即便大胆地追求了自己内心渴望的幸福,但幸福却不能真正降临。虚伪做作的环境、内心的失衡、作者本人"申冤在我,我必报应"的宗教思想,最终让安娜走向了死亡。

当初安娜与伏伦斯基在火车站相遇,渐渐开始了后来他们的各种感情的纠葛,当时就有人卧轨而亡。此刻,安娜又出现在火车站,最终也卧轨而亡。后来,托尔斯泰本人离家出走,在一个小小的火车站病逝。火车站成了人生的命运之轨发生突变的神秘处所。

铃声响了。有几个年轻人匆匆走过。他们相貌难看,态度蛮横,却装出一副煞有介事的样子。彼得穿着制服和半筒皮靴,他那张畜生般的脸现出呆笨的神情,也穿过候车室,来送她上车。她走过站台,旁边几个大声说笑的男人安静下来,其中一个低声议论着她,说着下流话。她登上火车高高的踏级,独自坐到车厢里套有肮脏白套子的软座上。手提包在弹簧座上晃了晃,不动了。彼得露出一脸傻笑,在车窗外掀了掀镶金线的制帽,向她告别。一个态度粗暴的列车员砰的一声关上车门,上了闩。一位穿特大撑裙的畸形女人(安娜想象着她不穿裙子的残废

不曾停歇的灵魂征战

身子的模样,不禁毛骨悚然)和一个装出笑脸的女孩子,跑下车去。

"卡吉琳娜·安德列夫娜什么都有了,她什么都有了,姨妈!"那女孩子大声说。

"连这样的孩子都装腔作势,变得不自然了。"安娜想。为了避免看见人,她迅速地站起来,坐到面对空车厢的窗口旁边。一个肮脏难看、帽子下露出蓬乱头发的乡下人在窗外走过,俯下身去察看火车轮子。"这个难看的乡下人好面熟。"安娜想。她忽然记起那个噩梦,吓得浑身发抖,连忙向对面门口走去。列车员打开车门,放一对夫妇进来。

"您要出去吗,夫人?"

安娜没有回答。列车员和上来的夫妇没有发觉她面纱下惊惶的神色。她回到原来的角落坐下来。那对夫妇从对面偷偷地仔细打量她的衣着。安娜觉得这对夫妻很讨厌。那个男的问她可不可以吸烟,显然不是真正为了要吸烟,而是找机会同她攀谈。他取得了她的许可,就同妻子说起法国话来,他谈的事显然比吸烟更乏味。他们装腔作势地谈着一些蠢话,存心要让她听见。安娜看得很清楚,他们彼此厌恶,彼此憎恨。是的,像这样一对丑恶的可怜虫不能不叫人嫌恶。

铃响第二遍了,紧接着传来搬动行李的声音、喧闹、叫喊和笑声。

安娜明白谁也没有什么值得高兴的事,因此这笑声使她恶心,她真想堵住耳朵。最后,铃响第三遍,传来了汽笛声、机车放汽的尖叫声,挂钩链子猛地一牵动,做丈夫的慌忙画了个十字。"倒想问问他为什么要这样做。"安娜恶狠狠地盯了他一眼,想。她越过女人的头部从窗口望出去,看见站台上送行的人仿佛都在往后滑。安娜坐的那节车厢,遇到铁轨接合处有节奏地震动着,在站台、石墙、信号塔和其他车厢旁边开过;车轮在铁轨上越滚越平稳,越滚越流畅,车窗上映着灿烂的夕阳,窗帘被微风轻轻吹拂着。安娜忘记了同车的旅客,在列车的轻微晃动中吸着新鲜空气,又想起心事来。

"啊,我刚才想到哪儿了?对了,在生活中我想不出哪种处境没有痛苦,人人生下来都免不了吃苦受难,这一层大家都知道,可大家都千方百计哄骗自己。不过,一旦看清真相又怎么办?"

"天赋人类理智就是为了摆脱烦恼嘛。"那个女人装腔作势地用法语说,对这句话显然很得意。

这句话仿佛解答了安娜心头的问题。

"为了摆脱烦恼。"安娜模仿那个女人说。她瞟了一眼面孔红红的丈夫和身子消瘦的妻子,明白这个病恹恹的妻子自以为是个谜样的女人,丈夫对她不忠实,使她起了这种念头。安娜打量着他们,仿佛看穿了他们的关系和他们内心的全部秘密。不过这种事太无聊,她继续想她的心事。

"是的,我很烦恼,但天赋理智就是为了摆脱烦恼,因此一定要摆脱。既然再没有什么可看,既然什么都叫人讨厌,为什么不把蜡烛灭掉呢?可是怎么灭掉?列车员沿着栏杆跑去做什么?后面那节车厢里的青年为什么嚷嚷啊?他们为什么又说又笑哇?一切都是虚假,一切都是谎言,一切都是欺骗,一切都是罪恶!"

火车进站了，安娜夹在一群旅客中间下车，又像躲避麻风病人一样躲开他们。她站在站台上，竭力思索她为什么到这里来，打算做什么。以前她认为很容易办的事，如今却觉得很难应付，尤其是处在这群不让她安宁的喧闹讨厌的人中间。一会儿，挑夫们奔过来抢着为她效劳；一会儿，几个年轻人在站台上把靴子后跟踩得咯咯直响，一面高声说话，一面回头向她张望；一会儿，对面过来的人笨拙地给她让路。她想起要是没有回信，准备再乘车往前走，她就拦住一个挑夫，向他打听有没有一个从伏伦斯基伯爵那里带信来的车夫。

　　"伏伦斯基伯爵吗？刚刚有人从他那里来。他们是接索罗金娜伯爵夫人和女儿来的。那个车夫长得怎么样？"

　　她正同挑夫说话的时候，那个脸色红润、喜气洋洋的车夫米哈伊尔，穿着一件腰部打折的漂亮外套，上面挂着一条表链，显然因为那么出色地完成使命而十分得意，走到她面前，交给她一封信。她拆开信，还没有看，她的心就揪紧了。

　　"真遗憾，我没有接到那封信。我十点钟回来。"伏伦斯基潦草地写道。

　　"哼！不出所料！"她带着恶意的微笑自言自语。

　　"好，你回家去吧。"她对米哈伊尔低声说。她说话的声音很低，因为剧烈的心跳使她喘不过气来。"不，我不再让你折磨我了。"她心里想，既不是威胁他，也不是威胁自己，而是威胁那个使她受罪的人。她沿着站台，经过车站向前走去。

　　站台上走着的两个侍女，回过头来打量她，评论

她的服装:"真正是上等货。"——她们在说她身上的花边。几个年轻人不让她安宁。他们又盯住她的脸,怪声怪气地又笑又叫,在她旁边走过。站长走来,问她乘车不乘车。一个卖汽水的男孩目不转睛地望着她。"天哪,我这是到哪里去呀?"她一面想,一面沿着站台越走越远。她在站台尽头站住了。几个女人和孩子来接一个戴眼镜的绅士,他们高声地有说有笑。当她在他们旁边走过时,他们住了口,回过头来打量她。她加快脚步,离开他们,走到站台边上。一辆货车开近了,站台被震得摇晃起来,她觉得她仿佛又在车上了。

她突然想起她同伏伦斯基初次相逢那天被火车轧死的人,她明白了她应该怎么办。她敏捷地从水塔那里沿着台阶走到铁轨边,在擦身而过的火车旁站住了。她察看着车厢的底部、螺旋推进器、链条和慢慢滚过来的第一节车厢的巨大铁轮,竭力用肉眼测出前后轮之间的中心点,估计中心对住她的时间。

"那里!"她自言自语,望望车厢的阴影,望望撒在枕木上的沙土和煤灰,"那里,倒在正中心,我要惩罚他,摆脱一切人,也摆脱我自己!"

她想倒在开到她身边的第一节车厢的中心。可是她从臂上取下红色手提包时耽搁了一下,来不及了,车厢中心过去了。只好等下一节车厢。一种仿佛投身到河里游泳的感觉攫住了她。她画了十字。这种画十字的习惯动作,在她心里唤起了一系列少女时代和童年时代的回忆,周围笼罩着的一片黑暗突然被打破了,生命带着它种种灿烂欢乐的往事刹那间又呈现在她面前,但她的目光没有离开第二节车厢滚近拢来的车轮。就在前后车轮之间的中心对准她的一瞬间,她丢下红色手提包,头缩在肩膀里,两手着地扑到车厢下面,微微动了动,仿佛立刻想站起来,但又扑通一声跪了下去。就在这一刹那,她对自己的行动大吃一惊。"我这是在哪里? 我这是在做什么? 为了什么呀?"她想站起来,闪开身子,可是一个冷酷无情的庞然大物撞到她的脑袋上,从她背上轧过。"上帝呀,饶恕我的一切吧!"她说,觉得无力挣扎。一个矮小的乡下人嘴里嘟囔着什么,在铁轨上干活。那支她曾经用来照着阅读那本充满忧虑、欺诈、悲哀和罪恶之书的蜡烛,闪出空前未有的光辉,把原来笼罩在黑暗中的一切都给她照个透亮,接着烛光发出轻微的毕剥声,昏暗下去,终于永远熄灭了。

(节选自《安娜·卡列尼娜》,草婴译,现代出版社)

第三单元

DI SAN DAN YUAN

触动心灵的强烈风暴

托尔斯泰不仅能够敏感觉察到每一个生命个体的共同困境——死亡，还能发现人间的种种不公。他不仅早知农民的辛劳与贫困，在 1881 年搬到莫斯科后，还发现了城市平民的贫困。他惊讶于上层人物对贫困的种种熟视无睹、伪善施舍、假意慈悲、残暴无情。在一回回的灵魂震颤中，他全身心地体验到整个制度的"不对头"，他再也无法安然地居住在自己富足的生活中，与坚持过富足的贵族生活的妻子意见严重相左，家庭的安宁也不存在了。各种痛苦折磨着老人，终于他选择了离开，离开家庭，远离财产与声名。

1. 卢塞恩

1857 年 29 岁的托尔斯泰去国外旅行，亲历了一件事：在一家旅馆的门前，一名歌手在演唱了半个小时之后，虽说几度讨取，却未能从那些站在阳台上听他演唱的富人那里讨要到一分钱。这使他明白西方的"文明"不过是华美的谎言，因此让他对西方的文明、博爱、民主十分失望，愤怒地写下了短篇名作《卢塞恩》。

吃过这样的晚餐，我照例感到闷闷不乐，不等吃完甜食，就心烦意乱地上街溜达。又窄又脏又暗的街道，上了门板的店铺，喝得烂醉的工人，走去打水的女人和头戴帽子沿胡同根儿墙闲荡、眼睛东张西望的女人，这一切不仅没有驱除反而加深了我的忧郁。街上已是一片漆黑，我没向周围环顾，头脑里也没想什么，径直向旅馆走去，希望用睡眠来摆脱心头的忧郁。我感到极其寒冷、孤独和沉重，就像一个人刚到一个新地方，有时会莫名其妙地产生这样的心情那样。

> 卢塞恩是瑞士著名的风景秀丽的旅游城市，城中来自世界各地的富人云集。

我瞧着脚下的地面，沿湖滨街向瑞士旅馆走去，突然一阵美妙动人的乐声把我惊住了。这乐声顿时使我精神振奋，仿佛一道欢乐的强光射进我的心田。我感到轻松愉快。我那沉睡的注意力重又投向周围

> 艺术使人敏感察觉到美的存在。现实生活中的托尔斯泰对音乐非常敏感，音乐常常令他眼中含着泪水。

121

的一切。美丽的夜色和湖景原来已被我淡忘,这会儿忽然像一件新玩意儿那样使我精神振奋。刹那间,我忽然发现冉冉上升的月亮照着阴暗的天空,有几块灰云飘浮在湛蓝的天幕上,平滑的墨绿湖水上映着点点灯火,看见远处雾蒙蒙的群山,听见从弗廖兴堡传来的蛙鸣和对岸鹌鹑像朝霞般纯净的啼声。就在我前面,在我的注意力被乐声吸引的地方,昏暗中我看到街心有一群人围成半圆形,而在人群前面几步的地方,有一个穿黑衣服的矮小的人。在人群和那人后面,背衬着浮云片片的深灰色天空,整整齐齐地浮现着几行黑的杨树,古教堂两边庄严地耸立着两个森严的塔顶。

我走近去,乐声更清楚了。我清楚地听出那在远方夜空中美妙地回荡着的吉他婉转的和音,还有几个人在轮唱,不唱主旋律而唱其中最扣人心弦的几段。主旋律类似优美悦耳的玛祖卡舞曲,歌声忽近忽远,有时是男高音,有时是男低音,有时像是提罗尔人从喉部发出的高亢颤音的假声。这不是歌曲,而是一首轻快歌曲的优秀草稿。我不知道这是什么歌,但很美妙动听。那令人销魂的吉他婉转的和音,那轻快美妙的旋律,那月光照耀下黑沉沉的湖面,那默默耸立着的两个高塔和黑魆魆的杨树,以及那在神奇环境中孤独的黑衣人——这一切都是怪诞的,但都具有说不出的美,至少我有这样的感觉。

生活中错综复杂而又无法摆脱的印象忽然对我产生了意义和魅力。我心里仿佛绽开了一朵芬芳的鲜花。刚才的疲劳、萎靡和对世间万物的冷漠一扫而光,我忽然感到需要爱情、希望和纯洁的生活的欢

不曾停歇的灵魂征战

乐。我情不自禁地问自己："你需要什么？你希望什么？还不是从四面八方向你涌来的美和诗嘛！尽你的全力大口大口地吸收美和诗吧，尽情享受吧！你还需要什么呢？一切都属于你，一切都是那么美好……"

我走得更近些。那个矮小的人好像是个提罗尔流浪汉。他站在旅馆窗前，伸出一只脚，仰起头，一面弹吉他，一面用不同的音调唱着优美的歌曲。我顿时对他产生了好感，感谢他促使我心灵上发生变化。我勉强看出，这位歌手身穿一件很旧的黑礼服，头发又黑又短，头戴一顶很俗气的旧便帽。他的衣着毫无艺术家风度，但他那潇洒天真的姿态和矮小个儿的一举一动，都给人一种诙谐好玩的印象。在灯火辉煌的旅馆的台阶上、窗子里和阳台上，站着浓妆艳抹、细腰宽裙的贵妇人，硬领雪白的绅士，身穿金边制服的看门人和侍仆；街上，在围成半圆形的人群中，在较远的林荫道的菩提树之间，聚集着衣衫漂亮的侍者、头戴白帽和身穿白罩衫的厨师、互相搂腰的姑娘和游人。看来，人人都有跟我同样的感受。大家默默地站在歌手周围，聚精会神地听着。周围一片寂静，只有在歌声停歇的片刻，远远地从水面上飘来锤子的敲击声，以及从弗廖兴堡那儿传来的断断续续的蛙鸣，其中夹杂着鹌鹑婉转单调的啼叫。

矮小的人在黑暗的街上，像夜莺一样，一段又一段、一曲又一曲地唱着。我走到他跟前，他的歌声依旧给我带来极大的快乐。他的声音并不洪亮，但非常悦耳。他控制声音时所表现出来的轻柔、韵味和感情都恰到好处，显示他这方面很有天赋。他重唱

歌手的打扮却如此寒酸，与美毫不沾边。

身着漂亮服装的欣赏者与寒酸的歌手形成巨大的反差。

每一段,每次唱法都不同,而这些美妙的变化他都是兴之所至,随口唱来的。

上面瑞士旅馆的人和下面林荫道上的人常常发出低低的赞许声,而周围则是一片表示敬意的沉默。在灯火辉煌的阳台上和窗口,盛装艳服的士女越来越多了。她们凭栏站着,那景象煞是好看。散步的人都停住脚步,在湖滨街的阴影里,到处有三五成群的士女站在菩提树旁。在我的旁边,稍微离开人群,站着一个豪门贵族的侍仆和一个厨师,嘴里都抽着雪茄。厨师被音乐的魅力深深感动,每次听到高音的假声,就情绪激动而莫名其妙地向侍仆挤挤眼,点点头,用臂肘撞撞他,脸上的表情仿佛在问:"唱得怎么样,呃?"侍仆呢,我从他的满脸笑容上看出他也同样高兴,对厨师的碰撞只耸耸肩膀回答,表示要使他感到惊奇相当困难,因为比这唱得更好的他也听多了。

在歌唱的间歇,歌手清了清嗓子,我就问侍仆,他是谁,是不是常到这儿来。

"每年夏天都要来两三次,"侍仆回答,"他是从阿尔高维瑞士的一个州来的。是个要饭的。"

"怎么,像他这样的人很多吗?"我问。

"是的,是的,"侍仆一下子没听懂我的话,但接着弄明白我的问题,就改口说,"哦,不! 在这儿我只看到他一个。没有第二个了。"

这时候,个儿矮小的人唱完一支歌,利索地把吉他往怀里一抱,接着就用他的德国方言说了些什么。他的话我听不懂,却逗得围观的人哈哈大笑。

"他在说什么?"我问。

不曾停歇的灵魂征战

"他说喉咙干,要喝点酒。"站在我旁边的侍仆翻译给我听。

"哦,他是不是爱喝酒啊?"

"他们那种人都是这样的。"侍仆笑嘻嘻地回答,对他挥了挥手。

歌手摘下帽子,扬了扬吉他,走近旅馆。他仰起头,对站在窗口和阳台上的绅士淑女说:"诸位先生,诸位太太,"他用一半意大利腔一半德国腔的法语像魔术师那样对观众说,"<u>你们要是以为我想挣点钱,那你们就错了。我是个穷人。</u>"他停住,沉默了一会儿;因为谁也没有给他什么,他又扬了扬吉他说,"诸位先生,诸位太太,现在我要给你们唱一支里奇民歌。"上面的听众毫无反应,但仍站在那儿等着听下一支歌;下面的人都笑了,大概是因为他说得很好玩,而且谁也没有给他什么东西。我给了他几个生丁,他灵巧地把它们从这只手扔到那只手,然后塞到背心口袋里,戴上帽子,又唱起他那支叫作《里奇民歌》的曲调优美的提罗尔歌来。这支歌是他的压台戏,唱得比前面几支更好,从四面八方不断聚拢来的人群中发出一片喝彩声。他唱完这支歌,又扬了扬吉他,摘下帽子,把它举到前面,向窗口走近两步,又说了那种费解的话:"诸位先生,诸位太太,你们要是以为我想挣点钱,那……"这话他显然自以为说得很巧妙很俏皮,但在他的声音和动作里,我发现他有点踌躇,而且像孩子般胆怯。这种神态由于他身材矮小而特别令人感动。高雅的观众<u>仍旧</u>站在灯火辉煌的阳台上和窗口,穿着盛装艳服,那景象<u>依然</u>十分好看;有几个彬彬有礼地谈论着那伸手站在他们面前

含蓄的表达是为了维护脆弱的尊严。

羞怯的表达并没有打动冷漠的观众,这两个词透露出高雅观众的冷酷无情。

的歌手,有几个好奇地仔细打量着这个穿黑衣服的矮小的人,从一个阳台上传出一位年轻姑娘清脆快乐的笑声。下面的人群中,说话声和笑声越来越响。歌手第三次重复他那句话,声音更加微弱,甚至不等说完,就又伸出拿帽子的手,但立刻又缩了回去。而那百来个衣饰华丽的听众,还是没有人扔给他一个子儿。人群冷酷无情地哈哈笑起来。矮小的歌手——我觉得他更矮小了——一只手拿着吉他,另一只手把帽子举到头上扬了扬说:"诸位先生,诸位太太,谢谢你们,祝你们晚安。"然后他戴上帽子。人群高兴得哈哈大笑。漂亮的绅士和淑女悠闲地交谈着,渐渐从阳台上离去。林荫道上又有许多人在散步。在歌唱时一度寂静的街道又热闹起来,有几个人没有走近,只远远地望着歌手发笑。我听见那矮小的人嘴里嘀咕着,转过身——他的身子显得更矮小了——快步向城里走去。快乐的游人还是和他保持一段距离,眼睛瞧着他,跟在他后面笑……

　　我惘然若失,弄不懂这一切是什么意思。我站在那儿,茫然凝望那大步向城里走去、在黑暗中逐渐消失的渺小的人,凝望那些跟在他后面嘻嘻哈哈笑着的行人。<u>我感到痛苦、悲哀和羞耻,主要是羞耻。我替那个渺小的人,替人群,也替我自己感到羞耻,</u>仿佛是我向人家讨钱,人家什么也没给我,还要嘲笑我。我怀着揪心的痛楚,也不回头张望,就快步向我住宿的瑞士旅馆走去。我还捉摸不透我的感受,只觉得心头有一种无法摆脱的压力,使我感到沉重。

　　在灯火辉煌的豪华旅馆大门口,我遇见那彬彬有礼地让开路的看门人和一家英国人。那个魁伟漂

有良知的人,承担了人类的罪恶,为人类的无情而感到羞耻。

不曾停歇的灵魂征战

126

亮的男人留着英国式黑色络腮胡子，头戴黑呢帽，胳膊上搭着一条方格花毯，手里拿着一根贵重的手杖，挽着一位身穿绚丽丝绸连衣裙、头戴缎带发亮和花边精致的女帽的太太，<u>目空一切地懒洋洋走来</u>。旁边走着一位如花似玉的小姐，头戴一顶雅致的瑞士女帽，帽上像火枪手那样斜插着一根羽毛，帽子下面白净的脸蛋周围垂着一绺绺柔软、鬈曲的淡褐色长发。他们前面连跳带蹦地走着一个十岁模样的小姑娘。她脸颊绯红，精致的花边下露出一对浑圆的雪白膝盖。

"夜色真美啊！"我从他们身边经过时，听到那位太太娇声娇气地说。

"嗬！"那英国人懒洋洋地答应一声。看上去，他在世界上过得那么称心如意，连话都懒得说了。他们活在世界上，似乎个个都感到无忧无虑，轻松愉快；他们的一举一动和脸上的表情都反映出对别人生活的极度冷漠；他们深信，看门人会给他们让路和鞠躬，他们散步回来，会找到干净的房间和床铺；他们深信，这一切都是理所当然的，他们在这方面享有充分的权利。我情不自禁地拿他们同那又饥又累、忍辱逃避人们嘲笑的流浪歌手做比较。我恍然大悟，究竟是什么像一块巨石似的压住我的心。我对<u>这些人感到说不出的愤恨</u>。我在这个英国人旁边来回走了两次，没有给他让路，还用臂肘撞他，感到很痛快，然后我走下台阶，在黑暗中朝那矮小的人消失的方向跑去。

我赶上三个同行的人，问他们歌手往哪儿去了。他们笑笑，指给我看他就在前面。他独自快步走着，

细致的描写透露出富人的富足优裕和因此产生的优越感。

没有人接近他，我仿佛觉得他还在气愤地嘀咕着。我跑到他跟前，提议跟他一起到什么地方去喝杯酒。他还是匆匆走着，不高兴地看了我一眼，但等弄明白是怎么一回事，就站住了。

"好吧，既然您一番好意，我就不客气了，"他说，"这儿有家小咖啡馆，可以去坐坐，<u>是个普普通通的地方</u>。"他补充说，指指那家还在营业的小酒店。

这句补充可看出歌手的淳朴，喝杯酒是出于口渴的需求，而非为了炫耀。

他说"普普通通的"这个词，不由得使我想到不该到那家普普通通的咖啡馆去，而应该上那家有人听过他歌唱的瑞士旅馆。尽管他胆怯而兴奋地说瑞士旅馆太奢侈，谢绝到那儿去，我还是坚持我的意见。于是他就装出无所谓的样子，快乐地挥动吉他，跟着我沿湖滨街走去。我刚走到歌手跟前，就有几个悠闲地散步的人走近来听我说话。接着他们交头接耳地议论起来，跟着我们走到旅馆门口，大概是希望那提罗尔人再演唱些什么。

我在门廊里遇见一个侍者，向他要了一瓶葡萄酒。那侍者含笑对我们瞧瞧，就一言不发地跑开了。我也向领班提出同样的要求。他认真地听了我的话，从脚到头打量了一下怯生生的矮小歌手，严厉地叫看门人把我们领到左边那个厅里。左边那个厅是接待普通顾客的酒吧间。屋角有个驼背女工在洗碗碟，里面只有几张简朴的木桌和板凳。招待我们的侍者露出温和的嘲笑，对我们瞧瞧，双手插在口袋里，同那驼背女工交谈了几句。他显然很想让我们明白，尽管他的社会地位和身份比歌手高得多，他伺候我们不仅不感到屈辱，甚至觉得很有趣。

"来普通葡萄酒吗？"他懂事地说，暗指坐在我对面的人向我挤挤眼，同时把餐巾从这只胳膊搭到那只胳膊上。

"来瓶香槟，要最好的。"我说，竭力装出傲慢和威严的神气。但香槟也好，我那装作傲慢和威严的神气也好，对那侍者都不起作用。他冷笑了一下，站着瞧了我们一会儿，从容不迫地看看金表，这才悠闲地轻轻走出去。他很快拿了酒回来，后面跟着另外两个侍者。那两个侍者坐在洗碗碟女人旁边，脸上现出快乐的神色和温柔的微笑欣赏着我们，就像父母欣赏孩子做有趣的游戏那样。只有那洗碗碟的驼背女人不是带着嘲弄而是怀着同情看着我们。虽然在侍者们咄咄逼人的目光下，我款待歌手并同他谈话有点难堪，但我还是竭力做得落落大方，若无其事。在灯光下，我把他看得更清楚了。

……

"哦，这就是诗歌的奇怪遭遇，"我稍微冷静点儿，寻思着，"人人都喜爱诗歌，找寻它，追求它，可是谁也不承认它的力量，谁也不珍惜这世上最大的幸福，谁也不看重和感激把这种幸福献给人类的人。你不妨问问瑞士旅馆随便哪个旅客：什么是世上最大的幸福？所有的人，也许是百分之九十九的人，会露出嘲弄的微笑对你说，世上最大的幸福就是金钱。'这种想法你也许不喜欢，或者和你那崇高的理想格格不入，'他会这样说，'但人类的生活就是这样安排的，只有金钱能给人幸福，那又有什么办法呢？我不能不理智地去看待世界，也就是看待现实。'唉，你的理智实在可怜，你所追求的幸福也实在可怜，你是个连自己也不知道需要什么的可怜虫……为什么你们抛下祖国、亲人、事业和财产，聚集到这个瑞士小城卢塞恩来呢？为什么你们今晚都拥到阳台上，肃静地倾听那矮小乞丐的歌唱呢？再说，他要是肯再唱下去，你们还会默默地听下去。难道金钱，哪怕是几百万，能驱使你们抛下祖国，聚集在卢塞恩这个小天地里吗？金钱能使你们集中到阳台上，一动不动地默默站上半小时吗？不！只有一样东西能迫使你们行动，而且永远比生活中其他动力更强大，那就是对诗歌的需要，这一点你们不承认，但你们会感觉到，只要你们身上还有一点儿人性，你们就永远都会感觉到。你们觉得'诗歌'这个名词很可笑，你们以嘲弄挖苦的语气使用这个名词。你们容许天真的少男少女给爱情带上诗意，但你们却取笑他们。其实你们需要的是积极的东西。孩子们看待生活是健康的，他们热爱并且知道人应该爱什么，什么会给人带来幸福，可是生活弄得你们颠三倒四，腐化堕落，你们嘲笑你们所爱的东西，你们追求你们所憎恨并使你们不幸的东西。你们实在是昏了头，不懂得对那个给你们带来纯洁快乐的穷提罗尔人尽应尽的义务，同时却认为应该在一位勋爵面前卑躬屈膝，牺牲自己的安宁和舒适，既没有获得什么好处，也没有享到什么欢乐。这真是荒唐，真是莫名其妙的怪事！不过今晚最使我吃惊的倒不是这件事。这种对给人以幸福的东西的无知，这种对诗歌的乐趣的麻木不仁，我在生活中常常遇到，已经习惯了，差不多也能理解；人群的粗暴和不自觉的残酷对我也并不新奇；不管那些为群众心理辩护的人怎样解释，人群虽是许多好人的集合体，但他们只接触兽性的卑下方面，因此只表现出人性的弱点和残忍。可是你们这些讲究人性的自由民族的儿女，你们这些基督徒，你们这些被称为人的人，怎么能用冷酷和嘲弄来回报一个不幸的求乞者给予你们的纯洁的快乐呢？可不是吗？在你们的祖国没有乞丐收容所。事实上，讨乞的人是没有的，世界上也不应该有讨乞的人，也不应该存在对讨乞的同情心。但那个提罗尔歌手可是付出过劳动的呀，他给了你们欢乐，他央求你们为他的劳动给他一点你们多余的东西。可你们却从你们金碧辉煌的高楼大厦里，带着冷笑像观赏稀有怪物那样观赏他，而在你们百来位幸福的阔人中，竟没有一个人扔给他一点东西！他受了凌辱，从你们身边走开了，可是那没有头脑的人群却跟在后面取笑他，他们侮辱的不是你们而是他，因为你们冷淡、残忍和无耻；因为你们白白享受了他向你们提供的欢乐，他因此受到了侮辱。"

"1857 年 7 月 7 日，在卢塞恩那家头等阔佬下榻的瑞士旅馆门前，一个流浪的讨乞歌手唱歌弹琴达半小时之久。百来个人听他演唱。歌手三次要求施舍。没有一人给他任何东西，有许多人还嘲笑他。"

这不是虚构，而是确凿无疑的事实。谁只要到瑞士旅馆常住旅客那里去调查一下，或者通过报纸向 7 月 7 日在瑞士旅馆住过的外国人打听一下，就可以证实这件事。

……

法律面前人人平等吗？难道人的生活都是在法律范围内度过的吗？其实人们的生活只有千分之一属于法律范围，其余都越出法律范围，而在社会的习

不尊重艺术和诗歌可以称为不文明，那么不尊重艺术家和劳动者，那只能被称为缺少人性。

惯和观点范围内度过。在这个社会里，侍者穿得比歌手漂亮，他就可以侮辱歌手而不受惩罚。我穿得比侍者体面，就可以侮辱侍者而不受惩罚。看门人认为我比他高，歌手比他低；而当我和歌手在一起，他就自以为可以同我们平起平坐，因此变得蛮不讲理。<u>我对看门人粗暴无礼，看门人就自以为比我低。侍者对歌手粗暴无礼，歌手就自以为比他低。</u>在一个国家里，一个公民，既没有伤害任何人，也没有妨碍任何人，他只做一种力所能及的事以免饿死，却被送去坐牢。难道这样的国家是自由的国家吗？是被人们称为绝对自由之国的国家吗？

一个人想积极解决各种问题，因而被投入善恶、事件、思想和矛盾的永远动荡的海洋，这真是不幸而可怜。多少世纪以来，人们为了分清善恶，不断地拼搏和劳动。世纪不断过去，凡是讲公道的人，你不论在哪儿把他放到善恶的天平上，天平决不会摇摆：一边有多少善，另一边就有多少恶。一个人要是能学会不判断，不苦苦思索，不回答永远无法回答的问题，那就好了！他要是能懂得一切思想都是真真假假的，那就好了！它之所以假，是因为人不可能掌握全部真理；它之所以真，是因为人有追求真理的一面。人们总是在这永远运动着的善恶混杂的无边海洋里进行分类，在想象中划分这海洋的界线，并指望海洋真的会一分为二，仿佛不可能从不同的观点、不同的方面做出其他无数种分法似的。不错，多少世纪来人们不断进行着新的分类，虽然已过去了许多世纪，今后还会有许多世纪到来。文明是善，野蛮是恶；自由是善，奴役是恶。正是这种虚假的知识扑灭了人性中最本能最幸福的对善的要求。谁能给我下个定义：什么叫自由，什么叫专制？什么叫文明，什么叫野蛮？两者的界线在哪里？谁心里有一个善恶的绝对标准，使他能衡量错综复杂、转瞬即逝的众多事件？谁有那么了不起的脑袋，使他能从不会再变化的往事中洞察和衡量各种事物？谁又看到过善恶不并存的情况？我又怎么能知道我看到这个比那个多，并不是因为我的观点错了？谁又能让精神完全脱离生活而超然地观察生活，哪怕只有一瞬间？我们有一个，只有一个，绝对正确的指导，那就是毫无例外地渗透在我们每一个人心灵中的世界精神。这种精神促使我们每一个人追求应该追求的东西；这种精神促使树木向着太阳生长，促使花卉在秋天撒下种子，促使我们情不自禁地相亲相爱。

而且，只有这种绝对的福音能压倒文明发展的嘈杂噪声。谁更像个人？谁更像个野蛮人？是那个看见歌手的破烂衣服就恶狠狠地离开餐桌，不肯从自己的财产中拿出百万分之一来酬劳他，此刻正吃得饱饱的坐在明亮宁静的屋子里，悠闲地大谈中国形势并认为在那儿屠杀平民是正义的那个英国勋爵呢，还是那个冒着坐牢的危险，二十年来走遍高山深谷，没有损害过任何人而用歌唱来安慰人，可是受尽凌辱，今晚差点被人推出门去，口袋里只有一个半法郎，又饿又累又羞，此刻不知溜到哪个烂麦秆上去睡觉的矮小歌手？

这时，从深夜死寂的城市里，远远地传来矮小歌手的吉他声和唱歌声。

"不，"我不禁对自己说，"你没有权利可怜他，也

托尔斯泰认为知识不能解决人性的丑恶，艺术也不能够感动麻木的人们，只有善良与良知才能唤醒人类。

真正的高贵者、文明者、幸福者都与财富无关。

没有权利为勋爵的阔绰而生气。谁曾衡量过他们每个人心灵里的幸福呢？你瞧那歌手，他这会儿正坐在那个肮脏的门槛上，抬头望着月光融融的天空，在花香扑鼻的静夜里快乐地唱着歌，他的心里没有责备，没有埋怨，也没有悔恨。可是谁知道那些高楼大厦里的人此刻内心有些什么活动？谁知道他们每个人是不是也像矮小的歌手那样，心里充满无忧无虑的生之欢乐和与世无争的满足感呢？允许和规定这些矛盾同时存在的上帝，真是无限仁慈无限睿智！可是你这渺小的虫子竟胆大妄为，胆敢探索上帝的法则和上帝的意旨，只有你才觉得存在着矛盾。上帝从他光辉的高处俯视着、欣赏着芸芸众生在其中蠢动的无限和谐的大地。可是你却妄自尊大，竟想摆脱这普遍法则。不行！你还对卑微的侍者们表示愤慨，要知道你也该对永恒的无限和谐负责啊……"

1857 年 7 月 18 日

（节选自《哥萨克》中的《卢塞恩》，草婴译，现代出版社）

不曾停歇的灵魂征战

2.　舞会以后

　　沉浸在爱情中的小伙子的世界原本是瑰丽多姿的，但在目睹了一场暴行后，内心仿佛经历了一场剧烈的风暴。风暴过后，爱情褪色了，人性却升华了。伊凡因此具有广博而强烈的悲悯情怀，在感情上和道德上对专制制度采取了批判的态度，但他却不容于这个社会，自称"成了个废物"。

　　"你们说，人自己无法分清什么是好，什么是坏，问题全在于环境，是环境摆布人。可我认为问题全在于机遇。好哇，就拿我自己经历的一件事来说吧……"

　　我们谈到，一个人要做到完美无缺，先得改变生活的环境。这时，受大家尊敬的伊凡·华西里耶维奇就说了上面这段话。其实谁也没有说过人自己无法分清什么是好，什么是坏，但伊凡·华西里耶维奇有个习惯，总喜欢解释自己在谈话中产生的想法，顺便讲讲他生活里的一些事。他讲得一来劲，往往忘记为什么要讲这些事，而且总是讲得很诚恳，很真实。

　　这次也是如此。

　　"就拿我自己的事来说吧。我这辈子这样过而不是那样过，并非由于环境，完全是由于别的原因。"

> "受人尊敬"表明他拥有良好的道德品质，不可能是后文自称的"成了个废物"。

135

"由于什么原因?"我们问。

"这事说来话长。要让你们明白,不是三言两语讲得清的。"

"噢,那您就给我们讲一讲吧。"

伊凡·华西里耶维奇想了想,摇摇头说:

"是啊,一个晚上,或者说一个早晨,就使我这辈子的生活变了样。"

"到底出了什么事?"

"是这么一回事:我那时正热恋着一位姑娘。我恋爱过好多次,但要数这次爱得最热烈。事情早就过去了,如今她的几个女儿也都已出嫁了。她叫……华莲卡……"伊凡·华西里耶维奇说出她的名字,"直到五十岁还是个极其出色的美人。不过,在她年轻的时候,在她十八岁的时候,就更迷人了:修长、苗条、秀丽、端庄——实在是端庄。她总是微微昂起头,身子挺得笔直,仿佛只能保持这样的姿态。这种姿态配上美丽的脸蛋和苗条的身材——她并不丰满,甚至可以说有点瘦削——就使她显得仪态万方。要不是从她的嘴唇,从她那双亮晶晶的迷人的眼睛,从她那青春洋溢的可爱的全身,都流露出亲切而永远快乐的微笑,恐怕没有人敢接近她。"

"伊凡·华西里耶维奇讲起来真是绘声绘色,生动极了。"

"再绘声绘色也无法使你们想象她是个怎样的美人。但问题不在这里。我要讲的是 40 年代的事。当时我在一所外省大学念书。那所大学里没有任何小组,也不谈任何理论——我不知道这是好事还是坏事。我们都很年轻,过着青年人特有的生活:念书,作乐。我当时是个快乐活泼的小伙子,家里又有钱。我有一匹烈性的遛蹄马,常常陪小姐们上山滑雪(当时溜冰还没流行),跟同学一起饮酒作乐(当时我们只喝香槟,没有钱就什么也不喝,可不像现在这样喝伏特加)。不过,我的主要兴趣是参加晚会和舞会。我舞跳得很好,人也长得不难看。"

"得了,您也别太谦虚了,"在座的一位女士插嘴说,"我们早就从银版照片上看到过您了。您不但不难看,而且还是个美男子呢。"

"美男子就美男子吧,问题不在这里。问题是,正当我跟她热恋的时候,在谢肉节最后一天,我参加了本城首席贵族家的一次舞会。他是位和蔼可亲的老头儿,十分有钱,又很好客,还是宫廷侍从官。他的夫人同样心地善良,待人亲切。她穿着深咖啡色丝绒连衣裙,戴着钻石头饰,袒露着她那衰老虚胖的白肩膀和胸脯,就像画像上的伊丽莎白女王那样。这次舞会非常精彩:富丽堂皇的舞厅,有音乐池座,一个酷爱音乐的地主的农奴乐队演奏着音乐,还有丰盛的菜肴和满溢的香槟。虽然我也喜欢香槟,但那天没有喝,因为我就是不喝酒也在爱情里沉醉了。不过,舞我跳得很多,跳得都快累倒了:一会儿卡德里尔舞,一会儿华尔兹,一会儿波尔卡,自然总是尽可能跟华莲卡一起跳。她穿着雪白的连衣裙,束着玫瑰红腰带,手戴长达瘦小臂肘的白羊皮手套,脚穿白缎便鞋。跳玛祖卡舞的时候,有人抢在我前头。那个可恶之至的工程师阿尼西莫夫一见她进来,就请她跳舞。我至今还不能原谅他。我那天上理发店买手套来晚了一步。结果玛祖卡舞 我没有跟华莲

137

卡跳,而跟一位德国小姐跳——我以前也向她献过殷勤。不过那天晚上我担心对华莲卡很不礼貌:我没有跟她说过一句话,没有瞧过她一眼,我只看见那穿白衣裳、束红腰带的苗条身影,只看见那有两个小酒窝的绯红脸蛋和那双妩媚可爱的眼睛。其实不光是我,不论男的还是女的,人人都在欣赏她,尽管她使所有在场的女人都黯然失色。谁也忍不住不欣赏她啊。"

"照规矩,玛祖卡我不是跟她跳的,而实际上我一直在跟她跳。她穿过整个舞厅,落落大方地向我走来。我不待她邀请,就连忙站起来。她嫣然一笑,以酬谢我的机灵。我们两个男舞伴被带到她跟前,她没有猜中我的代号,只得把手伸给另一个男人。她耸耸瘦小的肩膀,向我微微一笑,表示歉意和慰问。玛祖卡中间插进华尔兹,我就跟她跳了好多圈。她跳得上气不接下气,但还是笑眯眯地对我说'再来一次'。我就一次又一次地同她跳,但一点也没有感觉到自己的身体。"

"嘿,怎么会感觉不到身体? 您搂住她的腰,一定会感觉到自己的身体和她的身体。"一个客人说。伊凡·华西里耶维奇顿时脸涨得通红,气冲冲地喝道:

"哼,你们现在这些年轻人哪,你们心目中只有一个肉体。我们那个时候可不同,<u>我爱她爱得越热烈,就越不注意她的肉体</u>。如今你们只看到大腿、脚踝和别的什么,你们恨不得把所爱的女人脱个精光。可我就像优秀作家阿尔封斯·卡尔说的那样,我的爱人永远穿着青铜衣服。我们不是把人家的衣服脱

神圣的、纯洁的爱情,远离肉欲。这种爱情,一开始就突出了精神性,具备了升华的潜质。

光,而是像诺亚的好儿子那样把赤裸的身子遮起来。哼,算了吧,反正你们不会懂的……"

"别理他。后来怎么样?"我们中间有人说。"好。我就这样多半跟她跳,也没注意时间是怎么过去的。乐师们都已筋疲力尽——舞会快到结束时总是这样的——反复演奏着同一支玛祖卡舞曲,客厅里的老先生和老太太都已离开牌桌,等着吃晚饭,男仆们端着饭菜来回奔走。时间已是半夜两点多了,必须抓紧利用最后几分钟时间。我又一次选定了她。我们在舞厅里都转了百来次了。

"'吃过晚饭还跟我跳卡德里尔舞吗?'我领她入席时问。

"'当然,只要家里不叫我回去。'她含笑说。

"'我不放你走。'我说。

"'把扇子还给我。'她说。'我舍不得还。'我说着把那把普通的白羽毛扇子还给她。

"'那就给您这个,省得您舍不得。'她从扇子上拔下一根羽毛送给我,说。

"我接过羽毛,但只能用眼神表示我的喜悦和感激。我不仅觉得快乐和满足,我还感到幸福和陶醉。<u>我心里充满善良的感情,我不是原来的我,而是一个只能行善、不知有恶的圣人</u>。我把羽毛藏进手套里,呆呆地站在她旁边,再也离不开她。

"'您瞧,他们在请爸爸跳舞呢。'她对我说,一面指着那个体格魁伟、戴着银色上校肩章的父亲,他跟女主人和另外几个太太站在门口。

"'华莲卡,过来。'戴钻石头饰、袒露着伊丽莎白女皇式肩膀的女主人大声叫道。

注意:充满的不是"幸福",而是"善良",这是美对人性中"善"的感召。

"华莲卡向门口走去,我跟在她后面。"

"'好姑娘,劝您爸爸跟您跳一次吧。喂,彼得·符拉迪斯拉维奇,请!'女主人转向上校说。

初次登场的父亲也集美与善于一身。

"华莲卡的父亲是个体格魁梧、相貌端庄的老人。他容光焕发,脸色红润,留着两撇尼古拉一世式卷曲的银白小胡子和跟小胡子连成一片的银白络腮胡子,两鬓的头发向前梳,<u>他那明亮的眼睛里和嘴唇也像她女儿一样流露出亲切愉快的微笑</u>。他仪表堂堂,宽阔的胸脯像军人那样高高隆起,胸前挂着几枚勋章。他的肩膀强壮结实,两腿匀称修长。他是个尼古拉一世时代典型的军事长官。

"我们走到门口,老上校推说他对跳舞早已荒疏,但还是笑眯眯地把左手伸到腰部,解下佩剑,把它交给一个殷勤的年轻人,右手戴上麂皮手套。'一切都得照规矩办。'他含笑说,抓住女儿的手,侧过身来等着音乐的拍子。

"等到玛祖卡舞曲一开始,他就敏捷地一只脚跺了跺,伸出另一只脚,魁伟的身子时而轻盈平稳,时而用靴重重地跺跺脚,兴奋地在舞厅里转着圈子。华莲卡的优美的身影在他的周围翩跹着,及时收缩和迈开她那穿白缎鞋小脚的步子,灵巧得没有一点声音。舞厅里人人注视着这对舞伴的每个动作。我呢,不仅欣赏他们的舞姿,简直感到心醉神迷。我特别喜欢他那被裤脚带绷紧的上等牛皮靴。那不是时髦的尖头靴,而是老式的平跟方头靴。这双靴子显然是部队里靴匠做的。'为了把他的爱女打扮得漂漂亮亮带进交际场,他不买时兴靴子,只穿部队制的靴子,'我这样想着。对这双方头靴也就更有好感

父亲进一步展示自己的温文尔雅、风度翩翩、雍容魁伟。

不曾停歇的灵魂征战

了。他的舞技原来一定很出色，如今人发胖了，虽然很想跳各种快速的优美步子，但两腿弹性不足。不过他还是麻利地跳了两圈。他敏捷地分开两腿又合拢，然后单膝跪下，他的身子显得有点笨重，钩住了女儿的裙子，但女儿笑眯眯地理好裙子，又轻盈地围着他跳了一圈。这时在场的人都热烈鼓掌。他有点费力地站起来，温柔而亲热地用手抱住女儿的后脑勺，吻了吻她的前额，然后把她领到我跟前，以为我要跟她跳舞。我说，这会儿我不是她的舞伴。

"'噢，那也没关系，现在您就跟她跳吧！'他和蔼可亲地微笑着，把佩剑插到武装带里。

"瓶子里的水只要倒出一滴，里面的水就会咕嘟咕嘟地冲出来，同样，我心中对华莲卡的爱也使我身上蕴藏着的全部爱一股脑儿倾泻出来。<u>我真想用我的全部爱拥抱整个世界</u>。我爱那戴着头饰、袒露着伊丽莎白式胸脯的女主人，我爱她的丈夫，我爱她的客人、她的仆人，甚至也爱那个对我板着脸的工程师阿尼西莫夫。至于对她的父亲，连同他的部队制皮靴和像他女儿一样的亲切的微笑，我则充满了一种热烈而温柔的感情。

"玛祖卡舞结束了，主人夫妇请客人去入席，但老上校说他明天得早起，谢绝参加，接着就向主人告辞。我担心他会把女儿带走，幸亏她跟母亲都留了下来。

"晚饭后，我跟她跳了她刚才答应跟我跳的卡德里尔舞，尽管我已感到无比幸福，可是我的幸福还在不断地增长。我们只字不提爱情。我没有问她，也没有问我自己，她爱不爱我。只要我爱她，我就满足

"爱情"升华了现实世界，给它涂上了瑰丽的色彩，也使恋爱者的内心更善良。

了。我担心的只是，别让人家破坏我的幸福。

"我回到家里，脱下衣服，打算睡觉，可是我发觉根本没法睡。我手里拿着那片从她扇子上拔下的羽毛和她的一只手套，这只手套是我扶她母亲和她上车时，她送给我的。我望着这两件东西，不用闭上眼睛，就清清楚楚地看见了她：一会儿，她在挑选舞伴时猜我的代号，用亲切的声音问：'是不是"骄傲"？'说着快乐地伸给我一只手。一会儿，她在餐桌上一小口一小口地呷着香槟，亲热地瞧着我。不过我头脑里浮现的多半是她跟父亲跳舞的情景，她身子轻盈地在父亲周围打转，得意扬扬地瞧着赞赏的观众。我对这对父女不禁都产生了亲切的感情。

"当时我和我后来故世的哥哥住在一起。我哥哥不喜欢社交活动，从不参加舞会，他正准备考副博士，过着极其严肃的生活。那天他已睡了。我瞧瞧他那埋在枕头里、半被法兰绒毯子遮住的脑袋，不禁怜惜起他来。我对他不能分享我所体会到的幸福感到惋惜。服侍我们的农奴彼得鲁施卡擎着蜡烛出来迎接我，他要帮我脱衣服，可我叫他回去休息。我看他睡眼惺忪的模样和蓬乱的头发，心里很同情他。我踮着脚尖走进自己屋里，竭力不弄出声音，在床上坐下来。哦，我太幸福了，我没法睡。再说，我在炉子烧得很旺的屋里感到闷热，就没脱衣服，悄悄地走到前厅，穿上外套，打开大门，走到街上。

"我四点多钟离开舞会，回到家里又坐了一会儿，大约有两个小时，所以我出门的时候，天已经亮了。那是在谢肉节，天气多雾，路上积雪渐渐融化，屋檐上滴着水。老上校住在城郊，靠近田野，田野的一头是游乐场,另一头是女子中学。我穿过冷清的巷子来到大街上。我在大街上遇到一些行人,还有在薄雪地上运送木柴的雪橇。马匹套着光滑的车轭,有节奏地摆动着湿漉漉的脑袋,车夫们身披蓑衣,脚穿肥大的皮靴,在货运雪橇旁啪嗒啪嗒地走着;街两旁的房屋在雾中显得格外高大,——这一切在我看来特别亲切,特别有意思。

"我来到他们家所在的田野上,看见靠游乐场附近有一大团黑糊糊的东西,还听到从那里传来的笛声和鼓声。我的心情一直很轻松愉快,耳边老是萦绕着玛祖卡舞曲。但这会儿听到的却是另一种音乐,又生硬,又刺耳。

舞会之后的一个真实的世界,一个刺耳、生硬的世界。

"'这是怎么回事?'我边想边沿着田野中被车马轧平的光滑道路往那里走去。我走了百来步,透过一片迷雾看出那里有许多黑糊糊的人影。显然是一群士兵。'准是在上操。'我想,同时跟一个身穿油腻短皮袄和围裙、手上拿着一样东西走在前头的铁匠一起,往那里走去。穿黑军服的士兵们分两行面对面持枪立正,一动不动。鼓手和吹笛子的站在他们背后,反复奏出粗野刺耳的旋律。

"'他们这是在干什么?'我问站在身边的铁匠。

"'对一个鞑靼逃兵执行夹棍刑。'铁匠望着士兵行列的尽头,愤愤地说。

"我也往那边望去,看见两列士兵中间有一样可怕的东西在向我逼近。原来是一个光着上身的人。两手分别被捆在两支步枪上,两个士兵分别握住枪的一端押着他走。旁边有一个穿着军大衣、戴军帽、身材魁梧的人,我觉得有点面熟。犯人浑身痉挛,两脚沙沙地踩着融雪，身上挨着雨点般从两边打来的棍子，踉踉跄跄地向我走来，一会儿身子向后倒，于是两个用枪押着他的军士就把他往前一推，一会儿身子向前栽，于是军士便把他往后一拉，不让他栽倒。那个身材魁梧的军官步伐稳健，大摇大摆地紧紧跟在后面。原来就是那个脸色红润、留着银白色小胡子和络腮胡子的上校，华莲卡的父亲。

"犯人每挨一下棍子，仿佛很惊讶似的，把他那痛苦得起皱的脸转向棍子落下的一边，露出雪白的牙齿，反复说着同一句话。直到他走得很近了，我才听清那句话。他不是在说，而是在呜咽：'好兄弟，行行好吧！好兄弟，行行好吧！'可是好兄弟并没有行行好。当这一伙人走到我跟前时，我看见对面的一个士兵断然向前迈出一步，猛然挥动棍子，啪的一声打在鞑靼人的背上。鞑靼人身子向前猛冲了一下，但被军士牵住，从另一边又打来同样一棍，接着又是这边一棍那边一棍。上校在旁边走着，一会儿望望自己脚下，一会儿瞧瞧罪犯，他吸了一大口气，鼓起两颊，噘着嘴唇，慢慢地把气吐出来。当这伙人走到我旁边时，我从两列士兵中间瞥了一眼犯人的脊背。这是一个色彩斑驳、血肉模糊的奇形怪状的东西，我简直无法相信这是人的身体。

"'哦，天哪！'铁匠在我旁边说。

"这伙人渐渐远去，两边的夹棍仍不断地落在那浑身抽搐、步履踉跄的犯人身上，鼓声和笛声仍响个不停，身材魁梧、相貌堂堂的上校仍步伐稳健地在罪犯旁边走着。突然，上校停住脚步，接着快步走到一个士兵跟前。

美丽、温柔、高雅、善良之后，还有野蛮、凶残、冷酷和毫无人性。巨大的反差，令伊凡难以置信。

不曾停歇的灵魂征战

144

"'你这不是在敷衍塞责吗？哼，我要让你知道敷衍塞责的后果。'我听见他愤怒的吆喝声。

"我看见他举起戴麂皮手套的手，猛地给那被吓坏的个儿矮小、力气不大的士兵一下耳光，以惩罚他没有用劲往鞑靼人的紫红的脊背上打棍子。

"'拿几根新棍子来！'他一面叫，一面向四周环顾着，终于看见了我。他装作不认识我，恶狠狠、气冲冲地皱起眉头，迅速地转过脸去。我觉得羞愧难当，眼睛不知往哪里瞧才好，仿佛我犯了见不得人的大罪，被人揭发了。我垂下眼睛，慌忙跑回家去。一路上我的耳朵里忽而响起鼓声和笛声，忽而传出'好兄弟，行行好吧'，忽而又听见上校严厉的怒吼声：'你这不是在敷衍塞责吗？'我心里产生了一种近似恶心的感觉，不得不几次停下脚步，我觉得我就要把那个惊心动魄的场面在我内心造成的恐怖统统呕出来。我不记得我是怎样回家和躺下的。可是我一闭上眼睛，我又听见和看到那一切，于是连忙爬了起来。

"'他显然懂得一个我所不懂得的道理，'我想到上校，'要是我也懂得他所懂得的那个道理，我就能理解我所看到的一切，不会觉得痛苦了。'但不管我怎样苦苦思索，还是无法懂得上校所懂得的道理。直到晚上我才睡着，而且是在朋友家里喝得烂醉以后。

"哦，你们以为我当时就明确这是一桩坏事吗？根本没有。我当时想：'既然他们干得那么认真，并且人人都认为必要，可见他们一定懂得一个我所不懂的道理。'我竭力想弄个明白。可是不管我怎样努

这个道理就是：工作中的执法官就应该是冷酷无情的，人们认为这样才能维护社会秩序。不接受暴力执法，就将成为这种社会的"废物"。

伊凡的法则是每个人都有神圣的尊严，没有任何理由，也没有任何权力可以无视这种尊严、践踏这种尊严。可社会不承认他的法则。

力，都是徒然。就因为弄不明白，我无法进军界服务，当差也没有当成，我这人就像你们看到的那样，成了个废物。"

"嘿，我们知道您是个怎样的废物，"我们中间有个人说，"还不如说要是没有您，这世界会产生更多的废物。"

"得了，这可是十足的胡说。"伊凡·华西里耶奇十分恼恨地说。

"那么爱情呢?"我们问。

"爱情吗? 爱情从那一天起就一落千丈。当她像原来那样含笑沉思的时候，我立刻想起那天广场上的上校，心里就觉得别扭和不快，我跟她见面的次数越来越少。爱情也就这样消失了。天下就有这样的事情，它会彻底改变一个人的生活，改变他生活的方向。可是你们还说……"他就这样结束了他的话。

他心中的基督精神、同情和仁爱之心超越了具体针对一个人的爱情。情爱发生质变，成为博爱。

1903 年 8 月 20 日

于雅斯纳雅·波良纳

（节选自《哈吉穆拉特》，草婴译，现代出版社）

不曾停歇的灵魂征战

146

3. 城市生活

这篇散文记录的是托尔斯泰在城市中真实的调查，忠实地记录着城市惊人的贫困阶层，也忠实地记下自己内心的每一丝不安、沮丧和羞愧。他善于透过身边的日常琐事和即兴感触而体悟到人生真谛，去发现熟视无睹的现象背后的不合理。

……

我那个朋友过夜的寄宿客房在底层 32 号。在那儿轮换过夜的有各色各样的男女，他们只要花五戈比就可以相互同居。有一个洗衣女工也在那里过夜。这是个三十来岁的妇女，一头淡黄色的头发，性情文静，容貌清秀，却疾病缠身。客房的女房东是个船夫的姘头。夏天她的姘夫会撑船挣钱，而冬季他们就靠出租客房给过夜客人过活。不带枕头的床铺一夜要付三戈比，带枕头的则要付五戈比。洗衣女工已经在这里住了几个月，是一个温顺的妇女，但近来却不招人喜欢，因为她老是咳嗽，吵得房客无法入睡。有一个半疯半癫的八十岁老太婆，也是这间客房的常客。她尤其憎恨这个洗衣女工，不住口地责骂她，说她不让人睡觉，像头绵羊似的整夜咳个不停。洗衣女工不吭声，因为她欠了房钱，觉得自己理亏，因此她应当恭顺不语。她能够出工的时间越来

正是因为拥有人类伟大的同情心，托尔斯泰才会关注一个洗衣女工的生活困境和死亡过程。

越少了，力气不够，因此她无法还清欠房东的房钱。近来一个星期，她完全不能出去干活了，老是用自己的咳嗽搅得大家，尤其是那个同样出不了门的老太婆不得安宁。四天前女房东就不让这个女洗衣工在客房居住了，因为她欠的房钱已满六十戈比，但她非但无钱可付，而且眼看也无望弄到这些钱，何况所有的铺位都已出租出去了，而房客们又对女洗衣工的咳嗽怨愤不已。

这份同情心，使他既看到了人性的恶，也看到了人性的善。

当女房东拒绝女洗衣工住下去，说如果不还钱，就要赶她出客房的时候，老太婆兴高采烈了，<u>一下就把女工推出了屋门</u>。女工走了，可是过一个小时又回来了，<u>而女房东也狠不下心来再撵她出去</u>。第二天，第三天，女房东都没有撵她。"我又能上哪儿去呢？"女工说。可是到了第三天，女房东的姘头，一个懂得法规又老于世故的莫斯科人，去叫了警察。一个挎着腰刀系着红带子的手枪的警察来到了客栈，他彬彬有礼地说了几句得体的话，就把女洗衣工带到了街上。

那是个天气晴朗，阳光明媚，不太寒冷的三月天。雪水流淌着，扫院工们在清除积水。车夫们驾驶的雪橇在结了一层冰的雪地上颠颠簸簸地行进，碰着石头路面便发出刺耳的响声。洗衣女工在向阳的一面向山坡上走去，走到教堂前，便在教堂也是朝阳的台阶上坐了下来。可是当太阳落到房屋后面，水洼开始结起玻璃般的薄冰的时候，女工开始觉得又寒冷又可怕。她立起身，慢慢地走去……去哪儿呢？回家，回到她最近一段时间所居住的那唯一的家去。当她息息停停地走到那里的时候，天色已晚。

不曾停歇的灵魂征战

她走到大门口，刚拐进门，脚下一滑，叫喊了一声，就倒下了。

走过了一个人，又走过了一个人，都以为"这女人准是醉倒了"。又有一个人走过，在女工身上绊了一下，于是他对看院子的人说："你们大门口躺着一个烂醉的女人，我走过她时，差点摔破了脑袋，你们还不快把她弄走！"

看院子的人走过去一看，女洗衣工已经死了。

……

我在勒扎诺夫大院第 32 号房间正遇上诵经士在为死者念祷文。死者已被抬到她原先睡的那张床铺上。而房客们全都衣不蔽体，大家凑钱才办了一顿丧饭，买了棺材和寿衣，由几个老太婆把她收殓放入棺中。诵经士在昏暗中诵念着什么祷文，一个身穿长袍的妇人手执蜡烛站在那里，另一个人（应该说是一位先生）也手执蜡烛站在一旁。他身穿一件带羊羔皮领子的整洁的大衣，脚蹬一双锃亮的胶皮套鞋，衬衣还上过浆。这个人是死者的哥哥，人们把他找了来。

我走过死者身旁，在屋角找到房东，向她打听事情的全部经过。

她被我的一连串问题吓了一跳，显然她害怕会为什么事而受到指控，可是她后来滔滔不绝地说了起来，把一切情况都告诉了我。当我往回走的时候，看了死者一眼。所有的死者都显得端庄，而躺在棺木中的这一位显得尤为端庄感人：她的脸洁净苍白，一双凸起的眼睛紧闭着，双颊深陷，柔软的淡褐色头发覆盖在高高的额头上。这是一副疲倦、善良，并不

整洁的衣着与妹妹凄凉的死亡形成鲜明的对比。衣不蔽体的穷人尚且能够凑份子办丧事，衣着考究的哥哥却漠不关心亲人的离世。

忧伤,却露出惊讶神情的面容。的确,如果生者视而不见的话,那么死者是会感到惊讶的。

就在我记下这些话的那一天,莫斯科举行了一个盛大舞会。

那天夜里,我在 9 点钟从家里出来。我住在一个周围都是工厂的地区,我是在工厂鸣放汽笛之后走出家门的。这些工厂在经过一星期不间断的开工之后,总算放工人们出来过一天休假日了。

一些人赶到我的前头去了。而我也赶上了一些正涌向酒店和旅馆的工人们。许多人已经喝得醉醺醺的,不少人还同女人搅在一起。

我生活在工厂林立之地。每天清晨五点,就听到第一声汽笛鸣响,接着是第二声,第三声,第十声,一声又一声,接连不断。这意味着妇女、孩子、老人们开始上工了。8 点钟鸣第二遍汽笛,这是半小时的工间休息;12 点鸣第三遍汽笛,这是一小时午间用餐,到晚 8 点鸣第四遍汽笛,这才是收工时间。

由于奇怪的巧合,除了最近的一家啤酒厂以外,所有邻近我家的三家工厂都只生产舞会用品。最近的一家工厂专门生产长袜,另一家生产丝织品,第三家生产香水和香膏。

在听到这些汽笛声时,可以并不把它们同其他观念联系在一起,例如,它们标志着时间:"现在汽笛响了,该去散步啦。"也可以把这些汽笛声同实际情况联系在一起,于是清晨 5 点响起第一遍汽笛,这意味着人们,那些经常横七竖八躺在潮湿的地下室里昏睡的男男女女,在昏暗中起床,匆匆赶到机

由点到面勾画出城市底层人民辛苦劳作、没有希望的共同命运。

托尔斯泰深受卢梭的影响。卢梭厌弃工业文明,提倡回到原始大自然和蒙昧状态中,批评资本主义的财产制度。托尔斯泰也特别强调社会正义和平等,主张取消私有制。

不曾停歇的灵魂征战

器轰鸣的厂房里,各自上岗工作。他们既看不到工作的尽头,也看不到对自己有什么好处,而经常在炎热、气闷、肮脏的环境中,一小时,两小时,三小时,十二小时,甚至更长时间连续不断地干活,其间只有几次极其短暂的休息。他们昏昏入睡,再度起床,周而复始地继续干着那对于他们毫无意义的工作,只有贫困才能迫使他们继续去做。

……

这时从四面八方忽然出现了许多驶向同一方向的轻便马车。坐在前座上的车夫有时还披着皮袄,服饰讲究的听差佩戴着帽徽。膘肥体壮的大马披着马衣在冰天雪地中以每小时二十俄里的速度奔驰着。马车里的贵妇们裹着斗篷,小心翼翼地保护着鲜花和发式。所有这一切,从马匹身上的马具、马车、橡胶车轮、车夫穿的外衣呢料,到长袜、鞋子、鲜花、天鹅绒、手套、香水——所有这一切都是那些有的醉倒在自己下榻的铺板上,有的在夜店里和妓女鬼混,有的分别被押送到牢房里的人所制造的。眼下这些赴舞会的人正从他们身旁驶过,穿的和用的都是他们制造的物品,脑子里却从来没有想到,在他们去参加的舞会和这些正在受到他们车夫厉声呵斥的醉汉之间会有某种联系。

……

要知道,每个身穿价值一百五十卢布的裙衫,赶赴这个舞会的女人,并非生在舞会上或米南戈依夫人(一著名时装店女老板)家里,她也曾到过乡村,见过农夫,了解自己的保姆和女仆,知道这些人的父兄都很穷,对于他们来说挣一百五十卢布盖间农舍,就

对工人的生产和收入进行科学的研究和分析,诞生了马克思的巨著《资本论》,那是理性的结果。

托尔斯泰对于社会制度的变革带有浓重的宗教色彩，希望用个体的道德自我完善来化解矛盾，力图使俄国避免走资本主义发展的道路，希望能够改革农奴制，缓和阶级矛盾，建立一种自由平等的小农理想社会。

是他们漫长劳动生活的目的——她知道这一切。可是当她明知在这个舞会上她把那件与农舍等价的裙衫，即她善良的女仆的兄弟盖房的梦想穿在自己裸露的身上时，她还能寻欢作乐吗？假定她并没有考虑到这一点，但是那些丝绒、绸缎、糖果、鲜花、花边、衣裙并不会自己生长出来，而是人们制作出来的，这一点她似乎不可能不知道。似乎她也不可能不知道是哪些人制作了这一切，又是在什么条件下，为了什么而制作了这一切。她不可能不知道那个她十分不称心的女裁缝根本不是出于对她的爱才给她缝了这身裙子，因此她不可能不知道，对她所做的这一切都只是迫于生计，裙子是如此，花边、鲜花和丝绒，也同样如此。也许她们都如此浑浑噩噩，竟然连这一点也考虑不到？可那五六个年迈、可敬、经常还有病在身的听差和女仆彻夜不眠地为她奔忙，她总不可能不知道。她见过他们疲惫不堪、郁闷不乐的面容。她也不可能不知道，在这个气温低达零下二十八度的寒夜里，车夫老汉整夜坐在前座等候她。然而，就我所知，她们的确视而不见。假如是她们，那些少妇少女由于舞会的催眠作用而看不到这一切，不必谴责她们：这些不幸的女人，她们所做的正是长辈们所认为的好事；然而，长辈们自己对人的铁石心肠又作何解释呢？

对享受服务者的道德谴责，是出自托尔斯泰博爱的人性关怀。

　　长辈们总是会这样解释："我谁也不逼迫，东西——是我买来的，人——女仆和车夫——是我雇用的。买与雇——这可没有什么不好。我不逼迫任何人，我花钱雇用他们。这又有什么不好呢？"

　　······

不曾停歇的灵魂征战

我爱干净，只是在洗衣女工洗净了我一天换两次的衬衣条件下，我才付给她工钱，而这衬衣使洗衣女工积劳成疾，死于……

　　（节选自《托尔斯泰散文》，刘宁编，刘宁译，中国广播电视出版社）

　　纯粹的道德完美之人，承担了人类的所有罪恶，因为他深信每一个人的命运都息息相关，每一个人都对社会担负责任。

第三单元　触动心灵的强烈风暴

4. 乡村生活

生长在乡间的托尔斯泰非常关注和同情乡村农民的生活。通过与城市富人的对比,托尔斯泰着力描写了农民生活的辛苦和富人生活的悠闲,同时也指出了富人生活的非道义性和劳动的必要性。这也是托尔斯泰对自己生活的反省。

……城市里的冬天过去,复活节来临。城市里富人们的狂欢仍在继续着。林荫道上、花园里、公园里、河面上——到处在奏乐、演出、兜风、散步,到处张灯结彩,烟花纷飞。然而,乡村则更加美好——空气更清新,树木、草地、花朵也更新鲜。应该到那新芽绽出,鲜花盛开的地方去。于是,大多数享受他人劳作的富人们纷纷奔向乡村,去呼吸更好的空气,欣赏更好的草地和树林。于是,在乡村里,在一天干十八小时农活因而睡眠不足的,靠面包和葱头糊口,身穿粗布衣,灰头土脸的农夫中间住下了一些阔佬。在这里没有人来诱惑这些人,没有任何工厂,没有那种在城市里比比皆是,似乎是我们给他们活儿干,养活他们的闲散人口。要知道,这里的人从来都是干一夏天还不能及时把自己的活儿干完,不仅没有闲散人口,相反,由于人手不够,数不清的财富白白流失;数不清的人——儿童,老人,拖儿带女的妇女,正拼命干着力所不及的活儿,濒临死亡。富人们在这里又是如何安排自己的生活的呢?是这样——

如果有一幢建于农奴制时代的老房子,那么就把它修葺一新,装饰豪华。如果没有,那就盖新的——两层或三层的楼房。房间有十二到二十间,或者更多,全都有六俄尺高。铺上镶木地板,装上整块的大玻璃,挂上华丽的壁毯,摆放名贵的家具。房屋四周都用石块铺得平平整整,开辟花圃,修建槌球场,安装回转秋千,暖房都带斜顶,能够常受日照,屋脊也总是带雕花饰物,还有高大的马厩。所有这一切都涂上油彩,尽管油彩费用昂贵得穷人家的老人和孩子连喝粥都支付不起。富人如果有条件,就住那样的房子,如果条件不够,就租那样的房子。我们这个圈子里客居乡村的人哪怕再穷,再有自由派倾向,都住这样的房子。为了修建这样的房子和保持它的清洁,必须从农民中间抽出十个甚至二三十个劳动力,尽管这些人自己往往来不及照料养家糊口的庄稼。

在这里且不谈我们是否享用工厂的产品,反正工厂会存在,并越来越多。在这里也不谈,是不是我在养活闲散人口。但我们可以在这里直接开办工厂,生产我们需要的东西。直接利用我们周围人的贫穷使他们丢下无论对他们,对我们,对一切人都必不可少的活儿,并以此使一部分人腐化,而另一部分人的生活和健康被毁坏。

这就是一个诚实而有教养的贵族或官吏的一家客居乡村的生活。6月中旬,即临近刈草季节,全家人及其客人聚集到一起,因为6月之前有的人要学

不仅有富人的休闲生活与农民的忙碌生活的对比,还有富人生活的奢华与农民的穷困的对比。

155

习和考试,他们一直住到 9 月,即收割和播种之前。这一家子人(这个圈子里几乎所有的人亦如此),从紧张的农忙季节之初(不到农忙结束,因为 9 月份还要播种、挖土豆),到农忙有所缓解之前一直住在乡下。

夏季的农活总是围绕着他们,围绕着他们的乡居生活,在他们身边进行,其紧张程度,若非亲身体验,无论我们听说过,读到过,看到过多少遍,都不会有任何概念。一家子,近十口人,与住在城市里完全一样,还可能比在城市里更糟,因为在这里,在乡下,一家人休息(摆脱无所事事),就已经被看作与劳动毫不相似,对自己的游手好闲无须任何解释。

刈草季节开始之时,正值彼得节前饥饿的斋戒期,人们的食品是克瓦斯、面包和葱头。客居乡间的老爷们会见到刈草这桩农活,他们在某种程度上盼咐一下,多多少少有点欣赏它,从枯草的气味,女人们的歌声,割草的哗哗声,割草人和搂草女人的排列样式中得到快慰。他们在住房附近观看这一切,而年轻人和孩子们整天无所事事,必定骑上膘肥体壮的马,到约半俄里远的地方去洗澡。

刈草季节所做的事,是世间最重要的事情之一。几乎每年都会留下割不完的草场。由于人手少,时间紧,割下的草会遭雨淋,百分之二十甚至更多的草,要么腐烂,要么尚未收割就已烂根。在一定程度上紧张的劳动可解决能否增加人们的收入的问题。而增加干草,对老人们来说,就意味着会增加肉食;对孩子们来说,就意味着会增加牛奶。一般来说就是这样。对于每个割草人来说,其中还包括解决自

俄罗斯农民用吃剩的面包发酵制成的一种饮料。

农民生活的依靠,富人们没有这样的忧虑。

己以及孩子们过冬的口粮、牛奶的问题。男男女女，每个割草人都知道这一点；甚至连孩童都知道，这是件至关重要的事，应当竭尽全力来完成。为了不耽误午饭，不被父亲责骂，小男孩两手轮换着，提着沉甸甸的瓦罐，光着脚丫，从村子里尽快地奔走两俄里，将盛有克瓦斯的瓦罐送到父亲割草的地方。每个人都知道，从割草到收获这期间已不会有农闲，不会有时间休息。因为不只有割草一桩农活，除了割草之外，每个人还要干别的活儿——翻地、耙地，女人们还要洗衣、织布、烤面包，而男人们则要去磨坊、进城、参加米尔（公社）的活动、去法院找法官、找甲长、赶大车，每夜还得喂马——所有的人，无论老幼、大小都竭尽全力干活。男人们是这样干活，每次割草都走在前面，一班子人的后面——是些年老体弱者和少年儿童。他们勉勉强强，晃晃悠悠，走在最后几排，休息后起身颇为费劲儿；女人们，常常还有孕妇和喂奶的妇女，也一样地干活。紧张而不懈地劳作，在这个劳作中不仅吃掉自己匮乏的全部食物，而且还有以前的储备；他们所有的人——并非胖子，农忙后都还会消瘦。

　　这就是割草时一个小型的劳动组合：三个农夫一组——一个老头，另一个是他的侄儿，一个小个子年轻人，已成家，还有一个鞋匠——地主家的家仆。他身体瘦削，青筋嶙峋。对于他们所有人来说，这次割草可决定他们冬天的命运：要不要养牛？能否缴税？他们不知疲倦，不休息地干了一个多星期。一场雨耽误了他们干活。雨天之后，吹过风，为了使工作更有成效，他们决定堆垛，决定每家各增派两个女人来割草。老头那边派她的老婆，这是一个五十岁的女人，由于干活劳累、生过十一个孩子而显得憔悴不堪，耳朵背，但干活还很来劲儿；另外还派来一个十三岁的女儿，她个子不高，但是个很机灵，很有劲儿的小姑娘。老头的侄儿那边派他的妻子，这是个身材高大，挺有力气的女人，像个能干的庄稼汉，另外还派他的儿媳——一个怀有身孕的士兵妻子。鞋匠那边派他的老婆，这是一个挺会干活的女人。另外还派他的丈母娘——她已八十岁，平常以乞讨为生。他们大家互相比着干活，在六月的太阳地里从早干到晚。天气闷热，怕是要下雨。农忙时节每个钟头都很宝贵。真舍不得放下手中的农活去取水或克瓦斯。搬水的活儿就由小男孩——老太婆的外孙来干。看来，老太婆只是担心人们会把她撵走，她手不离耙，显然很费劲儿，但总算能挪动。小男孩倒换着两手，提着比他还重的水罐，弯着腰，光着脚，缓缓地挪着步子。小女孩把一大抱干草扛到肩上，那干草也比她重，她挪了几步，停了下来，把干草卸下肩头，却无力再扛上去。五十来岁的老太婆头巾歪到了一边，她不知疲倦地耙草，搂草，气喘吁吁，晃晃悠悠；八十岁的老太婆只耙草，但这对她已是力所不及。她脚穿树皮鞋，缓缓地拖着脚步走。她皱紧眉头，阴郁地盯着自己的眼前，像一个危重病人或快要死的人。老头故意打发她离别人远一点，在干草垛旁耙草，不让她与别人相比，但她不停手地干活，只要别人还在干活，她就带着那张死人般阴沉沉的面孔，继续干活。太阳已落到林子后面，可干草垛尚未堆好，还剩下很多活儿要干。大伙都感到该收工了，

高强度的劳动无人幸免。

不曾停歇的灵魂征战

158

但谁也不吱声，都期待着别人说出口来。终于，鞋匠感到已经没有力气了，建议老头留待明天再堆垛，老头同意了。女人们马上跑去取衣服，拿水罐，草叉，老太婆马上就地一坐，然后躺下身去，仍用那死人般的目光盯着自己的眼前。可是，女人们离去了，她哼哼着起身，跟在了她们身后。

再来瞧瞧老爷家。就在同一天傍晚，当疲惫不堪的人们割草归来，村子那边传来他们系在腰带上的小磨石匣的叮当声、农具的撞击声、女人和孩子的喊叫声，人们刚一放下草耙，立即就跑去赶牲口——而此时从老爷的院子里却传来另外的声音：叮咚，叮咚，叮咚！传来钢琴声，某首匈牙利歌曲声，由于这些歌声嘹亮，偶尔能听到槌球木槌的撞击声。

马厩旁停着一辆膘肥体壮的四匹马拉的四轮马车。这是一个极考究的地主的马车。客人乘马车来，行程 15 俄里，付 10 卢布。站立在车前的马匹，脖铃叮当作响。他们的马车内铺着的，被他们踩在脚下的，正是农夫们历尽千辛万苦收割回来的干草。老爷的院子里车水马龙。一个吃得胖胖的，体格健壮的小个子，招呼车夫套马，备鞍，他身穿粉红色衬衣，这是管院子的人因他侍候周全赏给他的。

两个住在那里当车夫的男人，从车夫屋里走了出来，自由自在地走来，两手来回摆动，为先生们备马。从离老爷的房屋更近的地方传来另一架钢琴的声音。这是音乐学院的女学生在练习弹奏舒曼的钢琴曲，她住在老爷家教孩子们弹琴。一阵阵钢琴声此起彼伏。

两个保姆，一个年轻的，一个年老的，正从房子

富人过的是无忧无虑的艺术生活。一切生存的必需品、生活中保证自己享乐的服务都由领地上的农民提供。

旁边走来,她们正领着和抱着孩子回来睡觉。那些孩子与乡间担水的小男孩的年龄相仿。一个保姆是英国人,不会说俄语。写信把她从英国召来,并非因为她有某种素质为人熟知,而仅仅因为她不会说俄语。其后还有个女人——法国女人,她也是因为不会说俄语而被请来的。随后是一个男人带着两个女人在房屋周围浇花,另一个男人在为小少爷擦枪。瞧,两个女人挎着篮子走过来,篮子里装着洗净的衣服,她们要洗所有的先生,还有英国女人、法国女人的衣服。屋内两个女人勉强来得及跟在刚用过餐的先生们后面清洗餐具,两个身穿燕尾服的男人在楼梯间来回穿梭,送咖啡、茶水、酒以及碳酸矿水。楼上摆好了桌子:刚刚吃完,马上又开席,直到鸡叫,十二点、三点、天明,这已是司空见惯。

有的人闲坐着,抽烟,玩牌;有的人闲坐着,抽烟,自由交谈;有的人则来回踱步,吃喝,抽烟,不知道该干什么,想出乘车兜风的主意来。

他们是 15 个健康的男人和女人,为他们服务的则是 30 个体格健壮的男女佣人。而这发生在每个小时,每个小时都很宝贵的地方。这还将发生在 7 月份,那时候男人们不会成群出现,为了不让燕麦撒落在地里,他们每晚都要抢割;女人们则要摸黑起床,打净麦秆上的麦粒,编草子;那时候这位已完全被农活陷在麦茬地的老太太以及孕妇和年轻人都会疲劳不堪,农忙结束后会大喝特喝;那时候为了把供养全国人民的粮食运往大垛,将既缺人手,又缺马匹和大车。而俄国每天需要有上百万俄担粮食,才不至于饿死人。而此时,老爷们那样的生活:看戏、野餐、打猎、吃喝、弹琴、唱歌、跳舞、狂欢……将继续进行。须知，在这里不能借口说，规矩就是这样的。实际上，没有任何这样的规矩。我们自己努力制定了这种生活，从受尽磨难的人们那里剥夺粮食和劳动。

我们就这样生活着，好像与在我们周围正濒临死亡的洗衣女工、十四岁的雏妓、疲惫不堪的卷烟女人、饿着肚子拼命干力所不及的活儿的老妇和孩童之间没有任何联系；我们就这样生活着——尽情享乐、穷奢极侈，好像这一切与我们的生活之间没有联系；我们不愿看见，若是没有我们闲逸、奢侈、荒淫的生活，就不会有那种力所不及的劳作，可没有那种力所不及的劳作，就不会有我们的生活。

（节选自《托尔斯泰散文》，刘宁编，刘宁译，中国广播电视出版社）

在上帝面前，每个人都该是一样的，没有这种剥削人的规矩。

深深体会到剥削阶层生活的罪恶，托尔斯泰反省的不仅是自己一个人的生活，更是这种不合理的制度。

5. 出走日记

托尔斯泰已经在生活中实践自己平民化的信念：辞去贵族长的职务；拒绝当法院陪审员；不喝酒，少抽烟；放弃打猎，改吃素食；做木活，当皮匠，给寡妇犁地；穿农民的简便衣服，扎草绳；不参加舞会。但是，由于他生活的环境，使他无法照自己想做的去做，虽感到贵族生活的无意义，又无法摆脱，这就使他特别痛苦，因此，他曾几次想到自杀。为了摆脱影响他实践自己信念的环境，最后在内外矛盾的交织中，他选择了出走。

这是一本秘密的日记。托尔斯泰的日记原本都是对自己的妻子公开的，表示夫妻间的坦诚相见，但后来妻子想要干涉他放弃财产的决定，查看他的日记，于是就有了这份秘密日记，以便于自己心灵的自由表达。

切尔特科夫和戈登魏泽尔 7 月 27 日分别给托尔斯泰写信，说他们怀疑他的夫人装假。

1910 年 7 月 29 日（亚斯亚那波利亚纳）

我开始写新的日记，为自己一个人写的真正的日记，今天需要记下一点：如果我的一些朋友的猜测是对的，那么她现在试图用柔情来达到目的。好几天以来她总吻我的手，这是以前从未有过的现象；也不再大吵大嚷，寻死寻活了。如果是我错了，求上帝和善良的人原谅我吧。我容易从善意和爱出发犯错误。我完全能够真诚地爱她，而对列夫我就做不到。至于安德烈这种人，你就很难相信他们身上有上帝的精神存在（但要记住，上帝的精神是存在的）。我将尽量不生气，主要靠沉默来坚持我的想法。

绝不能让亿万人失去他们的灵魂可能需要的东西。再说一遍，"可能"。然而只要存在着人们的灵魂需要我的文字的一丝一毫可能，就不应该剥夺他们的这种精神食粮，以便让安德烈沉湎酒色，让列夫涂鸦……随他们去吧。做你自己的事，不要指责别人……早晨。

今天和前几天一样，身体不舒服，但心里不好的东西少了。我在等待事态发展，这就不好了。

*索菲娅·安德烈耶夫娜*完全平静了。

……

8 月 6 日

今天躺在床上时，产生了一个我觉得十分重要的想法。我想，以后我把它记下来。但我忘记了，忘了，想不起来了。刚才就在我写这句话的地方遇见了索菲娅·安德烈耶夫娜，她走得很快，非常激动。我很可怜她。我叫家里人暗中盯着她，看她到哪里去。萨莎却说她走来走去不是没有目的，而是在监视我。我便不那么怜悯她了。这里存在着不善，而我还做不到无动于衷。不能爱不善。我想留下一封信后离去，又害怕。但我认为我离去后她会好一些。刚才看了一些信，想写《论疯狂》，又放下了。不想写,没有精力。现在十二点。总是这样躲躲藏藏令我难过,也为她担惊受怕。

……

8 月 28 日

同索菲娅·安德烈耶夫娜相处越来越难。不是爱,而是要求爱,这种要求接近憎恨并且渐渐变成憎恨。

是的,自私是疯狂。孩子们救了她,这是一种动物的爱,然而毕竟是忘我的爱。这种爱一旦结束,就只剩下可怕的自私了。而自私是一种最不正常的状态,是疯狂。

刚才同萨莎、米哈伊尔·谢尔盖耶维奇谈话,杜尚和萨莎都不认为是病。他们不对。

……

10 月 13 日

原来她找到我的小日记簿,把它拿去了。她知道一份给某某立下的关于某事的遗嘱,显然涉及我的著作。它们的货币价值造成多大的痛苦啊,她害怕我不让她出版。这个不幸的人什么都怕。

……

托尔斯泰在遗嘱中希望亲人放弃自己的书的版权。

对不理解自己的妻子的悲悯之心。

10 月 25 日

心情仍旧沉重。怀疑、窥伺,还有盼她为我出走提供口实的罪恶愿望。我竟如此之坏。但是常常在考虑出走,考虑她的处境时,觉得她可怜,不能这么办。她要我写给加利娅·切尔特科娃的信。

10 月 26 日

<u>这种生活越来越成为我的负担</u>。玛丽亚·亚历山德罗夫娜不让我走，我的良心也不允许。要容忍她，要容忍，不改变外部环境，但在内心下功夫。主啊，帮助我吧！

10 月 28 日（奥普京修道院）

11 点 30 分躺下。睡到两点多钟。醒来之后，同前几夜一样，又听见开门声和脚步声。前几夜我没有看我的房门，今天一望，便从门缝中看见书房里有明亮的灯光，还听见沙沙的声音。这是索菲娅·安德烈耶夫娜在找东西，可能在翻阅。前一天她请求我，要求我不要闩门。她的两扇门都开着，所以她能听见我的任何动静。不管白天黑夜，我的每一个动作，每一句话都必须让她知道，受她监督。又是脚步声，小心翼翼的开门声，她走过去了。不知为什么，这引起我无法抑制的憎恶和愤怒。想睡，睡不着，翻来覆去约一个钟头，点上蜡烛坐起来。索菲娅·安德烈耶夫娜开门进来，问我身体怎样，说看见我点了蜡烛，感到惊讶。憎恶与愤怒越来越强烈，使我喘不过气来。我数了数脉搏，97 下。不能再睡，我突然做出了出走的最后决定。<u>我给她写了一封信</u>，开始收拾最必要的东西，只要能走就好。我叫醒杜尚，然后叫醒萨莎，他们帮我收拾。我怕她听见，走出来吵闹，歇斯底里大发作，以后不闹就走不成，一想到这里我就发抖。

五点多钟一切差不多就绪，我到马房去叫人套车。杜尚、萨莎和瓦里娅最后收拾停当。夜一片漆当时他82岁零8个月！托尔斯泰认为这样离开富裕的家庭才是给自己迷失的一生找对了方向。

沙莫尔金诺村是一所女修道院，距奥普京修道院14俄里。作者的妹妹玛丽亚修女从1889年起在这所修道院。作者于10月29日晚6时左右到达沙莫尔金诺村。

他的崇拜者、坚定的托尔斯泰主义者切尔特科夫的秘书。

不曾停歇的灵魂征战

黑，我在通往厢房的小路上迷失了方向，走进小树林里，撞在树上，给刺伤了，还摔了一跤，丢了帽子，找不到它，好容易走出来，回到屋里，另拿了一顶帽子，打着灯笼走到马房，叫人套车。萨莎、杜尚和瓦里娅来了。我怕被追赶，浑身发抖。终于出发了。我们在谢金等了一小时，我每分钟都觉得她会出现。最后我们终于坐上火车，车开动了，恐惧消失，对她的怜悯渐渐上升，但我并不怀疑我做了应当做的事。也许我为自己辩解是错误的，但我觉得我挽救了自己，不是挽救列夫·尼古拉耶维奇，而是挽救虽然很少，又是毕竟在我身上存在的东西。我们抵达奥普京修道院。我身体健康，尽管一夜没有睡觉，而且几乎没有进食。从戈尔巴乔夫站出发时，我们坐在挤满劳动人民的三等车厢里。这一段旅行很有教益，非常之好，虽然我不大能领会。现在八点，我们在奥普京修道院。

10月29日（奥普京修道院——沙莫尔金诺村）

睡得不稳，早晨阿辽沙·谢尔盖延科来。我不知底细，高高兴兴地迎接了他，而他带来的消息是可怕的。索菲娅·安德烈耶夫娜读了信之后大叫起来，跑出去跳进了池塘。萨莎和万尼亚跟着她跑出去，把她拖了上来。安德烈来了。他们猜到我在什么地方，索菲娅·安德烈耶夫娜要安德烈无论如何设法找到我。现在，29日晚上，我在等安德烈来。收到萨莎的信。她劝我不要灰心丧气。她已经请了一位精神病医师，现在在等谢廖沙和塔尼亚来。我整天都很难受，身体也虚弱。散步，昨天为《言报》写完了谈死刑的文章。去沙莫尔金诺修道院。玛申卡给我的印象是令人欣慰、最愉快的，虽然她谈到"敌人"；可爱的丽赞卡也是如此。她们二人都对我的处境表示理解和同情。一路上考虑我的出路和她的处境，什么也想不出来，然而不管你愿意不愿意，出路是会有的，而且不会像你预见的那样。是的，只需考虑如何不犯罪。要发生什么事就让它发生吧。这不是我的事。从玛申卡那里拿来《阅读园地》，读 28 日的一段，大吃一惊，因为那段话正好是针对我的处境的：我需要考验，考验对我有意。现在去睡觉。主啊，求你帮助我。收到切尔特科夫的一封写得很好的信。

10 月 30 日

如果还能活下去。我还活着，但是不行了。非常衰弱，瞌睡，这是不好的征兆。

读诺沃肖洛夫的哲学丛书。谈社会主义很有意思。我的文章《论社会主义》完了。真可惜，不，不可惜。萨莎来了。我非常高兴。却也难过。儿子们有信来。谢尔盖的信很好，实在，简短而善良。上午步行去沙莫尔金诺村，租一间茅舍。很疲乏。给索菲娅·安德烈耶夫娜写了一封信。

> 信上说：我们再见面现在完全不可能了，我回家则更不可能。

10 月 31 日（阿斯塔波沃）

他们都在沙拉波沃那边。萨莎担心他们会赶上来，我们便启程了。萨莎在科泽尔斯克赶上我们，一起乘火车走。一路上很好，但四点多钟我开始发冷，然后烧到四十度，我们在阿斯塔波沃站下车。殷勤的站长给了两间极好的房间。

11月3日（阿斯塔波沃）

夜里很不好受。发着烧躺了两天。切尔特科夫
2日来。据说是索菲娅·安德烈耶夫娜。夜里谢廖
沙到，他深深感动了我。今天3日，尼基京，塔尼娅，
然后是戈登魏泽尔和伊万·伊万诺维奇。这便是我
的计划。做你应当做的事，让……发生吧。

一切对人对己都有好处，主要是对我有好处。

（节选自《托尔斯泰散文》，刘宁编，刘宁译，中国
广播电视出版社）

托尔斯泰说过：一个人只能单独接近上帝。1910 年 11 月 7 日，托尔斯泰病逝在阿斯塔波沃的火车站办公室中。

不曾停歇的灵魂征战

第四单元

DI SI DAN YUAN

重返良知的救赎之路

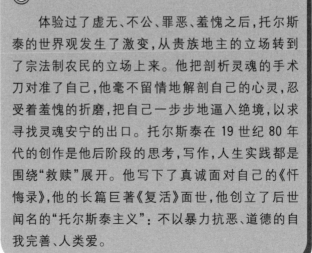

　　体验过了虚无、不公、罪恶、羞愧之后,托尔斯泰的世界观发生了激变,从贵族地主的立场转到了宗法制农民的立场上来。他把剖析灵魂的手术刀对准了自己,他毫不留情地解剖自己的心灵,忍受着羞愧的折磨,把自己一步步地逼入绝境,以求寻找灵魂安宁的出口。托尔斯泰在 19 世纪 80 年代的创作是他后阶段的思考,写作,人生实践都是围绕"救赎"展开。他写下了真诚面对自己的《忏悔录》,他的长篇巨著《复活》面世,他创立了后世闻名的"托尔斯泰主义":不以暴力抗恶、道德的自我完善、人类爱。

1. 我一生从事的全部事业

（1885 年日记）

这一年,作者只写了这一篇日记。看似平淡的话语却道破了那贯穿于托尔斯泰的整个生命,并推动他不断创作的根本动力和目的。那就是:实现差我来者的意志,追寻内心真正的平静和幸福。

1885 年,似乎是 4 月 5 日。我一生从事的全部事业就是认识和表述真理(我觉得遗憾,因为这是一条不好走的路,使人容易犯错误的生活道路)。我常常产生一些明晰的思想,使我快活,对我有益,可是由于找不到地方存放它们,我渐渐淡忘了。我要写下来,会对人有用的。

今天思索过我的不幸的家庭,妻子、几个儿子、一个女儿,他们在我身边生活,却竭力在他们和我之间设立屏障,以便不去看会揭穿他们生活的虚伪,但也教会他们脱离苦海的真理和幸福。

但愿他们能够明白,他们只能提出一点来为这种由他人的劳动维持着的悠闲生活辩护,那就是把自己的闲暇时光用来反省,用来思索。可他们尽做些无聊的事来消磨闲暇时光,这样一来,他们就比被工作压垮的人更少有时间反省了。

我还想到乌索夫和其他一些教授,为什么像这

生活的优越不能掩盖精神的苍白,作者的写作就是用反省来不断追寻人生的意义,从而发现更合理的生活的方式。

171

样聪明的人,有时也是好人,却生活得如此愚蠢、不好?因为受女人控制。他们随波逐流。因为他们的妻子或情妇要他们这样。所有的事情都是在夜间决定的。他们的过错仅在于使自己的良知服从自己的癖好。

我还想到,实行那差我来者的意志就是我的食粮。这含义多么深刻又质朴啊!只有当你们所定的目标不是外在的什么东西,而是执行差你来者的意志的时候,你才能平静,永远满足。我不愿在作品中插入自己的像,这使我反感,使我不快。如果我执行自己的意志,那么我要表示不同意,这样一来就会伤别人的心。如果我执行非自己的意志,那么我就要请求别人不这样做。如果别人还是这样做,那么我的心会是平静的,因为我已经执行了差我来者的意志。

这是我的食粮——话说得多明白啊!大多数认为自己做的事只是满足肉体的需要,如吃饭、性交、娱乐,此外都是为了人们。至于人不是为自己,而是为人的荣誉所做的那一部分事情,基督说,在其中应当执行差我来者的意志,而不是为了人们去做。他说,这对于他像食粮一样不可或缺,也不管人们如何看待。执行差我来者的意志就像吃喝一样不是为了别人,而是出于自己的需要。这才是需要做的,这才是可以做的,这才是无论何时何地永远使人幸福的唯一的生命之路。

（节选自《托尔斯泰散文》,刘宁编,刘宁译,中国广播电视出版社）

1885 年出版《列夫·托尔斯泰文集》的时候,托尔斯泰夫人要求插入作者像。作者违背自己的意愿同意了。

不曾停歇的灵魂征战

2. 忏悔录

忏悔意识是托尔斯泰小说中重点表现的内容，我们可以在《安娜·卡列尼娜》中的列文、《复活》中的聂赫留朵夫身上看到。他们往往没有做过极其罪恶的事情，但良心却是痛苦不安宁的。他们为社会的不公和弱者的不幸而痛苦，自愿担负社会的罪责，把为他人谋取幸福当作自己的责任。这篇《忏悔录》，是作者在 1879—1882 年创作的，他否定了自己以往的人生和文学创作，曾经的幸福都在自己毫不留情的笔下褪去了虚伪的面纱。真诚而痛楚的文字没有一点儿伪饰，只留下羞耻、困惑和决心。

二

有机会我要讲一讲我的生活史，<u>我青年时代十年的生活史既感人，又有教益</u>。我看，许许多多人都有同样的体验。我真心诚意想做一个好人，但我年轻，有多种欲望。当我追求美好的东西时，我茕茕一身，十分孤单。每当我企图表现出构成我最真诚的希望的那一切，即成为一个道德高尚的人，我遇到的是轻蔑和嘲笑；而只要我迷恋于卑劣的情欲，别人便来称赞我，鼓励我。虚荣、权欲、自私、淫欲、骄傲、愤怒、报复——所有这一切都受到尊敬。沉湎于这些

作者并没有全盘否定自己，是社会不健康的时俗令人堕落。

欲望，我就像一个成年人了，我便感觉到别人对我是满意的。那位抚养过我的善良的姑妈，一个非常纯洁的人，老是对我说，她最希望我与有夫之妇发生关系："没有什么能比与一个体面的妇女发生关系更能使年轻人有教养的了。"

她希望我还能得到另一种幸福，即成为副官，最好是皇帝的副官。而最大的幸福则是我和一位非常富有的姑娘结婚，并因此而获得奴隶，越多越好。

想到这几年，我不能不感到可怕、厌恶和内心的痛苦。在打仗的时候我杀过人，为了置人于死地而挑起决斗。我赌博、挥霍，吞没农民的劳动果实，处罚他们，过着淫荡的生活，吹牛撒谎，欺骗偷盗、形形色色的通奸、酗酒、暴力、杀人……没有一种罪行我没有干过，为此我得到夸奖，我的同辈过去和现在都认为我是一个道德比较高尚的人。我这样过了十年。

当时我出于虚荣、自私和骄傲开始写作。在写作中我的所作所为与生活中完全相同。为了猎取名利（这是我写作的目的），我必须把美隐藏起来，而去表现丑。我就是这样做的。有多少次我在作品中以淡漠，甚至轻微的讽刺作掩护，千方百计地把自己的、构成我的生活目标的对善良的追求隐藏起来。而且我达到了目的，大家都称赞我。

我二十六岁于战争结束后回到彼得堡（译注：1855年11月19日，托尔斯泰于克里木战争结束后来到彼得堡），和作家们有了来往。他们把我当作自己人，奉承我。转眼之间，我与之接近的那些作家所特有的生活观被我接受了，而且完全抹掉了我身上原有的想变得好一些的任何打算。这些观点为我的

毫无保留地坦白自己犯过的种种罪恶。基督教文化中有忏悔这一传统，如平时有向神父的告解，有临终前的忏悔。

奥古斯丁和卢梭都分别写过《忏悔录》。奥古斯丁以对神的赞美诗淡化了自己的堕落与痛苦，卢梭则以流浪汉式的传奇美化了自己的堕落与痛苦，都不如托尔斯泰这种彻底的真诚面对自己的内心。

不曾停歇的灵魂征战

放荡生活提供理论并为之辩护。

这些人——我在创作上的同行的人生观是：生命总是向前发展的，我们这些有见地的人是这种发展的主要参加者，而在有见地的人中间，最有影响的要算我们——艺术家、诗人。我们的职责是教育人。为了不给自己一个合乎自然的问题："我知道什么？能教人什么？"就说这在理论上已经解决，不必追究，艺术家和诗人是在不知不觉间教育人的。我被认为是一个非常出色的艺术家和诗人，因此我接受这种理论是很自然的。我是艺术家、诗人，我写作，教育别人，连自己也不知道教的是什么。为此人家付给我钱，我食有佳肴，住有高楼，美女作伴，高朋满座，名满天下。由此可见，我所教的一切都是非常好的。

相信诗的意义和生命的发展是一种信仰，我曾为之献身。为它献身是非常有力和愉快的。我依靠这一信仰生活了很久，并不怀疑它的正确性。可是这样生活到第二年，特别是第三年，我就开始怀疑这一信仰的正确性，并开始研究它了。使我怀疑的第一个原因是，我发现献身于这一信仰的人并不都一致。一些人说：我们是最好的和有益的导师，我们教的东西都有用，而别人教得不对。另一些人则说：我们才是真正的导师，你们教得不对。他们又吵又闹，互相指责，钩心斗角。除此以外，他们当中许多人根本不关心谁是谁非，只想利用写作达到自己的自私的目的。这一切都使我怀疑我们的信仰的正确性。

另外，由于怀疑作家的信仰的正确性，我更加注意观察献身于创作的人，并且确信，几乎所有献身于这一信仰的人，即作家，都是不道德的人，而且大部分都是坏人,性格猥琐,比我以前放荡不羁和当军人的时候见到的要低下得多。但是他们很自信,自我欣赏,只有十全十美的圣徒或者对圣洁的东西一无所知的人才能这样自我陶醉。我讨厌这类人,也讨厌自己,终于我理解到,这种信仰是骗人的。

奇怪的是,虽然我很快就明白了这一信仰有多虚伪,并且抛弃了它,但是这些人给予我的称号——艺术家、诗人、导师的称号我没有抛弃。我天真地想象我是诗人、艺术家,我能够教导一切人,虽然自己也不知道教什么。我就是这样做的。

追逐名声,心灵就远离上帝,也远离了真相。

由于与这些人接近,我沾染上了一个新的弱点——近乎病态的骄傲与疯狂的自信,相信我的职责是教导人们,虽然自己也不知道教什么。

现在回想起这段时间,当时自己的情绪和那些人的情绪(现在这种人还有成千上万),我感到可怜、可怕、可笑,会出现只有在疯人院里才能体验到的那种感觉。

那时我们都相信,我们必须不停地讲话、写作、出版——尽量快,尽量多,认为这一切都是人类幸福所必需的。我们成千上万的人,一面互相否定、责骂,一面不断地出版、写作、教训别人。我们不觉得自己很无知,连最简单的生活问题,即什么是好,什么是坏,我们都不知该怎样回答。我们大家一起讲话,不听对方说什么,有时互相姑息和吹捧,以便别人也姑息和吹捧我,有时则情绪激动,争吵不休,完全和疯人院的情况一样。

成千上万的工人日日夜夜拼命干活、排字,印刷了亿万字的作品,邮局把它们分发到俄国各地,而我

不曾停歇的灵魂征战

们总是说教,没完没了,越来越多,而且无论如何也来不及把什么都教给人家,还要生气,说人家听得少。

这太奇怪了,但现在我完全理解。<u>我们真正的、内心深处的想法是,我们希望获得金钱和称赞,越多越好</u>。为了达到这一目的,我们除了写书和出版报纸以外,其他什么也不会做。我们就是这样做的。但我们为了能进行这些无益的事业并信心十足地认为自己是非常重要的人物,我们还需要有一种能为我们的活动辩论的论点。因此我们就想出了这样的论点:凡是存在着的都是合理的,凡是存在着的都在发展。发展又都是通过教育。而教育就以书籍和报纸的推销情况来衡量。由于我们写书,出版报纸,人家付给我们稿酬,并且尊敬我们,因此我们是最有教益的好人。要是我们大家意见一致,这种论断当然非常之好。可是一部分人讲出来的想法往往与另一部分人的想法截然相反,这就不得不使我们反省。然而我们没有看到这一点。人家付给我们稿酬,我们的同伙夸奖我们,因此,我们,我们当中的每一个人,都认为自己正确。

现在我清楚了,与疯人院相比较,情况完全相同,那时我只不过模模糊糊地怀疑到这一点,而且只不过和所有的精神病患者一样,把别人都叫作疯子,而自己除外。

……

六

印度的哲理讲出了如下的一番道理:

这才是忏悔,使内心最深处的丑陋剥离、现形,并对其进行批判。没有优越感,只有羞愧感。

释迦牟尼是一位年轻、幸福的王子,他对病痛、衰老、死亡一无所知。有一次他乘车出游,看到一个可怕的老人,牙齿全部脱落,流着口涎。在此之前对衰老一无所知的王子感到惊讶,问车夫这是怎么一回事,为什么这个人落到如此可怜、讨厌和不成体统的地步?当他了解到这是所有人的共同命运,他,年轻的王子,也逃不脱这样的命运,他便无心乘车漫游了,命令转回去,要好好思索这个问题。他一个人闭门思索。后来大概找到了某种慰藉,因为他又兴高采烈和幸福地乘车出游了。这一次他碰到一个病人。他看到一个四肢无力、脸色发青、全身颤抖、眼光混浊的人。对疾病一无所知的王子停下来问,这是怎么一回事。当他了解到这是疾病,所有的人都会得病,他自己,一个健康的和幸福的王子,明天也能病成那样,他又无心玩乐了,命令转回去,重新寻求安慰,后来大概找到了,因为他第三次出去游乐。第三次,他又看到了新的景象。他看到人们抬着一件东西。"这是什么?"——"一个死人。"——"什么叫死人呢?"王子问。人家对他说,所谓死人,就是像那个人一样。王子走到死人跟前,打开来端详。"那么他以后会怎样呢?"——王子问。人们对他说,以后就把他埋进土里。"为什么呢?"——"因为他大概永远也不会再活过来了,从他身上只会生出恶臭和蛆虫。"——"这是一切人的命运吗?我也会这样?被埋在地下,发出恶臭,被蛆虫吞噬?"——"是的。"——"回去!我不游玩了,永远不再出游。"

释迦牟尼在生活中找不到安慰,他认定生命是

幸福的印度王子的人生困境,托尔斯泰也遇到过。1869年,托尔斯泰正紧张地创作《战争与和平》,生活充实而愉快,庄园的事业也井井有条,这本是一段富足安宁的时光。一天,他去萨马拉省购置另一处田产,在一个叫阿尔扎马斯的小镇过夜。在那样一个平静的夜晚,死亡的恐惧再一次向他袭来,他痛苦而真切地感受到,不仅亲人会离他而去,自己也是必然要死去的。一瞬间,他感到自己一直以来为之努力的一切,都变得毫无意义,"没有什么值得快活的,这一切都成了虚无"。

不曾停歇的灵魂征战

178

最大的恶，把全部精神用来超脱尘世和普度众生，而且要达到这样的境地，使生命在人死后也不能复苏，从根本上彻底地消灭生命。这便是整个印度哲理的观点。

人类智慧在解决生命问题的时候所给的直接答案便是这样。

"肉体生命是罪恶和谎言。肉体生命的消灭便是幸福，我们应当心向往之。"苏格拉底说。

"生命是个不应存在的东西，是罪恶，转化为空无是生命唯一的幸福。"叔本华说。

"世上的一切，无论智、愚、贫、富、苦、乐全是虚空和无用之物。人一死，一切便都不存在了。因而这是荒唐。"所罗门说。

"意识到痛苦、衰老、死亡不可避免，就无法生活下去，要使自己超脱尘世，舍弃任何生存的可能性。"佛说。

这些大智大慧者所讲的话，千百万像他们一样的人都说过，想过和体验过了。这也是我现在想到和感觉到的。

我在知识中彷徨徘徊不仅没有把我引出绝望的境地，反而加重了我的绝望情绪。一类知识不能回答生命问题，另一类虽然回答了，但却刚好肯定了我的绝望，并指出，我得出的结论并不是我的错误和智力病态的产物，相反，它向我证明，我的考虑是正确的，并且和人类大智大慧者的结论一致。

不能再欺骗自己了。一切都是虚空。没有落入尘世的人是幸福的，死比生好，应当摆脱生命。

存在主义思潮对托尔斯泰的影响很大：作为对尼采宣布的"上帝死了"的回应，他开始直面自我的存在与个人心灵的混沌。在没有上帝的世界里，人也就迷失了自我，人开始单独面对世界与人生。在失去了上帝的世界里，人如何从不断的堕落中得到拯救？

七

　　我在知识中得不到解释，便开始在生活中寻求解释，指望在我周围的人身上找到它。于是我开始观察人——和我一样的人，观察他们在我周围怎样生活，怎样对待把我引入绝望境地的那个问题。

　　在教育与生活方式与我相同的一些人身上，我观察的结果是这样的。

　　我发现，对我这样的人来说，要摆脱我们的可怕的处境，有四种办法。

　　第一种办法是浑浑噩噩。它的实质在于对生命是罪恶和荒谬一无所知，毫不理解。这类人——大部分是妇女，或者非常年轻，或者非常愚钝，还不理解叔本华、所罗门、佛等所遇到的有关生命的问题。他们既看不到等着吞噬他们的龙，也看不到两只老鼠在啃着他们赖以活命的树干，而是舔着几滴蜜。不过他们只能在一定时间内舔着这几滴蜜，一旦龙和老鼠引起了他们的注意，他们便舔不下去了。从他们身上我没有什么可学的，你既然已经知道，就不能又不知道了。

　　第二种办法是寻欢作乐。它的实质在于，因为了解生命没有指望，便享用现有的幸福，既不顾龙，也不顾鼠，而是用最好的办法舔蜜；如果树枝上蜜很多，那尤其如此。所罗门这样描述这种办法：

　　"我就称赞快乐，原来人在日光之下，莫强如吃喝快乐，因为他在日光之下，上帝赐他一生的年日，要从劳碌中，时常享受所得的。"（译注：《圣经·旧

一幅这样的画面：兄弟俩在龙的追赶下，跳下悬崖，抱住了一棵救命的树，树上正有饱含花蜜的花朵，兄弟俩舔着蜜，没有注意到树的另一端，几只老鼠正在啃食树干，树干快断了。

不曾停歇的灵魂征战

约·传道书》第八章）

"你只管去欢欢喜喜吃你的饭，心中快乐喝你的酒……当同你所爱的妻快活度日，因为那是你生前，在日光之下劳碌的事上所得的分。凡你手所当做的事，要尽力去做，因为在你所必去的阴间，没有工作，没有谋算，没有知识，也没有智慧。"（译注：《圣经·旧约·传道书》第九章）

　　<u>我们这类人中的大部分实行第二种办法</u>。他们所处的条件使他们的幸福多于罪恶，精神上的愚钝又使他们有可能忘记他们的有利地位是偶然的，不可能所有的人都像所罗门那样占有一千个女人和宫院，有一个人占有一千个女人，就有一千个人没有妻子，有一座宫院就有一千个流汗建造它的人，今天使我成为所罗门的偶然性，明天也能使我变成所罗门的奴隶。这些人的想象力迟钝，他们可能会忘记使佛不安的原因——不可避免的疾病、衰老、死亡早晚会把一切欢乐都毁掉。他们之中有些人断言，他们思维和想象的迟钝是一种哲学，他们称之为实证哲学。在我看来，这并不能把他们从看不到问题、只一味舔蜜的那一类人中间分别出来。我也不能模仿这些人，因为我缺乏他们想象的迟钝，不能人为地在自己身上制造出迟钝来。我一旦看见了龙和鼠，就不能把目光从它们身上移开，就像任何一个活人都做不到一样。

　　第三种办法是使用强力手段。它的实质在于，理解生命是罪恶和荒谬之后，就把它毁灭。为数不多的坚强和彻底的人是这样做的。一旦了解对他们开的玩笑是何等愚蠢，了解到死者比生者更幸福，最

> 麻木者的快乐，他们对生之痛苦视而不见，非到死亡或不幸降临时，才掉落到痛苦的深渊。《伊凡·伊里奇之死》描写过这样的人物。

好不存在，他们就这样做，立即结束这个愚蠢的玩笑。好在有的是办法：上吊，投河，用刀子刺破心脏，卧轨。在我们这类人中间这样做的日益增多，他们大部分处在一生中最美好的阶段，精神力量最旺盛，还很少沾染丧失人的理智的习惯。我认为，这是最值得采取的办法，我也想这样做。

<u>第四种办法是无所作为</u>。它的实质在于，理解到生命的罪恶和荒谬以后，继续苟延残生，尽管知道不会有什么好的结果。这类人知道死比生强，但无力采取合理行动，即尽快地结束这场欺骗并将自己杀死，而似乎还有所期待。这是一种无所作为的办法，因为我既然知道最好的做法，而它又是我力所能及的，为什么不实行呢？……我就属于这一类人。

我们这一类人就是通过这四种办法来摆脱可怕的矛盾。无论我怎样用心思考，除了这四种办法，我还没有发现其他办法。一种办法——不去理解生命是荒谬、虚空和罪恶，还不如死了的好。我不能不了解这一点，而且一旦了解之后，我就不能对之视而不见。第二种办法——不去考虑未来，就按生命的本来面目去享受它。但我做不到。我，像释迦牟尼一样，既知道存在着衰老、痛苦、死亡，就不能去游猎。我的想象力非常活跃。此外，我不能对给予我一时欢乐的瞬息而逝的偶然性感到高兴。第三种办法——了解了生命是罪恶和荒谬之后，就停止生活，杀死自己。我懂得这一点，但不知为什么我还没有自杀。第四种办法——像所罗门、叔本华那样生活，即知道生命是对我开的一场荒谬的玩笑，但还照旧活着，洗脸，穿衣，吃饭，讲话，甚至写书。这使我反

与中国的老庄哲学相近，顺其自然，无为而治。

不曾停歇的灵魂征战

182

感,痛苦,但我还是处于这种状态。

现在我知道了,如果我没有自杀,那么原因是我模糊地意识到我的思想不对。不管我和那些使我们承认生命是荒谬的圣者的思路在我看来如何令人信服和不容置疑,对于我的论断的出发点是否正确,我总有一种模糊的怀疑。

事情是这样的:我,我的理智认为生命是不合理的。如果不存在最高的理智(它确实不存在,没有什么能证明它存在),那么对我来说,理智就是生命的创造者。如果没有理智,那么对我来说也就没有生命。这个理智既然创造了生命,它怎么去否定生命呢? 或者,从另一个方面来说,如果没有生命,那也就没有我的理智了,因此理智是生命之子。生命就是一切。理智是生命之果,可是这个理智却否定生命本身。我觉得这儿有点不妥。

生命是荒诞的罪恶,这不容怀疑——我对自己说。但我曾经生活过,现在还生活着,整个人类也曾经生活过,现在还生活着。怎么会是这样的呢? 人类不必存在,为什么要存在呢?

难道只有我和叔本华这样聪明,理解了生命的荒诞和罪恶吗?

生命是虚空的论断并不太复杂,它早就被一些最平凡的人提出来了,而人们以前生活着,现在还生活着。难道他们活着,从来也不想去怀疑生命的合理性吗?

被圣人的智慧所肯定了的我的知识向我揭示了世界上的一切,有机的和无机的,构造得非常合理,只有我的境遇非常荒唐。这些呆子,即大量的平凡

理智是人类高贵的品质之一,人因此而成为万物之灵。但理智会否定了生命本身,这成了一个悖论。

的人,对世界上的有机物和无机物的构造一无所知,可是他们生活着,而且觉得,他们的生活是安排得很合理的!

我还产生过这样的念头:万一某些方面我还不了解又怎么办呢?无知就是这样表现的。无知总是发表这套议论。当它对某些方面不了解的时候,它就说它不了解的东西是荒谬的。实际情况就是这样,存在着整个人类,它过去存在,现在也存在,而且似乎是理解自己的生命的意义的,因为如果不理解,它就不能生存,可是我声称,整个这种生命毫无意义,我活不下去了。

谁也不会妨碍我们和叔本华一起去否定生命。在这种情况下,你就自杀吧,也用不着发什么议论了。你不喜欢生命,你就自杀吧。如果你活着而不能理解生命的意义,那么你就别活下去,别在生活中游荡,同时不断诉说和写什么你不理解生命等等。你来到一伙欢乐的人当中,大家都心情舒畅,知道他们在干什么,而你觉得无聊,厌烦,那么你就走开。

事实上,我们既坚信必须自杀,又不下决心实行,那我们算什么人呢?难道不是极端软弱、极不彻底的人吗?说得通俗一点,同蠢话连篇、喋喋不休的蠢人有什么两样啊?

我们的智慧虽然无疑是可靠的,却没有提供我们关于生命意义的知识。而构成生命的整个人类,亿万人,对生命的意义并不怀疑。

其实,很久很久以前,从我有所认识的生命开始存在的时候,人们就生活着,也知道生命空虚的论断,这论断向我们证明了生命的荒谬。但人们终究

一次次地探问,一次次地否定,最终才能发现生命的意义。

不曾停歇的灵魂征战

还是生活着，同时赋予他们的生活某种意义。从人们开始某种生活的时候起，他们已经知道了这种生活的意义因而他们过着这种生活，并传给了我。在我身上和我们周围的一切，所有这一切是他们的生活知识的果实。我用来讨论和谴责这种生活的那些思想武器本身，所有这一切都不是我的，而是他们的创造。多亏他们我自己才出生，受教育和成长。他们挖出了铁，传授了伐木，驯养了牛、马，传授了播种，传授了如何共同生活，安排好了我们的生活；他们教我思考、说话。而我，是他们的一个产品，被他们哺育、培养成人，由他们教导，以他们的思想和语言进行思考，却向他们证明，他们——毫无意义！"这儿有点问题，"我对自己说，"我有什么地方错了。"但错在哪里，我怎么也发现不了。

（节选自《托尔斯泰散文》，刘宁编，冯增义译，中国广播电视出版社）

这种对生命意义的追寻是由人该怎样既合乎道德又合乎理性的生活的思考而引发的，已渐渐走向了哲学。难以得出结论，因为这属于所有人的生存困境。

3. 我属于这样一种人

托尔斯泰施舍自己的厨娘时发现他们并没有很欢喜的神态,进而想起很多穷人在接受他的施舍时也是这样,深入思考后,有了一个巨大的发现,并且为此感到羞愧不已。

......

追溯个人财富的来源,会发现原来取之于那些穷人。这是一个惊人的发现。

说真的,我有的是些什么钱?又是从哪儿得来的呢?这些钱一部分是我从父亲留给我的土地上收到的,庄稼人为把这些钱交给我而卖去了最后一头绵羊和母牛。我这些钱的另一部分是我写文章写书得到的。如果我的书有害的话,那么我就仅仅把人们买我的书这件事变成了一种罪恶的诱惑,我用这些书挣到的钱就是些黑心钱。如果我的书于人有益,那么结果就更糟。我不会把这些书送给别人,而是说:"给我十七个卢布,那我就把这些书给你们。"就像庄稼人在那边卖他的最后一头绵羊一样,穷大学生、穷教员和各种穷人为了给我这些钱而失去了自己需要的东西。我就这样拿到许多这样的钱,我用它们做了些什么呢?我把这些钱带进城里,只在穷人满足我那些异想天开的愿望,到城里来给我打扫人行道,擦灯,擦靴子,为我在各种工厂里做工的时候我才给他们一些钱。为了这些钱,我还要在我能做到的每一件事上和他们斤斤计较,也就是说,我尽可能地少给他们钱,尽可能多地拿他们的钱。可是突然之间,我完全出人意外地开始像这样简直平白无故地把这些钱送给这些穷人——不是全体,而是我心血来潮时想到的那些人。每个穷人都不可能不期待着今天或者有幸成为得到我用以消遣取乐而分发的混账钱的人中的一个。他们全都是这样看我的,厨子的妻子也是这样看我的。

而我居然会糊涂到那样的地步,竟把一只手从穷人那里夺来成千上万卢布而另一只手扔给随意想到的人几个戈比称作善事。自然我要觉得羞愧了。

是的,在行善之前,我自己应该首先处在恶的外面,处在那些能够不再作恶的条件之中。而我的全部生活却都是恶。我就是给人十万,还不能够站到那个能够行善的地位上,因为我还会剩下五十万。只有当我变得一无所有的时候,我才能做哪怕很小的一件善事,哪怕是那一个妓女把一个病妇和她的孩子照料了三天时所作到的那种事。可我却以为这事微不足道! 我还有胆量想到善事! 我在利亚平夜店看见那些又饿又冷的人时第一次体验到的东西,正是这样一个道理:我对这种情况是有罪的,像我这样的生活是不应该的,一千个不应该,一万个不应该——唯有这一点才是真理。

......

我,一个想帮助别人的人,究竟是什么人呢? 我想帮助别人,可我,晚上点着四根蜡烛玩文特牌,一直睡到 12 点钟才起床,浑身乏力,娇弱不堪,自己还要几百个人的帮助和伺候,现在却去帮助别人——

自己的巨额财富已经有了原罪的意味,若再从其中拿出微不足道的极小的一部分交给财富的真正创造者,并为此感到道德的优越感,确实很荒谬。从中我们可以理解托尔斯泰为什么要把自己的田产分给农民们:为了获得灵魂的解脱,消除罪恶感。

帮助谁呢？帮助那些5点钟起床，睡的是木板，吃的是白菜和面包，会耕地、割草、安斧子、削木头、套大车和缝衣服的人，那些在体力、耐力、技能和自制力上都比我强一百倍的人，我要来帮助他们了！在和这些人交往时，我能体验到的除了羞愧还有什么呢？他们中间最弱的人——酒鬼，勒然诺夫公馆的房客，那种他们称作赖汉的人，也要比我勤劳一百倍。他拿别人的东西和给别人的东西所构成的比例关系，这样说吧，他的出入对照，要比我的出入对照好一千倍，如果我算一下我拿别人的是什么而给别人的又是什么的话。

我要去帮助的正是这些人，我要去帮助可怜的人。谁是可怜的人呢？没有比我更可怜的人了。要知道我是个四肢无力的不中用的寄生虫，只能在一些最特殊的条件下生存，在千万个人为维持这个谁也不需要的生命而劳动的时候才能生存。可我，一条吞食树叶的蚜虫，却想有助于这棵树的生长和健康，想为它治病。

我的一生都是这样度过的：吃，说，听；吃，写或者读（也就是说或者听）；吃，玩，吃，又是说和听，吃，又是睡觉，天天如此，别的什么事都做不了也不会做。为了使我能够这样做，就需要扫院工、庄稼汉、厨娘、听差、车夫、洗衣女工从早到晚地干活，且不说为使这些车夫、厨师、听差等能有他们用来为我干活的工具和对象，如斧子、木桶、刷子、碗碟、家具、玻璃、蜂蜡、鞋油、煤油、干草、木柴、牛肉，还需要其他许多人来干活。所有这些人为了我能够说话、吃饭和睡觉，整天整天干着繁重的活儿。可我，一个虚弱

作者认为劳动使他们获得了真正的人格尊严，这些人应该处在道德的高层；而不劳动、被伺候的人显然处于道德的低层。

作者忽视了脑力劳动，过高地提升了体力劳动的价值，忽略了社会的分工。

不曾停歇的灵魂征战

不堪的人,却自以为能帮助别人,而且恰恰是帮助这些养活我的人。

令人吃惊的不是我没能帮助任何人因而感到羞愧,令人吃惊的是我居然会产生这种荒诞的念头。那女人服侍一个患病的老头,帮助了他;那位主妇把从自己土地上挣来的面包切下了一大块,帮助了乞丐;谢苗施舍了自己挣来的三个戈比,他也帮助了乞丐,因为这三个戈比真正代表着他的劳动。但我没有服侍过任何人,没有为任何人干过活,并且清楚地知道我的金钱是不代表我的劳动的。

（节选自《托尔斯泰散文》,刘宁编,刘宁译,中国广播电视出版社）

4. 聂赫留朵夫把土地分给农民的决定

聂赫留朵夫几乎是托尔斯泰在小说中自我的化身,在他的三部小说中都出现过,他的许多做法也是托尔斯泰本人曾经尝试过的,他的追求也是托尔斯泰本人的精神追求。分土地给农民,托尔斯泰就曾经这么做过。

她是聂赫留朵夫曾经抛弃的女子,后来堕落为妓女,在一桩她被诬陷的案子中与聂赫留朵夫再次相遇。他的良心受到震动,决心用行动来赎罪,为玛丝洛娃的案子奔波,并想与她结婚。

玛丝洛娃的案子可能过两星期后由枢密院审理。这以前,聂赫留朵夫打算先上彼得堡,万一在枢密院败诉,那就听从写状子律师的主意,去告御状。律师认为,这次上诉可能毫无结果,必须有所准备,因为上诉理由不够充足。这样,玛丝洛娃就可能随同一批苦役犯在 6 月上旬出发。聂赫留朵夫既已决定跟随玛丝洛娃去西伯利亚,在出发以前得做好准备,现在就需要先下乡一次,把那里的事情安排妥当。

聂赫留朵夫首先乘火车到最近的库兹明斯科耶去,在那里他拥有一大片黑土的地产,是他收入的主要来源。他在那里度过童年和少年,成年后又去过两次。其中一次他奉母命把德籍管家带到那里,同他一起检查农庄经营情况。因此他早就熟悉地产的位置,熟悉农民同账房的关系,也就是农民同地主的关系。农民同地主的关系,说得客气些,是农民完全

不曾停歇的灵魂征战

依赖账房,说得直率些,是农民受账房奴役。这不是1861年废止的那种明目张胆的奴役,也就是一些人受一个主人的奴役,而是一切无地或少地的农民受大地主们的共同奴役,有时还受到生活在农民中间的某些人的奴役。这一点聂赫留朵夫知道,也不可能不知道,因为农庄经营就是以这种奴役为基础的,而他又亲自过问过这种经营方式。不过,聂赫留朵夫不仅知道这一点,还知道这种经营方式是不公平的、残酷无情的。早在学生时代,他就信奉亨利·乔治的学说并且热心加以宣扬。当时他就知道这个问题。根据这个学说,他把父亲留给他的土地分赠给农民,认为今天拥有土地同五十年前拥有农奴一样都是罪孽。不错,他在军队生活,养成了每年挥霍近两万卢布的习惯。复员回来后,原先信奉的学说已被置诸脑后,对他的生活不再有约束力。他非但不再思考他对财产应抱什么态度,母亲给他的钱是从哪儿来的,而且竭力回避这些问题。不过,母亲去世后,他继承了遗产,并开始管理财产,也就是管理土地,这些事又使他想到土地私有制的问题。要是在一个月以前,聂赫留朵夫会安慰自己说,改变现行制度,他无能为力,庄园也不是他在管理。这样,他生活在远离庄园的地方,收取从那里汇来的钱,多少还能心安理得。但现在他已毅然作出决定,虽然他不久就将去西伯利亚,并且处理监狱里的各种麻烦问题,都需要花钱。但他却不能再维持现状,而一定要加以改变,宁可自己吃亏。因此他决定自己不再经营土地,而是以低廉的租金出租给农民,使他们完全不必依赖地主。聂赫留朵夫反复拿地主同农奴主的

亨利·乔治是美国19世纪末期的知名社会活动家和经济学家。他主张土地国有,征收地价税归公共所有,废除一切其他税收,使社会财富趋于平均。

盖一间简单的农舍需要150卢布。

在经历了玛丝洛娃案件后,他还看到了社会上种种的不公,开始了对自己生活的彻底反思。

地位进行比较,觉得地主不雇工种地而把土地租给农民,无异于农奴主把农民的徭役制改为代役租制。这样虽并不解决问题,但向解决问题迈出了一步,也就是压迫从较粗暴的形式过渡到不太粗暴的形式。他就打算这样做。

聂赫留朵夫在中午时分到达库兹明斯科耶。他在生活上力求简朴,事先没有打电报回家,而在火车站雇了一辆双驾四轮马车。车夫是个小伙子,穿黄土布长外套,腰身细长,腰身以下打褶裥的地方束着一根皮带。他照一般马车夫的习惯侧坐在驭座上,很高兴同车上的老爷攀谈。他们这样一攀谈,那匹衰老而又瘸腿的白色辕马和害气肿病的瘦骖马就可以一步一步慢慢走,那是它们求之不得的。

车夫讲起库兹明斯科耶的那个管家。他不知道车上坐的就是庄园主人。聂赫留朵夫有意不告诉他。

"好一个阔气的德国佬。"这个在城里住过、读过小说的马车夫说。他坐在驭座上,侧身对着车上的乘客,忽而握着长鞭的柄,忽而握着长鞭的梢,显然想说些文雅的话来炫耀他的知识,"他买了一辆大马车,配三匹草黄大马,带着太太一起兜风,嘿,好不威风!"他继续说,"冬天过圣诞节,他那所大房子里摆着一棵很大的圣诞树,我送客人到他家去看见的,还有电光灯呢。全省都找不到第二家! 捞的钱真是多得吓死人! 他没有什么事办不到,大权都在他手里嘛。据说他还买了一份好田产。"

聂赫留朵夫想,无论那德国人怎样管理他的庄园,怎样揩他的油,他都毫不在乎。但那个腰身细长

地主事务的具体经办人,对农民的第二重剥削。

的马车夫讲的话,却使他不快。他欣赏着美好的春光,眺望空中不时遮住太阳的浓云,看到春播作物的田野上到处都有农民在翻耕燕麦地,看到浓绿的草木上空飞翔着百灵鸟。树林里除了发芽较晚的麻栎外都已披上翠绿的萌芽,草地上散布着一群群牛马,田野上看得见耕作的农民。他看着看着,不禁心里又闷闷不乐起来。他问自己,究竟什么事使他烦恼?于是他想到那个德国人怎样在库兹明斯科耶主宰一切,为所欲为。

聂赫留朵夫抵达库兹明斯科耶后,着手处理事务,才克服了这种不愉快的情绪。

聂赫留朵夫查阅过账目,同管家谈了话。那管家直率地说,亏得农民缺少土地,他们的地又夹在地主的领地当中,因此地主占了很多便宜。聂赫留朵夫听了他的话,更打定主意,不再经营农庄,而把全部土地分给农民。通过查账和同管家谈话,他知道情况同过去一样,三分之二的好耕地是他的雇工直接用改良农具耕种的,其余三分之一土地雇农民耕种,每俄亩付五卢布。也就是说农民为了这五卢布,每俄亩土地就得犁三遍,耙三遍,播下种子,再要收割,打捆,或者把谷子送到打谷场。如果雇廉价的自由工人来做这些农活,每俄亩至少也得付十卢布工钱。农民从账房那儿取得必需的东西,都要按最贵价格折成工役来支付。他们使用牧场、树林和土豆茎叶,都得付工役,因此农民几乎个个都欠账房的债。这样,耕地以外的土地由雇来的农民耕种,<u>地主所得的利益就比用五分利计算的地租收入还多四倍</u>。

> 受过教育的人剥削时做得更巧妙,对农民的压榨也更深。

这些事聂赫留朵夫尽管早就知道,但现在听来却又觉得很新鲜。他感到惊奇的是,他们这些拥有土地的老爷怎么会无视这种不合理的事。总管提出种种理由,认为把土地交给农民会损失全部农具,连四分之一的本钱也收不回来,又说农民会糟蹋土地,聂赫留朵夫交出土地会吃大亏。但这些理由反而使聂赫留朵夫坚定了自己的信念,即把土地交给农民,使自己丧失大部分收入,正是做了一件好事。他决定趁这次回乡机会,把这件事办好。收获和出售已种下的粮食,把农具和不必要的房屋卖掉,这些事他让总管在他走后处理。现在他要总管召集库兹明斯科耶周围三村农民第二天来开会,向他们宣布自己的计划,并跟农民商定出租土地的租金。

聂赫留朵夫想到自己坚决抑制总管的意见,准备为农民作出牺牲,感到很愉快。他从账房出来,一面考虑着当前要办的事,一面绕过正房,穿过如今荒芜的花圃(总管住宅前却新辟了一个花圃),走过蒲公英丛生的草地网球场,来到菩提树夹峙的小径。以前他常在这里散步,吸雪茄,三年前美丽的基里莫娃到他母亲家来做客,还在这里同他调过情。聂赫留朵夫想了一下明天对农民大致要讲些什么话,然后去找总管,同他一面喝茶,一面商量清理全部田产的问题。他在这些事上定了心,才走到这座大宅邸里平时用作客房、这次为他收拾好的房间里。

这个房间不大,但很干净,墙上挂着威尼斯风景画,两个窗子中间挂着一面镜子。房间里放着一张清洁的弹簧床,一张小桌,桌上放着一个玻璃水瓶、一盒火柴和一个灭烛器。镜子旁边有一张大桌子,桌上放着他那只打开盖子的皮箱,箱子里露出他的化妆用品盒和随身带着的几本书:一本是研究刑法的俄文书,还有一本德文书和英文书,都是同一类内容。这次下乡,他想抽空阅读这几本书,但今天已经没有时间了。他准备上床睡觉,明天早点起来,向农民说明他的计划。

房间的一角放着一把古色古香的红木镶花圈椅。聂赫留朵夫记起这把椅子原来放在母亲卧室里,如今一看到,不禁产生一种奇特的感情。他忽然很舍不得这座快要倒塌的房子,舍不得这个荒芜的花园,这片将被砍伐的树林,以及那些畜栏、马厩、工棚、机器和牛马。那些产业虽不是他置办的,但他知道都来之不易,而且好不容易才保存到今天。<u>以前他觉得放弃这一切轻而易举,如今却又很舍不得土地,舍不得他的一半收入</u>——今后他很可能需要些钱。于是立刻就有一种理论来支持这种感情,认为自己把土地分给农民、毁掉自己的庄园是愚蠢的、荒唐的。

"我不应该占有土地。我失去土地,就不能维持这个庄园。不过,如今我要到西伯利亚去,因此房子也好,庄园也好,都用不着了。"他心里有一个声音说。"这话固然不错。"他心里另一个声音说,"但是,第一,你不会在西伯利亚待一辈子。你要是结婚,就会有孩子,你完整无缺地接受这个庄园,以后你也得完整无缺地把它传给后代。你对土地负有责任。把土地交出去,把庄园毁掉,这一切都很容易,但重新创立这点产业可就难了。你首先得考虑你的生活,决定今后怎么过,据此再来处理你的财产。你的决

放弃财产权的纠结心理,非常真实可信。

放弃财产的目的如果是出于虚荣心，而非自己良心真正的需要，那么即使这次放弃了，以后还会陷入新的人生困境中。托尔斯泰的中篇小说《谢尔盖神父》描写了这一切。

心究竟有多大？再有，你现在这样做是不是真的出于良心？还是只做给人家看看，好在他们面前炫耀自己的德行？"聂赫留朵夫这样问自己。他不能不承认，人家对他的行为说长道短，会影响他的决定。他越想，问题越多，越不容易解决。为了摆脱这些思想，他在干净的床上躺下来，想好好睡一觉，到明天头脑清醒了，再来解决这些目前搅得他心烦意乱的问题。但他好久都睡不着觉，从打开的窗子里涌进清凉的空气，泻下融融的月光，传来一片蛙鸣，还夹杂着夜莺的鸣啭和啁啾——有几只在远处花园里，有一只就在窗下盛开的丁香花丛中。聂赫留朵夫听着夜莺的鸣啭和青蛙的聒噪，不禁想起了典狱长女儿的琴声。一想起典狱长，也就想起了玛丝洛娃，想起她说"您还是死了这条心吧"时，嘴唇不断地哆嗦，简直像鸣叫时的青蛙一般。于是那个德籍总管走下坡去捉青蛙。得把他拦住，但他不仅一个劲儿地走下坡去，而且变成了玛丝洛娃，还责备他说："我是苦役犯，您是公爵。""不，我不能让步。"聂赫留朵夫想着，惊醒过来，自问道："我究竟做得对不对？我不知道，反正我也无所谓。无所谓。但该睡觉了。"他也顺着总管和玛丝洛娃走过的路往下滑，于是一切都消失了。

（节选自《复活》，草婴译，现代出版社）

不曾停歇的灵魂征战

5. 我不能沉默

　　不以暴力抗恶是托尔斯泰主义的核心内容,托尔斯泰从宗教的原始教义出发,认为死刑就是违反人道的,而对朴实的农民实行死刑,对这些社会财富的创造者实行死刑,更是人类的堕落。最有讽刺意味的是,这一切都是在"为了共同的幸福,为生活在俄国的人生活温饱、太平安宁"的名义下进行的。托尔斯泰不能容忍这样的伪善,他高声宣布:把我从他们那些人的圈子中革除出来。

　　"判处死刑七人:彼得堡二人,莫斯科一人,奔萨二人,里加二人;处决四人:赫尔松二人,维尔诺一人,敖德萨一人。"

　　这种消息每份报纸上都有。这种事已经持续了不止一周,不止一月,不止一年,而是几个年头了。这是发生在俄国,发生在人民认为每个罪人都是不幸的,直到最近法律上才出现死刑的俄国。

　　我记得,从前我在欧洲人面前曾以此自豪,而现在已经第二个年头、第三个年头不断出现死刑、死刑、死刑。

　　我拿着现时的报纸。

　　现时,5月9日,有一件可怕的事情。报上印着几句话:"今天在赫尔松的斯特里尔比茨基野地,二

后来报纸上发表了声明，更正为十二人。

托尔斯泰认为罪恶的根源是被农民供养着的有学识的文明人对农民的败坏。

十名农民被处绞刑，因抢劫叶里沙维特格勒县的地主庄园。"

这十二个人是这样一种人：我们以他们的劳动为生，我们以往使用一切力量败坏他们，现在也在败坏他们，从伏特加毒液开始，直到我们并不相信却拼命灌输给他们的那种信仰的可怕谎言。这样的十二个人，被他们给饭吃、给衣穿、给房住，过去和现在都败坏他们的那些人的绳子绞死了。

十二个丈夫、父亲、儿子，俄国的生活全靠这种人的善良、勤劳、纯朴来维持，现在他们却被捉了起来，关进监牢，戴上脚镣。然后，为了不让他们抓住将要吊死他们的绳子，把他们的手反缚在背后，带到绞刑架下。有几个和他们同样的农民，就要把他们吊起来，不过这几人都有武装，穿着很好的靴子和干净的制服，手上拿着枪，伴送着被判决的人。这些被判决的人旁边，走着一个身穿锦缎法衣，围着项巾，手里拿着十字架，头发长长的人。队伍停住了。全部事务的主持者说了几句话，秘书念公文，念完公文，那长发的人便对即将由别人用绳子绞死的那些人讲了一些关于上帝和基督的话。讲过这些话之后，刽子手——他们有好几个人，一个人是处理不了这样复杂的工作的——立刻把肥皂水抹到索套上，以便把那些戴着镣铐的人勒得更紧；接着就给他们穿上尸衣，带到绞架的木台上；给颈子套上索套。

就这样，一个接一个，这些活的人，随着凳子从脚下抽出，就互相撞碰着，全身的重量立刻把自己颈上的索套拉紧，痛苦地窒息而死。这之前还是活生生的人，只消一会儿工夫，就变成吊在绳子上的死

托尔斯泰曾经目睹过死刑，当时他的内心就难以接受，这些残酷的死刑印象也深深地刻在他的脑海中。

尸,起初还慢慢地摇晃着,后来便一动不动地停住了。

　　所有这一切,都是上流人物,有学识的文明人士为自己的人类弟兄热心安排和想出来的。他们出主意,要悄悄地,黎明时分干这些事,这样就谁也不会瞧见;他们出主意,让执行的人分担这些暴行的责任,以便每个人都认为并且会说:这不怪他。他们出主意搜罗堕落和不幸的人,一面迫使他们做我们想做和赞成的事,一面又装模作样,好像我们很厌恶做这种事的人。他们想出的主意甚至是如此微妙,一些人(军事法庭)只作判决,但行刑时必须出席的不是军人,而是文官。不幸的、被欺骗的、堕落的、受鄙视的人却去执行工作,他们所能做的只有一件事:好好给绳子抹上肥皂,叫它更牢靠地勒着颈子,痛痛快快地喝这些文明的上等人贩卖的毒酒,以便更快更彻底地忘记自己的灵魂,自己的人的称号。

　　医生查看着尸体,这里摸摸,那里碰碰,然后报告上司,工作已经完成,该做的都做了,十二个人无疑都死了。上司认为工作做得认真(虽然这工作沉重,但是必要),就回去处理自己的日常事务去了。人们取下僵硬的尸体,掩埋起来。

　　这难道还不可怕吗!

　　这种事出了不止一次,也不仅仅出在被俄国人民的优秀阶层里的人欺骗的这十二个不幸的人身上,而是几年来一直不停地出在成千成万这样被欺骗的人身上,而欺骗他们的正是那些对他们干这种可怕事情的人。

　　他们干的不单是这种可怕的事情,而且还在同

　　作者敏锐地发现:集体承担就等于无人承担,多少暴行就用这种分工的方式抹杀了杀人者的罪恶感!

199

样的口实下，在监狱里、要塞中、流放地，以同样的冷酷无情制造种种苦难和暴行。

这是可怕的，但最可怕的是，干这种事不是出于一时兴起，出于压倒了理智的感情，像在殴斗中、战场上，乃至抢劫时干出来的那样，恰恰相反，是出于理智的要求，出于胜过感情的打算。因此这些事特别可怕。之所以可怕，是由于没有什么东西能像从法官到刽子手，这类不愿干这种事的人干出来的这一切事那样彰明昭著；无论什么东西都不会如此明显、如此清晰地表明专制制度对人类灵魂的害处，一些人统治另一些人的害处。

当一个人可以夺走另一个人的劳动果实，夺走他的金钱、牛、马，甚至他的儿女的时候，这是令人气愤的，但更加令人气愤得多的，是一个人可以夺走另一个人的灵魂，可以迫使他做伤害他精神上的"我"、剥夺他精神幸福的事。而干这种事情的人，却心安理得地为人们的幸福安排着这一切，用收买、威胁、欺骗迫使从法官到刽子手这类人做出这些必然剥夺他们真正幸福的事。

几年来当这一切一直在全俄国发生的时候，这些事的罪魁，那些下令干这些事的人，那些能阻止这些事的人，却满有信心地认为这些事是有益的，甚至是必须的，或者想出一些话来，大谈什么不该让芬兰人像芬兰人所希望的那样生活，而是必须迫使他们像几个俄国人所希望的那样生活；或者颁布一些命令，说"骠骑兵团队里，袖子的翻口和上衣的领子颜色应同上衣一样，而套衣袖口的皮毛上边，不得再有镶边"。

不曾停歇的灵魂征战

是啊,这太可怕了!

六

我知道,一切人都是人,我们大家都是弱者,我们大家都怀有谬见,一个人不能责备另一个人。我和我的感情作了长久的斗争,我这感情是这些可怕罪行的肇事者过去和现在激发起来的,而这些人在社会的阶梯上爬得越高,就激发得越厉害。但现在我再也不能,再也不愿同这种感情斗争了。

我之所以不能和不愿,是因为:第一,这些看不见自己罪孽的人需要别人来揭发,为了他们自身需要揭发,那些在表面的奖励和颂扬影响之下赞助他们骇人听闻的勾当,甚而还竭力仿效他们的人,也需要揭发。第二,(我公开承认这点)我希望我对这些人的揭发,能使我通过某种方式把我从他们那些人的圈子中革除出来,这是我的愿望。我现在生活在他们当中,不能不感觉到自己是发生在我周围的罪行的参加者。

要知道,现在在俄国发生的一切,都是为了共同的幸福,为生活在俄国的人温饱、太平而做的。如果是这样,那么这一切也是为了生活在俄国的我而做的了。那么是为了我,人民才贫困,被剥夺了起码的、天赋的人的权利——使用他们诞生于其上的土地。为了我,数十万庄稼汉失去幸福生活,穿上制服,被训练来杀人;为了我,才有主要职责是歪曲和隐瞒真正基督教的冒称的教士们;为了我,才把人们从此地驱赶到彼地;为了我,才有千千万万彷徨在俄

托尔斯泰并没有自感站在了道德的高度而对别人进行正义的谴责,可见完善个人道德是为了良心的安宁,而不是因为虚荣心、优越感。

国各地的饥饿的工人；为了我，千千万万不幸的人在不够大家使用的要塞和监狱中死于伤寒和瘟疫；为了我，被放逐、被监禁、被绞死者的父母和妻子痛苦不堪；为了我，才有这些特务侦探和阴谋暗害；为了我，这些杀人的警士因杀人得到奖赏；为了我，掩埋了几十、几百遭枪决的人；为了我，以前很难找到，而现在却不那么厌恶这种事情的刽子手在做这可怕的工作；为了我，才有这些绞架和吊在上面的妇女、儿童和男人；为了我，人们相互间这样凶狠。

这一切都是为我而做的，我是这些可怕事情的参与者。这样的断言不管多么荒唐，我还是不能不感觉到，我这宽敞的房间、我的午餐、我的衣服、我的余暇和为了铲除想要夺取我享用之物的那些人而造成的可怕罪行之间，有着毫无疑义的从属关系。虽然我知道，如果没有政府的威胁，就会把我所享用之物夺走的这些无家可归、满腔愤恨、堕落败坏的人，都是政府自己制造出来的。但我还是不能不感觉到，<u>我今天的安宁实际上是有赖于政府现在制造的恐怖。</u>

认识到这一点，我就再也不能忍受了，我应当从这种痛苦的处境里解脱出来。

不能这样生活，至少我不能这样生活，我不能，也不会再这样生活了。

因此我写下这篇东西，我将全力以赴把我写下的东西在俄国内外传布，以便二者取其一：或者结束这些非人的事件，或者毁掉我同这些事件的联系，把我关进监牢，在那里我会明确意识到，所有这些恐怖都不是为我制造的，最好是（好到我不敢希望有这样

旁注： 排比之后，荒谬自现。

旁注： 一语道破实质。

旁注： 在现实生活中，信奉托尔斯泰主义的人常常因为反对政府而被关押、被流放，但无论托尔斯泰本人怎么说、怎么写，沙皇政府就是不动他。不能与追求正义的人一起承担痛苦，使他的内心很痛苦。

侧边竖排： 不曾停歇的灵魂征战

的幸福)像对待那二十个或十二个农民似的,也给我穿上尸衣,戴上软圆帽,踢开凳子,让我全身的重量勒紧套在我这衰老喉管上的抹了肥皂的套索。

七

现在为了达到这两个目的中的一个目的,我呼吁这些可怕事件的所有参加者,我呼吁大家,从给人类兄弟、给妇女、给儿童戴软帽、套绞索的人开始;从典狱官到你们,这些可怕罪行的主要指挥者和许可者。

人类兄弟们!醒悟吧,反省吧,要明白你们在干什么。想想你们是谁吧。

要知道,你们在成为刽子手、将军、检察官、法官、总理、沙皇之前,你们首先是人。今天你们出现在人世间,明天就不会有你们了(你们,过去和现在都是人们特别憎恨的各类刽子手,你们特别需要记住这一点)。难道你们,在人世间短瞬即去的人(要知道,即使你们不遭杀害,死神随时随刻都站在我们大家背后),难道你们在光明的时刻看不出你们的使命不会是折磨人、杀害人而对自己被杀却吓得发抖;看不出你们向自己说谎,向人们和上帝说谎,却要自己和人们相信,你们参加这些事情是为千百万人的幸福做一件重要和伟大的事?难道你们不知道(在你们没有为环境、阿谀奉迎和司空见惯的诡辩所陶醉的时候),你们想出这一切话语不过是为了即使做坏事也可以认为自己是好人?你们不会不知道,你们,正如我们每个人一样,只有一件包揽其余的真正事情,即遵照派我们来到这个世界的意志,活过赋予我们的短暂时刻,再遵照那个意志离开这个世界。而这个意志只是一个愿望,就是人人相爱。

可是你们在做什么呢?你们把自己的精神力量用在什么上面呢?你们爱谁?谁爱你们?是你们的妻子吗?你们的孩子吗?但这并不是爱。妻子和孩子的爱不是人类之爱。动物也会这样爱,而且爱得更强烈。人类之爱是人人相爱,是爱一切人,像爱神的儿子因而也爱弟兄一样。

你们对谁有这样的爱?对谁也没有。那么谁爱你们?谁也不爱。

人们害怕你们,像害怕刽子手或野兽一样。人们奉承你们,因为他们在心里鄙视你们,憎恨你们,而且恨得多么厉害啊!你们知道这一点,你们害怕人们。

是啊,你们大家都想想吧,从高级到低级的参加屠杀的人们,你们都想想你们是谁,停止你们所做的事吧。停止吧,这不是为自己,不是为自己个人,不是为人们,不是为了人们不再责备你们,而是为自己的灵魂,为不管你们怎样压抑都活在你们心中的上帝。

1908 年

(节选自《托尔斯泰散文》,刘宁编,张孟恢译,中国广播电视出版社)

> 不以暴力抗恶的核心是爱一切人,哪怕是犯过错误的人。

> 他坚信人类的内心深处有善念,所以人类可以通过道德的自我完善而得到拯救。

不曾停歇的灵魂征战

6. 孩子的力量

　　用暴力来解决问题往往会引发新的暴力,会让人迷信暴力的力量。那么正义反而显得无力,暴力却显得有力。反对暴力抗恶的托尔斯泰在这篇小说中用同情和善良克服了暴力,认为只有爱才能战胜仇恨,才能真正拯救人类。

　　"打死他! ……枪毙他! ……把这个坏蛋立刻枪毙! ……打死他! 割断凶手的喉咙……打死他,打死他!"人群大声叫嚷,有男人,有女人。

　　一大群人押着一个被捆绑的人在街上走着。这个人的身材高大,腰板挺直,步伐坚定,高高地昂起头。他那漂亮刚毅的脸上现出对周围人群憎恨的神色。

　　这是一个在人民反对政府的战争中站在政府一边的人。他被抓获,现在押去处决。

　　"有什么办法呢! 力量并不总在我们一边。有什么办法呢? 现在是他们的天下。死就死吧,看来只能这样了。"他想,耸耸肩膀,对人群不断的叫嚷报以冷冷的一笑。

　　"他是警察,今天早晨还向我们开过枪!"人群嚷道。

　　但人群并没有停下来,仍押着他往前走。当他

们来到那条还横着昨天在军警枪下遇难者尸体的街上时，人群狂怒了。

"不要再拖延时间！就在这儿枪毙那无赖，还把他押到哪儿去！"人群嚷道。

被俘的人阴沉着脸，只把头昂得更高。他憎恨群众似乎超过群众对他的憎恨。

"把所有人统统打死！打死密探！打死皇帝！打死神父！打死这些坏蛋！打死，立刻打死！"妇女们尖叫道。

但领头的人决定把他押到广场上去，在那里解决他。

<u>离广场已经不远，在一片肃静中，从人群后传来一个孩子的哭叫声。</u>

"爸爸！爸爸！"一个六岁的男孩边哭边叫，推开人群往俘虏那边挤去，"爸爸！他们要把你怎么样？等一等，等一等，把我也带去，带去！……"

孩子旁边的人群停止了叫喊，他们仿佛受到强大的冲击，人群分开来，让孩子往父亲那边挤去。

"瞧这孩子多可爱啊！"一个女人说。

"你要找谁呀？"另一个女人向男孩俯下身去，问。

"我要爸爸！放我到爸爸那儿去！"男孩尖声回答。

"你几岁啊，孩子？"

"你们想把爸爸怎么样？"男孩问。

"回家去，孩子，回到妈妈那儿去。"一个男人对孩子说。

俘虏已听见孩子的声音，也听见人家对他说的话。他的脸色越发阴沉了。

"他没有母亲！"他对那叫孩子去找母亲的人说。

男孩在人群里一直往前挤，挤到父亲身边，爬到他手上去。

人群一直叫着："打死他！吊死他！枪毙坏蛋！"

"你干吗从家里跑出来？"父亲对孩子说。

"他们要拿你怎么样？"孩子问。

"你这么办。"父亲说。

"什么？"

"你认识卡秋莎吗？"

"那个邻居阿姨吗？怎么不认识。"

"好吧，你先到她那儿去，待在那里。我……我就来。"

"你不去，我也不去。"男孩说着哭起来。

"你为什么不去？"

"他们会打你的。"

"不会，他们不会的，他们就是这样。"

俘虏放下男孩，走到人群中那个发号施令的人跟前。

"听我说，"他说，"你们要打死我，不论怎样都行，也不论在什么地方，但就是不要当着他的面。"他指指男孩，"你们放开我两分钟，抓住我的一只手，我就对他说，我跟您一起溜达溜达，您是我的朋友，这样他就会走了。到那时……到那时你们要怎么打死我，就怎么打死我。"

领头的人同意了。

然后俘虏又抱起孩子说："乖孩子，到卡秋莎阿姨那儿去。"

"你呢？"

"你瞧，我同这位朋友一起溜达溜达，我们再溜达一会儿，你先去，我就来。你去吧，乖孩子。"

男孩盯住父亲，头一会儿转向这边，一会儿转向那边，接着思索起来。

"去吧，好孩子，我就来。"

"你一定来吗？"

男孩听从父亲的话。一个女人把他从人群带出去。

等孩子看不见了，俘虏说："现在我准备好了，你们打死我吧。"

这时候发生了一件完全意想不到和难以理解的

事情。在所有这些一时变得残酷，对人充满仇恨的人身上，同一个神灵觉醒了。一个女人说："我说，把他放了吧。"

"上帝保佑，"又一个人说，"放了他。"

"放了他，放了他！"人群叫喊起来。

那个骄傲冷酷的人刚才还在憎恨群众，此时竟双手蒙住脸放声大哭起来。他是个有罪的人，但从人群里跑出去，却没人拦住他。

（节选自《哈吉穆拉特》，草婴译，现代出版社）

不曾停歇的灵魂征战

7. 老子的学说

在托尔斯泰的早期小说《战争与和平》中,俄国元帅库图佐夫身上就有一种东方的智慧。他之所以无敌而伟大,正是由于他"领悟了上帝的旨意,使个人的意志服从上帝的意志",因为他"对最高法则的大彻大悟",他静观默察,等待而无为,最终取得了战争的胜利。后来在 1884 年时,托尔斯泰曾专注地研究老子、孔子和孟子。他说过,在 50 岁到 63 岁阶段,对自己影响很大的是孔子和孟子,影响极大的是老子。托尔斯泰笔下的老子学说也许不完全等同于中国人所认知的老子,但老子强调的"柔弱胜刚强"也许与托尔斯泰主义中以柔克刚的"不以暴力抗恶"达成了共识。

老子学说的基础,也就是一切伟大的、真正的宗教教义的同一个基础。它是:人首先意识到自己是与所有别人分离的、只为自己谋幸福的有形体的个人。但是,除了每个人认为自己是彼得、伊凡、玛丽亚、卡捷琳娜以外,他还意识到自己另有一个无形体的灵魂,它存在于一切生物之中,并赋予全世界以生命和幸福。这样人或者作为与世隔绝的、只为自己谋幸福的有形的个体而活着,或者作为存在于他人之中的、愿造福于全世界的无形的灵魂而活着,人可

老子云：五色令人
目盲，五音令人耳聋，
五味令人口爽，驰骋畋
猎令人心发狂，难得之
货令人行妨。是以圣
人为腹不为目，故去彼
取此。

以或为肉体而活，或为灵魂而活。人为肉体而活，那么生活就是不幸的，因为肉体会感到痛苦，会有生老病死。为灵魂而活，那么生活就是幸福的，因为灵魂既无痛楚之感，又无生老病死。

因此，为了使人的生活不是不幸的，而是幸福的，人应该学会不为肉体，而为灵魂活着。老子就是这样教导的。他教导人们如何从肉体的生活转化为灵魂的生活。他称自己的学说为"道"，因为全部学说就在于指出这一转化的道路。也正因此，老子的全部学说叫作《道德经》。照老子的说法，这"道"就是什么也不要做，或者尽量少做肉体所需求的，不要去压抑灵魂所需求的；还在于不要以饮食男女去妨碍在人的心灵中表现的那种存在于万物之中的神力（老子对上帝的称呼）的可能性。

如果翻译得正确，这一思想往往表达得似乎故弄玄虚，然而这一思想在任何地方都是整个学说的基础。

这一思想和《约翰福音》第一章里所写的基督教义的基本思想完全一致。根据老子的学说，人与上帝借以沟通的唯一途径就是道。而道通过弃绝一切个人肉体的东西才能获得。同样在《约翰福音》第一章里所讲的也是这一教义。根据约翰的教义，人与上帝沟通的方式是爱。而爱，就像道一样，通过摒弃一切个人肉体的东西而获得。根据老子的学说，道这个词指的既是与天沟通的道路，又是天本身；同样根据约翰的教义，爱的词义指的既是爱又是上帝本身（"上帝即爱"）。这两个学说的实质都在于：人既可以认为自己是个体的，也可以认为自己是集体的；

既可以是肉体的，也可以是精神的；既可以是短暂的，也可以是永恒的；既可以是兽性的，也可以是神圣的。照老子的说法，要想达到使人意识到自己是精神的和神圣的，只有一条道路，他称之为"道"，其中包括最高美德的概念。这种意识是依靠人人清楚的本性而获得的。所以老子学说的真髓也就是基督教教义的真髓。二者的实质都在于弃绝一切肉体的东西，表现那种构成人的生命基础的精神的、神圣的本源。

1909 年

（节选自《托尔斯泰散文》，刘宁编，倪蕊琴译，中国广播电视出版社）

老子云：致虚极，守静笃；万物并作，吾以观其复。夫物芸芸，各归其根。归根曰静，静曰复命。复命曰常，知常曰明。不知常，妄作凶。知常容，容乃公，公乃全，全乃天，天乃道，道乃久，没身不殆。

■ 8. 给一个中国人的信

1906 年 3 月中国学者辜鸿铭通过俄国驻上海领事赠送两本自己用英文所写的小册子——《皇上们，现在该醒悟了！俄日战争的道德原因》及《尊王篇》给托尔斯泰。同年 9 月中旬托尔斯泰写了这封公开信，这封信表达了托尔斯泰对中国文化的强烈兴趣和心理认同。这种交流不是私人交往，而是两个民族、两种文化的交流。

中国人民的生活过去一直是我极为感兴趣的，我也曾尽力去了解中国生活中的东西，尤其是中国的宗教智慧——孔子、孟子、老子的著作及其注疏。我也看过中国的佛经和欧洲人写的关于中国的书。近来，在欧洲人，其中在很大程度上是俄国人对中国施行了那些暴行之后，中国人民的一般情绪引起我特别强烈的兴趣。

……

我认为，在我们的时代，在人类的生活中正发生着伟大的转变，在这个转变中，中国应该在领导东方民族中发挥伟大的作用。

我想，中国、波斯、土耳其、印度、俄国，可能的话还有日本（如果它还没有完全落入欧洲文明的腐化罗网之中）等东方民族的使命是给各民族指明那条通往自由的真正道路,为您在您的书中所写的,在汉语中用来说明它没有别的词,只有"道",道路,也就是符合人类生活永恒基本规律的活动。

……

人类和人类社会永远处在从一种年龄向另一种年龄过渡的状态中,但是常常有这样的时期,人和社会特别尖锐地感觉到和清楚地意识到这些过渡。就像一个人会突然感觉到他不能再继续过童年的生活一样,各民族的生活中同样也有这样的时期。社会不能继续照老样子生活下去,感到有必要改变自己的习惯、制度和活动。我想,一切过着国家生活的民族,无论是东方民族还是西方民族,现在所感受到的正是这种从童年到成年的过渡时期。这过渡在于必须从变得不能容忍的人的权力下解放出来,并在与人的权力不同的基础上建立生活。

在我看来,这事业是历史性的,是命运为东方民族规定的。

就此而言,东方民族正处在特别幸运的条件下。他们尚未抛弃农耕,尚未被军事的、宪法的和工业的生活腐化,尚未失去必须遵循上天的或上帝的最高律法的信念,目前正处在一个十字路口,欧洲民族早已从那里走上了使摆脱人的权力变得特别困难的错误道路。

既然看到西方民族的一切祸害,东方民族自然不会企图用荒谬的、人为的、掩盖问题实质的手段(虚假地限制权力和实行西方民族企图借以获得解放的代议制)摆脱人的权力的恶,而是用别的,比较根本和简单的方式来解决问题,这方式在仍然相信

参见《老子的学说》一文。

辜鸿铭与托尔斯泰对中国未来的看法并不一致。托尔斯泰主张完全摒弃西方道路,彻底否定西方文明,而辜鸿铭认为西方的科学技术、政府管理和军队建设都可以为我所用,主张走君主立宪制。最主要的是托尔斯泰彻底否定国家权力,号召人民完全不参与政府行为,而辜鸿铭多年担任改良派和保皇派的官职。

作者认为东方文明的农耕特色和由此产生的乐天知命、忍耐顺从的文化可以拯救西方文明。

213

必须遵循上天或上帝的最高律法，即"道"的律法的人们看来是自然而然的，这方式只能是遵循这个排除服从人的权力的可能性的律法。

只要中国人继续过以前所过的和平的、勤劳的、农耕的生活，遵循自己的三大宗教教义（孔教、道教、佛教三者的教义一致，都是要摆脱一切人的权力，己所不欲、勿施于人，克己、忍让、爱一切人及一切生灵），他们现在所遭受的一切灾难便会自行消亡，任何力量都不能战胜他们。

依我看，现在不但在中国面前，而且在一切东方民族面前摆着的问题不仅仅是自己摆脱他们从自己的政府和别的民族那里遭受的那些恶，而且是要给一切民族指出摆脱他们全体所处的那种过渡状态的出路。

除了从人的权力下解放出来和服从上帝的权力以外，没有，也不可能有别的出路。

（节选自《列夫·托尔斯泰文集》第 15 卷《政论》，人民文学出版社 1987 年版）

9. 托尔斯泰访谈录

托尔斯泰主义特别是不以暴力抗恶,并没有获得公众所有人的认可,尤其是压迫深重的人们对此更是怀疑和否定。这一访谈既展示了不以暴力抗恶的两难困境,又显示了托尔斯泰本人坚定的决心和他的深思远谋。时间已经过去一百多年,托尔斯泰对于以暴制暴的结果的预言似乎正在一一被证实。也许在事实面前,会有更多的人认同他的思想。

1886 年 6 月 17 日,美国新闻记者和旅行家乔治·谦南访问了雅斯纳雅·波良纳。在遥远的西伯利亚,谦南看到了当局对政治苦役犯的迫害。他向托尔斯泰讲述了自己的见闻。他试图说服托尔斯泰接受反抗压迫无罪的观点。

然而,对于谦南的反抗压迫是否无罪的问题,托尔斯泰这样回答:"这取决于对反抗的理解。如果您指的是说服、争论、抗议,那我答复——是的。如果您指的是暴力,那我答复——不是。我不认为用暴力抗恶在任何情况下都是无罪的。"这样态度绝对的回答,对一个纯粹的西方人来讲,显然是难以接受的,因为,即使一个信仰基督教的现代西方人,即使他接受爱和宽容的宗教原则,他也必然是一个有条件的非暴力主义者。所以,谦南说:"问一个人他会

不以暴力抗恶最初出现在基督教的《马太福音》中。"你们不必反着恶来行事,而倒要这样做:无论何人打了你的右脸,把另外一边也转过去让他打。""如果有人要用法律诉你,把你的外罩衣服拿走,那么就让他连同你的内袍也一并拿去了事。"等。

不会用暴力来对抗一般的恶——这是一回事；问他会不会扑向一个准备割断他母亲的喉咙的匪徒——那完全是另外一回事。对第一个问题回答'是'的人中，有许多人回答第二个问题时会毫不犹豫。然而托尔斯泰伯爵却前后一致。我对他谈了西伯利亚发生的许多残酷、野蛮和压迫的事情，每次结尾时我都问他：'托尔斯泰伯爵，如果您见到这一切，您会不会采用暴力来干预？'他毫无改变地回答：'不会。'"接着，谦南就向托尔斯泰讲述了自己听到的一位女革命家奥丽珈·柳巴托维奇的遭遇：她因为企图推翻现存的制度而被逮捕，先是在牢房里关押了一年，然后被流放到西伯利亚。她因为拒绝穿上普通的苦役犯的囚服，便与三四个士兵发生了暴力冲突：

　　她嘴角被撕开。满脸是血。她拼出全身力气，继续反抗，不管她怎样哭泣、呼救和反抗，她终于被捆绑起来，当着六至八个男人的面，把她身上扒得一丝不挂，然后强行给她穿上一套侮辱性的囚服。现在，我说，假定这一切是在您眼前发生的；假定这个满脸是血、无力自卫、半裸体的姑娘扑向您的怀抱，向您求救；假定这是您的女儿，您会拒绝使用暴力干预吗？

　　他沉默不语。他想象这种场面的惨状，两眼充满泪水。他有一分钟没有答话。末了问道："您完全相信这是真的吗？"

　　随后，托尔斯泰告诉谦南，他不能同情那些试图

对受难者的同情，
对罪恶的痛恨。

不曾停歇的灵魂征战

用暴力解决问题的革命家，因为，他们虽然是真正大无畏的，但是他们的方法却是缺乏理智的。托尔斯泰说，人们只有彻底放弃作恶，才是真正抗恶的道路："假如您要求和行使以暴力反抗您认为是恶的权力，另一个人也同样要求以暴力反抗他认为是恶的权利，那么，世界不是照旧充满暴力吗？您的责任是证明有一条良好的道路。"

"但是，"我再次反驳说，"假如您一张嘴说出真理就有人打您耳光，您是什么也证明不了的。"

"至少您不该以耳光来回答耳光，"伯爵说，"您可以用自己的温顺来表明，野蛮的惩罚并不能降服您，而您的敌手也就会不再打一个不反抗、不企图自卫的人了。推动世界前进的并不是那些制造灾难的人，而是受苦受难的人。"

我说，我的看法是，世界常常因暴力的和流血的抗议而大大向前推进，全部历史表明凡是温顺地屈服于压迫的人，任何时候都不会获得自由和幸福。

伯爵回答说："世界的全部历史，是暴力的历史。您当然可以引用暴力来拥护暴力。但是，难道您没有看见，人类社会里对于非正义的残暴存在着无数的见解，假如您某次给了某人以暴力的权力来反对他认为是非正义的事情，本人又当审判者，那么另外一个人以同样的办法来证实自己见解的权力，世界岂不是要由暴力来治理了吗？"

"但是从另一方面，"我说，"若是压迫对压迫者有利，若是压迫者知道他可以不受惩罚地去压迫而谁都不反抗他，那么，按照您的说法，什么时候会停

很符合逻辑的推理。

后世的印度甘地实践了非暴力抗恶，他通过"非暴力"的公民不合作，使印度摆脱了英国的统治，也鼓舞了其他国家的民主运动人士，如马丁·路德·金、曼德拉等人。

托尔斯泰关注的不是一次斗争的结果，而是人类在斗争过程中显示的精神高度。

止压迫呢？我觉得，温顺地屈从于您为之辩护的非正义现象，只不过是把社会分成两个阶级：一个是认为残暴是有利可图的，因而可以无休止地继续残暴下去的暴君们，另一个是认为反抗是徒劳无益的，因而要顺从下去的奴隶。"

（节选自《同时代人回忆托尔斯泰》中的《托尔斯泰难题》，李建军译，上海译文出版社1984年版）

一定有很多非暴力抵抗运动失败了，孰是孰非，争论还将存在。

不曾停歇的灵魂征战

第五单元

DI WU DAN YUAN

遮不住的文学光彩

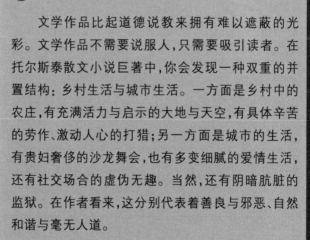

文学作品比起道德说教来拥有难以遮蔽的光彩。文学作品不需要说服人,只需要吸引读者。在托尔斯泰散文小说巨著中,你会发现一种双重的并置结构:乡村生活与城市生活。一方面是乡村中的农庄,有充满活力与启示的大地与天空,有具体辛苦的劳作、激动人心的打猎;另一方面是城市的生活,有贵妇奢侈的沙龙舞会,也有多变细腻的爱情生活,还有社交场合的虚伪无趣。当然,还有阴暗肮脏的监狱。在作者看来,这分别代表着善良与邪恶、自然和谐与毫无人道。

纯洁与罪恶,恢宏与细腻,自然与作伪,美丽与邪恶,都在一个个场景中自如地呈现出来,这些场景的独特细节属于俄罗斯,其中的丰富意味却属于全人类。

1. 致读者

这是一封托尔斯坦陈自己在写作方面的艺术追求的书信。文学在某种意义上是拒绝理性的，它往往只需要创作者全部感情的投入，当然，也需要欣赏者全部身心的感知。激发读者的共鸣，是文学义不容辞的责任。

我也依照所有作者的共同癖好，跟读者谈谈。

这些谈话多半是为了博取读者的好感和宽容。我也想对您这位读者说几句话，可是抱着怎样的目的呢？我确实不知道，请您自己作出判断吧。

任何一个读者——在这个词的最广泛的意义上——无论当他写什么时，必然设想他所写的东西会怎样产生影响。为了对我的作品会产生的印象有一个概念，一定要考虑到某种特定的读者。如果我不考虑到某一类读者，我又怎能知道我的作品是否为人喜爱呢？作品中某处可能使某人喜爱，另一处则为另一人喜爱，甚至这个人喜欢的地方，别人并不喜欢。任何一种坦率说出的思想，无论它如何错误，任何一个清晰表述出的幻想，无论如何荒唐，都不可能不在某个人的心灵里获得同感。既然它们能在某个人的头脑中产生，那就必然会找到与它共鸣的头脑。因此，任何作品都有人喜欢。可是，并不是任何

反之，如果阅读某部经典文学作品，某些读者当时无法理解体悟，则说明此读者的内心与作者的精神世界缺少共鸣。因此，常常会出现这种情况：直到年长，或经历某些事情之后，我们才会发现以前读不懂的书读懂了，以前自认平平的书原来极其精彩，或者，曾经认为的好书其实索然无趣或是境界卑下或是漏洞百出。这恰恰意味着读者渐渐成熟。

作品都能够整个地为一个人喜欢。

如果一部作品整个地为一个人喜欢，那么，依我看来，这样的作品在某方面是完美的。为求达到这样的完美（每个作者都希望达到的完美），我认为只有一种方法，那就是对假想的读者的智力、品质和倾向形成一个清楚、明确的概念。

因此，我首先要对您这位读者说，我要描写您。如果您发现，您不像我所描写的读者，那您还是不读我的小说为好，您会按自己的性格找到别的作品的。而您正是我所设想的那样的读者，那么，我坚信您会满意地阅读我的作品，尤其是在读到每一个佳处时，想到您曾经鼓舞了我并且阻止我写蠢话，您会感到愉快。

看似是对读者的要求，其实是对一个"文明人"的要求。

为了被接受为我所选择的读者，我的要求很简单：只要您多情善感，亦即有时会打心眼儿里怜悯，甚至会为您所爱的虚构人物洒几滴眼泪，由衷地为他高兴，却不会因此感到害臊；只要您热爱自己的回忆；只要您是一个有信仰的人；只要您读我的小说时，寻求的是触动您的心弦而不是让您发笑的地方；只要您不是因为嫉妒而藐视那个上流社会，即使您不属于它，也能心平气和地、不偏不倚地看待它——这样我就接受您加入我所选择的读者之列。主要的是，您得是个知音，亦即这样一种人，当你同他结识时，你就明白，无须吐露自己的情感和倾向，你就明白，他理解我，我心中的任何声音都在他心中得到反响。把人分为聪明的和愚蠢的、善良的和凶恶的是困难的，我甚至认为是不可能的，但是知音和非知音却是我在我认识的所有人中间情不自禁地画下的一道鲜明的界限。知音的主要特征是与他们交往愉快，无须对他们做任何解释说明，就可以满怀信心地传达哪怕说得很含糊的思想。有这么一些微妙而无法捉摸的感情关系，它们是难以言传的，但它们却能被人领会得一清二楚。这些感情和关系可以大胆地用暗示或默契的话语同他们谈话。因此，我的首要要求是理解。现在，我要您这个特定的读者原谅我的文体中某些地方的粗糙和不流畅，我预先深信，等我把原因向您解释清楚，您就不会见怪了。唱歌有两种方法：用喉咙和用胸腔。难道喉音不是比胸音柔和得多，可它却不能打动心灵吗？反之，胸音虽粗浊，却能动人心弦。就我来说，哪怕就是在最空洞的旋律里，当我听到胸部深处发出的音时，我也不由得泪珠盈眶。在文学里也是如此，可以用脑来写，也可以用心来写。当你用脑来写时，那就会文从字顺地落到纸上。而当你用心来写时，脑子里千头万绪，想象中形象云集，心中的回忆纷至沓来，字词句就不够完满，不够确切，粗糙而不够流畅了。

也许我错了，但是，<u>每当我开始用脑写作时，我总是搁下笔来，力求单单用心来写</u>……

体会"用脑"与"用心"有何不同。

1852 年

（节选自《托尔斯泰散文》，刘宁编，陈燊译，中国广播电视出版社）

2. 初冬猎狼

这段选文被很多学者称为有史诗般的风格,既恢宏壮阔,又细致入微。

三

已是初寒时节,早晨的寒气冻结了渗透秋雨的地面。在被牲口踩倒的黄褐色秋播作物、浅黄色春播作物的茬子和一道道红色荞麦的衬托下,冬小麦一片翠绿,显得格外诱人。高地和树林,在 8 月底还是黑色冬麦地和留茬地中间的绿洲,如今已成了翠绿冬麦地里金黄和鲜红的岛屿。灰野兔的毛已换了一半,小狐狸已出窝,狼崽长得比狗还大。这是最好的打猎季节。热衷打猎的年轻猎人尼古拉的狗不仅已掉了膘,而且跑得爪子受伤,因此猎人们商量后决定让狗休息三天,到 9 月 16 日出发,从杜勃拉伏开始,因为那里有一个未受惊动的狼窝。

9 月 14 日的天气是这样的:

猎人们整天都待在家里。天气寒冷刺骨,但傍晚阴云密布,开始解冻。

9 月 15 日早晨,尼古拉少爷穿着睡袍往窗外望了一眼,发现那是再好不过的打猎天气:天空仿佛融化了向地面下沉,也没有风。空中只有烟尘和蒙蒙

不曾停歇的灵魂征战

细雾在悄悄下降。花园秃枝上悬挂着晶莹的水珠，滴在刚刚掉落的树叶上。菜园里的土地像罂粟一样乌黑发亮，在不远处就同潮湿的雾气融成一片。尼古拉走到泥泞的台阶上，这儿弥漫着枯叶味和狗臊气。黑斑、宽臀的灵缇米卡尔生着一双突出的乌黑的大眼睛，一看见主人，站起来，又伸开后腿，像兔子一样伏下来，然后一跃而起，去舔主人的鼻子和胡子。另一条灵缇从花园小径上看见主人，就拱起背冲到台阶上，然后翘起尾巴，在主人腿上磨蹭着。

"哦——呵!"这时传来一声深沉的低音和尖锐混合着次中音的猎人特有的呐喊。接着，专门管狗的猎人丹尼洛从转角处走来。他满脸皱纹，花白的头发照乌克兰人的样子剪成童花头，手里绕着一条长鞭子，<u>脸上出现只有猎人才有的彪悍不羁和蔑视一切的神气</u>。他在东家面前摘下契尔克斯帽，轻蔑地对东家瞧了瞧。他这种傲慢态度并没有使东家生气：尼古拉知道这个目空一切的丹尼洛<u>毕竟</u>是他的家奴和猎手。

"丹尼洛!"尼古拉说，怯生生地感觉到，看到这样好的打猎天气、这样好的狗和猎人，他立刻就产生了一种不可克制的打猎欲望，好像一个热恋中的人见到情人，立刻就把原先的打算忘得一干二净。

"你有什么吩咐，老爷?"丹尼洛以呵狗呵得嘶哑的像大辅祭般低沉的声音问，两只乌黑发亮的眼睛同时从眉毛底下望着默不作声的东家。"怎么，您等不及了?"这双眼睛仿佛在这样说。

"好天气，是吗? 打一围，跑一下，好吗?"尼古拉搔搔米卡尔的耳朵，说。

猎人独有的神气，那是自由宽广的大地赋予他的尊严与傲气。

此词极妙! 在贵族眼中，没有什么比等级更重要的了。

225

真正的猎人早已行动，对自然的些微变化都了如指掌。

丹尼洛是属于自然的，在人工的造作的环境中，他的朴拙就会显得格格不入；只有在自然中，他才会如鱼得水。

她是个奔放的俄罗斯少女，她的快乐、自信、爽朗如同泉水般自然地流淌着。

不曾停歇的灵魂征战

丹尼洛没有回答，眨眨眼。

"天蒙蒙亮我就派乌瓦尔卡去探听动静了，"丹尼洛停了停，又用低音说，"他说，母狼已带着小狼搬到奥特拉德诺禁伐地里，它们在那里嚎叫呢。"奥特拉德诺禁伐林离家两俄里，是个不大的容易围猎的地方。

"我们一定得去，是不是？"尼古拉说，"你把乌瓦尔卡带到我这里来。"

"遵命，老爷！"

"那就先别喂狗了。"

"是，老爷。"

五分钟后，丹尼洛和乌瓦尔卡来到尼古拉的大书房里。尽管丹尼洛个儿不高，他站在屋子里，还是像一匹马或一头熊站在住屋的家具中间。丹尼洛自己也感觉到这一点，他照例总是站在门口，说话尽量压低嗓门，身体一动不动，免得破坏老爷们的安宁，并且赶快把所有的话说完，好早点脱身，到广阔的野外去。

尼古拉问完话，懂得丹尼洛的意思是狗都不错（其实丹尼洛自己也想去打猎），就吩咐备马。但丹尼洛刚要走，娜塔莎就快步走进来。她还没有梳洗，没有换好衣服，身上只披着保姆的大披巾。彼嘉同她一起跑进来。

"你去打猎吗？"娜塔莎说，"我知道你要去的！宋妮雅说你们不去。今天天气这么好，我知道不会不去。"

"去的，"尼古拉不乐意地回答，因为今天他想好好打一次狼，不愿带娜塔莎和彼嘉同去，"要去的，但我们只打狼，你不会感兴趣的。"

"你知道，我最爱打狼了，"娜塔莎说，"你吩咐备马，自己想去，可是什么也不告诉我们，太不像话。"

"俄国人天不怕地不怕，我们要去！"彼嘉叫道。

"你可不能去，妈妈说过，你不能去。"尼古拉对娜塔莎说。

"不，我要去，一定要去。"娜塔莎断然说。"丹尼洛，叫他们给我们备马，让米哈伊洛把我的狗带去。"她对猎人说。

丹尼洛觉得他待在屋里不适合，挺别扭，而且同小姐打交道更难堪，连忙走出去，仿佛这不干他的事，生怕无意中得罪小姐。

四

老伯爵拥有一支配备完善的打猎队，如今他已把这队人马交给儿子管理。这天，9 月 15 日，他兴致特别好，要亲自参加打猎。

一小时后，整个猎队聚集在大门口的台阶前。尼古拉神情冷峻，表示此刻顾不到琐事，从娜塔莎和彼嘉身边走过，而娜塔莎和彼嘉正要告诉他什么事。尼古拉检查了猎队各部分，派一小群猎狗和猎人去打前站，自己骑上枣红顿河马，对他那群狗打了个呼哨，经过打谷场来到野外，向奥特拉德诺禁伐地驰去。老伯爵那匹白鬃白尾的枣红骟马维夫梁卡由伯爵的马夫牵着，老伯爵自己先乘轻便马车到野兽必经的地方守候。

狼狗共有五十四条，由六个猎犬手带领。管灵

刻意而为，反而有一种大男孩努力表现自己成熟的可爱劲儿，其实并不成熟。

缇的,除了主人外,共有八个,他们带领四十多条灵缇,再加上老爷自己带的狗,出猎的共有一百三十条狗,还有二十名骑马的猎人。猎队浩浩荡荡向田野进发。

每条狗都认识自己的主人,知道自己的名字。每个猎人都明确自己的任务、地点和行动。他们一出庄园围墙就不再说话,不再作声,不快不慢地沿着老路和田野向奥特拉德诺禁伐地驰去。

马在田野上奔驰好像走在厚地毯上,只有在穿过道路踩到水洼时才发出哗啦哗啦的声音。雾蒙蒙的天空还在悄悄地向地面下沉;空中宁静、温暖,没有一点风。偶尔响起猎人的口哨声、马的喷鼻声、鞭子的呼啸声或者掉队的狗的尖叫声。他们跑了一俄里光景,看见五个骑马的人带着狗从雾里迎面走来。领头的是个精神矍铄、仪表堂堂、留着花白大胡子的老人。

"您好,大叔!"当老人走到面前时,尼古拉招呼道。

"干得漂亮!我早就知道了,"大叔(他是住在罗斯托夫家附近的一个不富裕的远亲)说,"我早就知道,你在家坐不住了,你也去,很好。干得漂亮!(这是大叔爱说的口头禅。)快去占领树林,我的格利奇克说,伊拉金家正在科尔尼基扎队,他们会从你鼻子底下把一窝小狼抢走的。干得漂亮!"

"我正要去那里。我们合在一起怎么样?"尼古拉问。"合在一起……"

他们把狼狗合在一起。大叔同尼古拉并肩骑马前进。娜塔莎裹着大披巾,露出活泼的脸蛋和闪亮

大地是那么宁静、丰饶与包容。

不曾停歇的灵魂征战

的眼睛,骑马跟着他们。彼嘉、猎人米哈伊拉和保姆派来照顾他的驯马师,都在后面护送她。彼嘉不知为什么事发笑,不住地鞭打着马,拉着缰绳。娜塔莎老练地骑在阿拉伯黑马上,毫不费劲地勒住马。

大叔不以为然地回头望望彼嘉和娜塔莎。他不喜欢把儿戏同打猎大事混为一谈。

"您好,大叔,我们也来了。"彼嘉嚷道。

"您好,您好,当心别踩着狗。"大叔严厉地说。

"尼古拉,特鲁尼拉可真是条好狗! 它认得我呢!"娜塔莎说到她的爱狗。

"首先,特鲁尼拉不是狗,而是一条猎犬。"尼古拉想,严厉地白了妹妹一眼,<u>竭力让她明白此刻他们之间得保持一定距离</u>。娜塔莎领会他的意思。

"大叔,您别以为我们会妨碍什么人,"娜塔莎说,"我们待在一旁,不会乱动的。"

"这很好,伯爵小姐,"大叔说,"当心别从马上摔下来,因为你没有地方好扶。干得漂亮!"

离奥特拉德诺禁伐地只有一百码,猎犬手已到达那里了。尼古拉同大叔商量好从哪里放狗,让娜塔莎待在一个绝对不会有野兽出没的地方,然后从谷地绕到围猎场。

"喂,好侄儿,你要拦住那头老狼,"大叔说,"当心别让它溜掉。"

"行。"尼古拉回答。"卡拉伊,来!"他喊道,用这喊声来回答大叔的话。卡拉伊是一条难看的长毛老公狗,以单独猎获一头狼而出名。大家各就各位。

老伯爵知道儿子的打猎劲头,连忙赶来,唯恐晚到。他脸色红润,双颊抖动,兴高采烈,不等猎犬到

尼古拉一定认为,这是成熟与非成熟之间的距离。

229

来，就亲自赶着两匹黑马，驰过冬麦地，来到给他指定的狩猎地。他拉了拉皮外套，挂上猎刀和号角，然后跨上像他一样毛发灰白、光滑肥壮、安静温和的维夫梁卡。马车被打发回去了。罗斯托夫伯爵对打猎虽然并不太热衷，但熟悉打猎的规矩。他骑马走进指定的矮树丛边，理好缰绳，在马鞍上坐稳，觉得一切都准备停当，便向四周环顾了一下，微微一笑。

伯爵旁边站着他的跟班契克马尔。契克马尔是个老骑手，但身子已不很灵活。他牵着三条凶猛的但像主人的、和马一样很肥胖的猎狼狗。两条灵敏的老狗卧在地上，没有上皮带。在百步开外的空地上站着伯爵的马夫米吉卡。他是一个勇敢的骑手和热心的猎人。伯爵按照古老的习惯，打猎前喝了一银杯加香料的白兰地，吃了些点心，又喝了半瓶他喜爱的波尔多红葡萄酒。

罗斯托夫伯爵喝了酒，骑上马，红光满面；他的眼睛有点潮润，格外明亮。他裹紧皮外套坐在马鞍上，模样活像个被带出来散步的孩子。

契克马尔身材瘦削，双颊凹陷。他把事情都安排妥帖，望望东家。他同东家相处三十年，两人很合得来。他看出此刻东家情绪很好，正要同他愉快地聊聊。这时又有一个人小心翼翼地从树林里出来（他显然受过训练），站在伯爵后面。这是一个白胡子老头，身穿女士长衣，头戴高帽。他是小丑娜斯塔霞。

"喂，娜斯塔霞！"伯爵挤挤眼，低声说，"你要是把野兽吓跑，丹尼洛可饶不了你。"

"我也……嘴上有毛。"娜斯塔霞说。

马如其人。打猎本来是年轻人、自然人的专享。

有享乐派的罗斯托夫伯爵，自然会有奉承派的契克马尔与逗乐派的娜斯塔霞。

不曾停歇的灵魂征战

“嘘—嘘！”伯爵发出嘘声，转身对契克马尔说话。

“你看见娜塔莎伯爵小姐了吗？”他问契克马尔，“她在哪里？”

“她同彼嘉少爷一起在沙罗夫草地附近。”契克马尔笑着回答，“别看她是位小姐，打猎可有劲了。”

“契克马尔，你看她骑马感到惊奇……是吗？”伯爵说，“简直比得上男子汉呢！”

“怎么不叫人惊奇？那么大胆，那么灵活！”

“那么尼古拉少爷在哪里？在梁多夫高地，是吗？”伯爵低声问。

“是的，老爷。他知道该在哪里守候。他骑马的本领可高明了，我同丹尼洛常感到惊奇。”契克马尔说，知道怎样讨好东家。

“他骑马的本领不错，是吗？那么，他骑在马上的姿势怎么样？”

“简直跟画出来的一样！前不久他从扎瓦尔津草地里赶出一只狐狸。他越过一个又一个障碍，真是骏马值千金，骑手无价宝啊！是的，这样的好小子哪儿找去！”

“哪儿找去……”伯爵重复说，显然还没有听够契克马尔的奉承话。“哪儿找去。”他说着，翻起外套下摆，掏出鼻烟壶。

“前不久他从教堂里出来，身上挂满勋章，米哈伊尔·西多雷奇就……”契克马尔的话还没有完，就听见寂静的野地里传来两三条猎犬追逐野兽的吠声，以及其他猎犬的响应声。他低下头留神倾听，默默地对主人打了个警告的手势。“发现狼窝……”契克马尔轻轻地说，"往梁多夫高地一直跑去了。"

伯爵忘记收去脸上的笑容，望着前面的林间小径，手里拿着鼻烟壶，但没有闻。在狗吠声以后，传来丹尼洛追狼的低沉号角声。一大群狼狗同前面三条狗汇合，发出特别的吠声，表示它们正在追逐狼。猎犬手不再唤狗，发出嘘溜溜的声音，而在所有的声音中丹尼洛忽而低沉忽而尖厉的声音听来格外清晰。丹尼洛的声音似乎响彻树林，还远远地越过树林，传到田野上。

伯爵和他的马夫默默地听了几秒，确信狼狗已分成两群：一群狗多，叫得特别起劲，往远处跑去；另一群沿着树林跑，经过伯爵身边，那里不断响起丹尼洛的嘘溜溜声。这两群狗一会儿合拢，一会儿分开，但都跑远了。契克马尔松了一口气，弯下腰去整理一条被小狗弄乱的长皮带。伯爵也松了一口气，看见手里的鼻烟壶，打开来，取了一撮烟。

"回来！"契克马尔对冲出树林的一条公狗喝道。伯爵吓了一跳，把手里的鼻烟壶都丢掉了。娜塔莎连忙下马把它捡起来。

伯爵和契克马尔望着她。突然，追逐的声音一下子逼近——这种情况是常有的——仿佛狂吠的群犬和嘘溜溜打口哨的丹尼洛就在面前。

伯爵回顾一下，看见右边的米吉卡睁大眼睛望着他，并举起帽子向他指指前面的另一方。

"当心！"米吉卡大声叫道，从他的语气里听出他早就要说这话了。他放出狗，向伯爵这边驰来。

伯爵和契克马尔骑马跑出树林，看见他们左边有一头狼。这狼稍稍摆动身子，悄悄地窜到他们刚

猎场上，真正的猎人敏捷、灵活，仿佛无处不在。

不曾停歇的灵魂征战

232

才停留的树林边缘。暴怒的狼狗尖声嚎叫，冲出狗群，从马脚旁直扑那头狼。

狼停下来，对着群犬，像喉头发炎似的笨拙地转过前额宽大的脑袋，然后稍稍摆动身子，跳了两跳，摇摇尾巴没入树林里。就在这时，从对面树林里慌张地窜出来一条、两条、三条狼狗，发出哭一般的吠声。于是整群狗就经过田野，向狼消失的地方冲去。在狼狗后面，榛树丛分开来，出现了丹尼洛那匹出汗变黑的栗色马。丹尼洛缩拢身子俯在它长长的马背上，没有戴帽子，白发蓬乱，脸色红润，满面流汗。

"嘘溜溜溜，嘘溜溜溜！……"丹尼洛叫道。<u>他一看见伯爵，眼睛里闪出凶光。</u>

"哼！……"他举起长鞭子指着伯爵叫道。

"把狼放走了！……好一个猎人！"丹尼洛仿佛不屑同惊慌失措的伯爵多费口舌，对伯爵憋着一肚子气，鞭打两侧冒汗的栗色骟马，随着狼狗飞跑。伯爵好像一个受处分的小学生，站在那里东张西望，竭力用笑脸博取契克马尔对他处境的同情。但契克马尔已不在那里，他正绕过树林追狼去了。猎人们从两边堵截，但那狼已进入灌木丛，再没有一个猎人能截住它。

五

尼古拉这时留在自己的位置上等狼，从群狗时近时远的追逐声，从他熟悉的那些狗的吠叫声，从猎犬手时近时远的高声呼喊，他知道树林里所发生的一切。他知道树林里有小狼和老狼；他知道狼狗分

丹尼洛在打猎时，猎人的自信已经超越了家奴的身份。这是贵族与家奴一瞬间的平等相遇，是一个出色猎人与一个蹩脚猎人的相遇。

成两群,他们在什么地方追狼,哪里出了什么岔子。他时刻等待着狼跑到他这里来;他祷告时热烈而羞愧,就像一些因小事而激动的人做祷告那样。"啊,求你成全我吧,这些在你是毫不费力的!"尼古拉对上帝说,"我知道你是伟大的,为了这样的小事求你真是罪过,但千万求你叫那头老狼到我这儿来,让卡拉伊当着守在那里的大叔的面狠命咬住老狼的喉咙吧!"尼古拉紧张不安地望着那在白杨树丛上耸起两棵枝叶稀疏的栎树的树林边缘,望着边缘被水冲塌的峡谷,望着露在右边灌木丛上的大叔的帽子,在这半个小时里望了上千次。

"是的,我不会有这样的好运的。"尼古拉想,"虽然这没什么了不起! 但我不会有这样的好运! 打牌也好,打仗也好,我总是不走运。"奥斯特利茨战役和陶洛霍夫都鲜明地在他头脑里交替掠过,"只要这辈子能猎到一头老狼,我就心满意足了!"尼古拉一面想,一面睁大眼睛左顾右盼,又侧着耳朵倾听狼狗追捕的轻微声音。他又往右边望了望,看见有个东西穿过空旷的田野向他跑来。"不,这不可能!"尼古拉想,深深地喘了一口气,就像一个人实现了多年的夙愿。最大的好运出现了,但又是那么简单,没有热烈的喧闹,没有夺目的光辉,没有盛大的庆典。尼古拉不相信自己的眼睛,怀疑持续了一秒钟以上。狼一直往前跑,费力地跳过路上的坎坷。这是一头老狼,背脊灰白,大肚子呈粉红色。老狼不慌不忙地跑着,满以为没有人看见它。尼古拉屏住呼吸,回头望望群犬。群犬或站或卧,没有看见那头狼,不了解眼前的情况。老狗卡拉伊回过头来,龇着牙咬着自己的

不曾停歇的灵魂征战

后腿，怒气冲冲地捉着狗蚤。

"嘘溜溜溜！"尼古拉噘起嘴唇低声叫道。群犬抖动铁链，竖起耳朵，跳起来。卡拉伊搔完痒也站起来，竖起耳朵，轻轻地摇动狗毛纠成一团的尾巴。

"放，还是不放？"尼古拉看见狼离开树林向他跑过来，自言自语。狼的嘴脸突然变了，它看见从没见过的盯住它的人类的眼睛，浑身打了个哆嗦，稍稍向尼古拉转过头来，站住。"后退还是前进？哦，豁出去了，前进！……"狼仿佛在自言自语，接着就不再<u>左顾右盼，迈着轻松自如又果断坚决的步子向前走去</u>。

"嘘溜溜溜！……"尼古拉声音异样地叫道。他那匹骏马箭似地冲下山去，跳过几道水洼去截拦那狼。那几条狼狗跑得更快，跑到尼古拉的马前面去。尼古拉听不见自己的喊声，没感觉自己在飞驰，没有看见群犬，也没有看见他脚下的地方。他只紧盯着那头狼。狼加快速度，顺着山谷奔跑。离那头狼最近的是花斑宽臀的狼狗米卡尔，它越来越接近那头野兽。越来越近，越来越近……眼看就要赶上狼。狼斜眼望了望米卡尔，但米卡尔不像平时那样进攻，而突然竖起尾巴，伸出前腿抵住地面。

"嘘溜溜溜！"尼古拉叫着。

红毛狼狗刘比姆从米卡尔身后蹿出来向狼猛扑，咬住狼的后腿，但立刻又恐惧地跳到一旁。狼身子一蹲，龇了龇牙，又站起来向前跑去。一大群狼狗离它只有一码，不即不离地跟着它跑。

"不好，被它跑掉了！不，这不行。"尼古拉想，同时继续哑着嗓子叫嚷。

给狼以有尊严的描写，包含着对整个自然的敬畏之心。

"卡拉伊！嘘溜溜溜！……"尼古拉一面叫，一面用眼睛寻找着老公狗——他唯一的希望。卡拉伊拼着全身力气，伸长身子，盯着那狼，好容易跑到一边去拦截那狼。但狼跑得快，狗跑得慢，卡拉伊显然估计错了，尼古拉看到前面树林离它已经不远，狼到了那里准会跑掉，但这当儿他看见有一群狗和一个猎人迎面跑来。还有希望。尼古拉不认识的一条红褐色瘦小公狗飞也似地冲到狼面前，几乎把它撞倒。但那狼意外迅速地跳起来，龇牙咧嘴，向小公狗扑去。小公狗浑身是血，一侧被咬伤，尖声惨叫着，一头撞在地上。

"卡拉伊！老朋友！……"尼古拉哭了。

老公狗后腿上的毛卷成一团团，它利用狼受阻的机会拦住狼的去路，离狼只有五步路。狼仿佛发觉危险，瞟了瞟卡拉伊，更加夹紧尾巴，飞快地逃跑。但这当儿，尼古拉只看见卡拉伊又采取行动了：它猛地扑到狼身上，同狼一起滚到前面的水沟里。

尼古拉看见几条狗在水沟里同狼搏斗，狼在狗下面露出灰毛，伸长后腿，贴紧耳朵，嘴脸恐惧，不断喘气（卡拉伊咬住它的喉咙）。尼古拉看见这情景，觉得这是他有生以来最幸福的时刻。他抓住鞍桥，准备下马打狼，突然看见那狼从狗群里伸出头来，两只前脚已搭着水沟的边缘。狼咬了咬牙（卡拉伊已松开了它），后腿一蹬跳出水沟，又夹紧尾巴，摆脱群狗，向前逃跑。卡拉伊耸起毛，多半是负伤了，好容易才爬出水沟。

"天哪！这是怎么搞的？……"尼古拉失望地叫道。

这狗与狼的搏斗场景，若非亲身经历，怎能写得如此扣人心弦。

大叔的一个猎人从另一边去拦截狼，他的几条狗又把那野兽拦住。狼又被包围了。

尼古拉和他的马夫、大叔和他的猎人把狼团团围住，嘘着，叫着。狼一蹲下来，他们就准备下马；狼一抖动身子向树林逃窜，大家就又前进。

追捕刚开始，丹尼洛听见嘘声就冲出树林。他看见卡拉伊咬住狼，就勒住马，以为事情就此结束。但丹尼洛看见猎人们并没有下马，狼抖了抖身子又继续逃跑，他就策动枣红马，不直接去追狼，却像卡拉伊那样去拦截那野兽。亏得走这个方向，当大叔的群犬第二次把狼拦住时，丹尼洛恰好赶到狼跟前。

丹尼洛默默地骑马跑来，左手拿着出鞘的短刀，用鞭子像打谷一样打着枣红马的两肋。

在枣红马没有气喘吁吁地从身旁跑过以前，尼古拉没看到，也没听见丹尼洛，也没有听见丹尼洛的下马声，没看见丹尼洛已趴在群犬中间的狼背上，竭力想揪住狼的耳朵。这下子，猎人也好，狗也好，狼也好，显然都明白，事情结束了。狼恐惧地贴紧耳朵，挣扎着想站起来，但群狗把它团团围住。丹尼洛抬起身子，向前跨了一步，把全身重量压在狼身上，同时抓住狼的耳朵。尼古拉刚要动手刺狼，丹尼洛却低声说："别刺，我们把它的嘴捆住。"他改变姿势，一只脚踩住狼的脖子。他们把一根棍子横到狼嘴里，用皮带像上勒子一样把它绑住，再捆住它的四脚。丹尼洛把狼从这边到那边来回滚了两滚。

猎人们面露快乐而疲劳的神色把这头活的老狼驮在马背上。那马浑身哆嗦，打着响鼻。后面跟着的群狗向狼狂吠。就这样把狼运到了大家集合的地

整个叙述的流程呈现出乐章中富有层次的延展与递进，情节渐至高潮。尼古拉在打猎过程中不断成长的主旋律与丹尼洛老练的身影所形成的复调，使整个作品呈现一种史诗般的魅力。

方。狼狗捕获了两只小狼，灵缇捕获了三只。猎人们带着猎物聚拢来，各自讲着打猎的经过。大家都围拢来看老狼，但见那狼垂下脑门宽阔的头，嘴里塞着棍子，一双玻璃球似的大眼睛瞪着包围它的狗群和人群。有人碰碰它，它就挣扎被捆的腿，凶恶而茫然地望着大家。

罗斯托夫伯爵也骑马走过来，碰碰那狼。

"哦，好大的一头狼。"他说。"真大，是吗?"他问站在旁边的丹尼洛。

"很大，老爷。"丹尼洛慌忙摘下帽子回答。

伯爵想起被他放走的狼和刚才同丹尼洛的冲突。

"不过，老弟，你脾气很大。"丹尼洛什么话也没说，只是神态羞愧，像孩子般驯顺而愉快地笑了一笑。

（节选自《战争与和平》，草婴译，现代出版社）

猎场归来的丹尼洛重新置身于人类的秩序世界，他的表现显示了这个等级世界带给地位低下的仆人的特征：驯顺。

猎场上的光华瞬间就熄灭了。

不曾停歇的灵魂征战

3. 吉娣拒绝了列文的求婚

年轻的吉娣还不懂爱情,还不懂得生命中什么是最珍贵的。少女的虚荣心使她没有倾听心的选择。这一段年轻人之间的对话特别温柔动人,不禁令人惊叹托尔斯泰对生活高超的捕捉能力。

在吃过晚饭到晚会开始前的这段时间里,吉娣的心情就像一个初临战场的新兵。她的心怦怦直跳,头脑里思潮翻腾。

她觉得他两人第一次见面的这个晚会,将决定她的命运。她不停地想着他们两个,忽而分开想,忽而连起来想。回顾往事,她愉快而亲切地想起了她同列文的交往。她回忆起童年时代以及列文和她已故哥哥的友谊,这使他们之间的关系显得格外富有诗意。她相信列文是爱她的,列文对她的爱慕使她觉得荣幸和欣喜,她想到列文就觉得愉快。可是一想到伏伦斯基,却有一种局促不安的感觉,尽管他温文尔雅,彬彬有礼。和他在一起,仿佛有一点矫揉造作,但不在他那一边——他是很诚挚可爱的——而是在她这一边。<u>她同列文在一起,却觉得十分自在。不过,她一想到将来同伏伦斯基在一起,她的面前就出现了一片光辉灿烂的前景;同列文在一起,却觉得面前是一片迷雾。</u>

她上楼去穿上夜礼服,照了照镜子,快乐地想到

心灵的感受和虚荣的要求不一致。

今天是她的一个好日子,她有足够的力量应付当前的局面:她觉得自己镇定自若,举止优雅。

七点半钟,她刚走进客厅,仆人就来通报说:"康斯坦京·德米特里奇·列文到。"这时公爵夫人还在自己的房间里,公爵也还没有出来。"果然来了。"吉娣想。全身的血液似乎都涌到了心里。她照了照镜子,看到自己脸色苍白,吃了一惊。

现在她才断定,他之所以来得特别早,就是为了要同她单独见面,以便向她求婚。直到此刻,她才看到事情的另一面。直到此刻,她才明白问题不仅关系到她一个人——她同谁在一起生活才会幸福,她爱的又是哪一个——就在这一分钟里她将使一个她所爱的人感到屈辱,而且将残酷地使他感到屈辱……为的是什么? 为的是这个可爱的人爱上了她,对她发生了爱情。可是没有办法,她需要这样做,她应该这样做。

"天哪,难道真的要我亲口对他说吗?"她想,"叫我对他说什么好呢? 难道真的要我对他说我不爱他吗? 那分明是说谎。叫我对他说什么好呢? 难道要对他说我爱上别人了? 不,这可办不到。我要逃走,逃走。"

她听到脚步声时,她已走到门口了。"不! 这样做是不行的。可我怕什么呢? 我又没有做过什么坏事。该怎么办就怎么办吧! 我要说实话。同他在一起是不会觉得局促不安的。瞧,他来了!"看见他那强壮而又拘谨的身影和那双紧盯着她的明亮的眼睛,她自言自语。她对着他的脸瞧了一眼,仿佛在请求他宽恕,同时向他伸出一只手。

"我没有按时来,看样子来得太早了。"他扫视了一下空荡荡的客厅说。他看到他的愿望已经达到，没有谁会妨碍他向她开口，神情顿时变得紧张起来。

"嗳，不!"吉娣说着在桌旁坐下。

"不过，我就是想同您单独见面。"他开口说，没有坐下来，也没有向她看，唯恐丧失勇气。

"妈妈马上就下来。她昨天太累了。昨天……"

她嘴里说着，但她自己也不知道在说些什么。她那恳求和怜爱的目光也一直没有离开过他。

他望了她一眼，她脸红了，不再说下去。

"我告诉过您;我不知道是不是要住好久，这要看您了……"

她的头垂得越来越低，自己也不知道该怎样回答他眼看就要出口的话。

"这要看您了，"他又说了一遍，"我想说……我想说……我来是为了……为了要您做我的妻子!"他嗫嚅地说，自己也不知道在说些什么;不过他觉得最可怕的话已经说出来了，就住了口，对她望了望。

她眼睛避开他，重重地喘着气。她兴奋极了，心里洋溢着幸福感。她怎么也没想到，他的爱情表白竟会对她发生这样强烈的作用。但这只是一刹那的事。她想起了伏伦斯基。她抬起她那双诚实明亮的眼睛望着列文，看见他那绝望的神色，慌忙回答:"这不可能……请您原谅……"

一分钟以前，她对他是那么亲近，对他的生命是那么重要! 可此刻她对他又是多么冷漠多么疏远哪!

"不可能有别的结果。"他眼睛避开她，说。

他鞠了一躬想走。

（节选自《安娜·卡列尼娜》，草婴译，现代出版社）

慌乱之中岔开话题。

241

4. 舞会

　　这是一场成熟的女性和初出茅庐的青春少女之间的魅力角逐,无论在美貌、美丽、经验上,安娜都胜出一筹,所以,她赢了!

二十二

　　当吉娣同母亲踏上灯火辉煌,摆满鲜花,两边站着脸上搽粉、身穿红色长袍的仆人的大楼梯时,舞会刚刚开始。大厅里传来窸窣声,像蜂房里发出来的蜂鸣一样均匀。当她们站在楼梯口,在两旁摆有盆花的镜子前整理头发和服饰时,听到乐队开始演奏第一支华尔兹的准确而清晰的提琴声。一个穿便服的小老头,在另一面镜子前整理了一下斑白的鬓发,身上散发出香水的气味,在楼梯上碰到她们,让了路,显然在欣赏他不认识的吉娣。一个没有胡子的青年——被谢尔巴茨基老公爵称为"花花公子"的上流社会青年——穿着一件领口特别大的背心,一路上整理着雪白的领带,向她们鞠躬,走过去之后,又回来请吉娣跳卡德里尔舞。第一圈卡德里尔舞她已经答应了伏伦斯基,所以她只能答应同那位青年跳第二圈。一个军官正在扣手套钮子,在门口让了路,摸摸小胡子,欣赏着像玫瑰花一般娇艳的吉娣。

不曾停歇的灵魂征战

　　刚刚拒绝了列文求婚的吉娣,满以为迷恋着自己的沃伦斯基将在此次舞会上公开向自己求婚,却浑然不知沃伦斯基已经在这几天中被安娜深深地迷住,不可自拔。求婚成了自己的一厢情愿。

在服饰、发式和参加舞会前的全部准备工作上，吉娣煞费苦心，很花了一番功夫，不过她现在穿着一身玫瑰红衬裙打底、上面饰有花纹复杂的网纱衣裳，那么轻盈洒脱地走进舞厅，仿佛这一切都没有费过她和她的家里人什么心思，仿佛她生下来就戴着网纱、花边，梳着高高的头发，头上还戴着一朵有两片叶子的玫瑰花。

走进舞厅之前，老公爵夫人想替她拉好卷起来的腰带，吉娣稍稍避开了。她觉得身上的一切已很雅致完美，用不着再整理什么了。

今天是吉娣一生中幸福的日子。她的衣服没有一处不合身，花边披肩没有滑下，玫瑰花结没有压皱，也没有脱落，粉红色高跟鞋没有夹脚，穿着觉得舒服。浅黄色假髻服帖地覆在她的小脑袋上，就像她自己的头发一样。她的长手套上的三颗纽扣都扣上了，一个也没有松开，手套紧裹住她的手，把她小手的轮廓显露得清清楚楚。系着肖像颈饰的黑丝绒带子，特别雅致地绕着她的脖子。这条带子实在美，吉娣在家里对着镜子照照脖子，觉得它十分逗人喜爱。别的东西也许还有美中不足之处，但这条丝绒带子真是完美无缺。吉娣在舞厅里对镜子瞧了一眼，也忍不住微微一笑。吉娣裸露的肩膀和手臂使人产生一种大理石般凉快的感觉，她自己特别欣赏。她的眼睛闪闪发亮，她的樱唇因为意识到自己的魅力而忍不住浮起笑意。吉娣还没有走进舞厅，走近那群满身都是网纱、丝带、花边和鲜花，正在等待人家来邀舞的妇女，就有人来请她跳华尔兹。来请的不是别人，而是最杰出的舞伴、舞蹈明星、著名舞蹈

场景的描写中有五光十色的灯光、鲜花，还有光鲜亮丽的贵妇，有从每个人的身上散发出来的浓都香味，还有令人翩翩起舞的华尔兹音乐。奢华的场景中，人间好戏开始了。

描述众人欣赏美人的神态，这是最省力却充满了想象力的聪明写法。

特征：花、艳。

热恋中的女性，陶醉于自己美貌中的女性！此时愈欢乐，其后愈失落。

243

教练、舞会司仪、身材匀称的已婚美男子科尔松斯基。他同巴宁伯爵夫人跳了第一圈华尔兹,刚刚把她放下,就环顾了一下他的学生,也就是几对开始跳舞的男女。他一看见吉娣进来,就以那种舞蹈教练特有的洒脱步伐飞奔到她面前,鞠了一躬,也不问她是不是愿意,就伸出手去搂住她的细腰。她向周围望了一下,想把扇子交给什么人。女主人就笑眯眯地把扇子接了过去。

"太好了,您来得很准时,"他揽住她的腰,对她说,"迟到可是一种坏作风。"她把左手搭在他的肩上。她那双穿着粉红皮鞋的小脚,就按着音乐的节拍,敏捷、轻盈而整齐地在光滑的镶花地板上转动起来。

"同您跳华尔兹简直是一种享受。"他在跳华尔兹开头的慢步舞时对她说。"好极了,多么轻快,多么合拍。"他对她说。他对所有的好舞伴几乎都是这样说的。

她听了他的恭维话,嫣然一笑,接着打他的肩膀上面望出去,继续环顾整个舞厅。她不是一个初次参加跳舞的姑娘,在她的眼里,舞池里的脸不会汇成光怪陆离的一片。她也不是一个经常出入舞会的老手,对所有的脸都熟识得有点腻烦。她介于两者之间:她很兴奋,但还能冷静地观察周围的一切。她看见舞厅的左角聚集着社交界的精华。那边有放肆地大袒胸的美人丽蒂,她是科尔松斯基的妻子;那边有女主人;那边有秃头亮光光的克利文,凡是社交界精英荟萃的地方总有他的份;小伙子们都往那边望,但不敢走拢去;吉娣还看见斯基华在那边,接着她又看到了穿黑丝绒衣裳的安娜的优美身材和头部。<u>还有他也在那边</u>。吉娣自从拒绝列文求婚的那天晚上起，就没有再见过他。吉娣锐利的眼睛立刻认出他来，甚至发觉他在看她。

"怎么样，再跳一圈吗？您累不累？"科尔松斯基稍微有点气喘，说。

"不了，谢谢您。"

"把您送到哪儿去呀？"

"卡列宁夫人好像在这儿……您把我送到她那儿去吧。"

"遵命。"

于是科尔松斯基就放慢步子跳着华尔兹，一直向舞厅左角人群那边跳去，嘴里说着法语："对不起，太太们！对不起，对不起，太太们！"他在花边、网纱、丝带的海洋中转来转去，没有触动谁帽饰上的一根羽毛。最后他把他的舞伴急剧地旋转了一圈，转得她那双穿着绣花长筒丝袜的纤长的腿露了出来，她的裙子展开得像一把大扇子，遮住了克里文的膝盖。科尔松斯基鞠了个躬，整了整敞开的衣服的胸襟，伸出手想把她领到安娜跟前去。吉娣飞红了脸，把裙裾从克里文膝盖上拉开。她稍微有点晕眩，向周围环顾了一下，找寻着安娜。安娜并没有像吉娣所渴望的那样穿紫色衣裳，却穿了一件黑丝绒的敞胸连衫裙，露出她那像老象牙雕成的丰满的肩膀和胸脯，以及圆圆的胳膊和短小的手。她整件衣裳都镶满威尼斯花边。她的头上，在她天然的乌黑头发中间插着一束小小的紫罗兰，而在钉有白色花边的黑腰带上也插着同样的花束。她的发式并没有什么引人注

"他"，这一第三人称的称呼，无须名字，透着发自内心的亲昵。

第五单元 遮不住的文学光彩

惊叹于托尔斯泰描写女性手法的高超:真正的美人,衣服只是作为烘托人物美丽而存在,它从来就不是主体。比之于安娜,吉娣的穿衣技巧还需要提高。吉娣的女性魅力也显得止步于年轻、鲜艳,而少了份百看不厌的神韵。

吉娣每天看见安娜,爱慕她,想象她总是穿着紫色衣裳。可是现在看见她穿着黑衣裳,才发觉以前并没有真正领会她的全部魅力。吉娣现在看到了她这副意料不到的全新模样,才懂得安娜不能穿紫衣裳,她的魅力在于她这个人总是比服装更引人注目,装饰在她身上从来不引人注意。她身上那件钉着华丽花边的黑衣裳是不显眼的。这只是一个镜框,引人注目的是她这个人:单纯、自然、雅致、快乐而充满生气。

她像平时一样挺直身子站着。当吉娣走近他们这一伙时,安娜正微微侧着头同主人谈话。

"不,我不会过分责备的。"她正在回答他什么问题。"虽然我不明白。"她耸耸肩膀继续说。然后像老大姐对待小妹妹那样和蔼地微笑着,转身招呼吉娣。她用女性的急促目光扫了一眼吉娣的服装,轻微到难以察觉,却能为吉娣所领会地点了点头,对她的服饰和美丽表示赞赏。"你们跳舞跳到这个大厅里来了!"她添了一句。

"这位是我最忠实的舞伴之一。"科尔松斯基对他初次见面的安娜说。"公爵小姐使这次舞会增光不少。安娜·阿尔卡迪耶夫娜,您跳一个华尔兹吧!"他弯了弯腰说。

"你们认识吗?"主人问。

"我们什么人不认识啊?我们两口子就像一对白狼,人人都认识我们,"科尔松斯基说,"跳一个华尔兹吧，安娜·阿尔卡迪耶夫娜。"

"要能不跳，我就不跳。"她说。

"今天您非跳不可。"科尔松斯基回答。

这时伏伦斯基走了过来。

"啊，既然今天非跳不可，那就来吧。"她没有理睬伏伦斯基的鞠躬，说。接着就敏捷地把手搭在科尔松斯基的肩上。

"她为什么看见他有点不高兴啊？"吉娣察觉安娜故意不理伏伦斯基的鞠躬，心里想。伏伦斯基走到吉娣面前，向她提起第一圈卡德里尔舞，并且因为这一阵没有机会去看她而表示歉意。吉娣一面欣赏安娜跳华尔兹的翩翩舞姿，一面听伏伦斯基说话。她等着他邀请她跳华尔兹，可是他没有邀请。她纳闷地瞧了他一眼。他脸红了，慌忙请她跳华尔兹，可是他刚搂住她的细腰，迈出第一步，音乐就突然停止了。吉娣瞧了瞧他那同她挨得很近的脸。她这含情脉脉却没有得到反应的一瞥，到好久以后，甚至过了好几年，还使她感到难堪的羞辱，一直刺痛着她的心。

"对不起，对不起！跳华尔兹，跳华尔兹了！"科尔松斯基在大厅的另一头叫道。他抓住最先遇见的一位小姐，就同她跳了起来。

二十三

伏伦斯基同吉娣跳了几支华尔兹。跳完华尔兹，吉娣走到母亲跟前，刚刚同诺德斯顿伯爵夫人说了几句话，伏伦斯基就又来邀请她跳第一圈卡德里

耐人寻味的"不理睬"，是逃避，也是心有所会。

迟钝的吉娣啊！

舞会是个社交场合，更是各色人等表现自我的场合，里面还有微妙情绪的千变万化。每个人都既看别人，也被别人看。

闲谈之中，无话找话，已经初露不会求婚的端倪。但热恋中的吉娣却丝毫不觉。

尔舞。在跳卡德里尔舞时，<u>他们没有说过什么重要的话</u>，只断断续续地谈到科尔松斯基夫妇，他戏称他们是一对可爱的四十岁孩子，还谈到未来的公共剧场。只有一次，当他问起列文是不是还在这里，并且说他很喜欢他时，才真正触动了她的心。不过，吉娣在跳卡德里尔舞时并没抱多大希望。她心情激动地等待着跳玛祖卡舞。她认为到跳玛祖卡舞时情况就清楚了。在跳卡德里尔舞时，他没有约请她跳玛祖卡舞，这一点倒没有使她不安。她相信，他准会像在过去几次舞会上那样同她跳玛祖卡舞的，因此她谢绝了五个约舞的男人，说她已经答应别人了。整个舞会，直到最后一圈卡德里尔舞，对吉娣来说，就像一个充满欢乐的色彩、音响和动作的美妙梦境。她只有在过度疲劳、要求休息的时候，才停止跳舞。但当她同一个推脱不掉的讨厌青年跳最后一圈卡德里尔舞时，她碰巧做了伏伦斯基和安娜的对舞者。自从舞会开始以来，她没有同安娜在一起过，这会儿忽然看见安娜又换了一种意料不到的崭新模样。<u>吉娣看见她脸上现出那种她自己常常出现的由于成功而兴奋的神色。</u>她看出安娜因为人家对她倾倒而陶醉。她懂得这种感情，知道它的特征，并且在安娜身上看到了。她看到了安娜眼睛里闪烁的光辉，看到了不由自主地洋溢在她嘴唇上的幸福和兴奋的微笑，以及她那优雅、准确和轻盈的动作。

女性之间特有的细腻观察，终于使吉娣发现了其中的奥秘。

"是谁使她这样陶醉呀？"她问自己，"是大家还是一个人呢？"同她跳舞的青年话说到一半中断了，却怎么也接不上来。她没有去帮那个青年摆脱窘态，表面上服从科尔松斯基得意扬扬的洪亮口令。

不曾停歇的灵魂征战

科尔松斯基一会儿叫大家围成一个大圈子,一会儿叫大家排成一排。她仔细观察,她的心越来越揪紧了。"不,使她陶醉的不是众人的欣赏,而是一个人的拜倒。这个人是谁呢? 难道就是他吗?"每次他同安娜说话,安娜的眼睛里就闪出快乐的光辉,她的樱唇上也泛出幸福的微笑。她仿佛在竭力克制,不露出快乐的迹象,可是这些迹象却自然地表现在她的脸上。"那么他怎么样呢?"吉娣对他望了望,心里感到一阵恐惧。吉娣在安娜脸上看得那么清楚的东西,在他身上也看到了。<u>他那一向坚定沉着的风度和泰然自若的神情到哪里去了?</u> 不,现在他每次对她说话,总是稍稍低下头,仿佛要在她面前跪下来,而在他的眼神里却只有顺从和惶恐。"我不愿亵渎您,"他的眼神仿佛每次都这样说,"但我要拯救自己,我不知道该怎么办才好。"他脸上的表情是吉娣从来没有见过的。

　　他们谈到共同的熟人,谈的都是些<u>无关紧要的话</u>,但吉娣却觉得他们说的每一句话都在决定他们两人和吉娣的命运。奇怪的是,尽管他们确实是在谈什么伊凡·伊凡诺维奇的法国话讲得多么可笑,什么叶列茨卡雅应该能找到更好的对象,这些话对他们却具有特殊的意义。吉娣有这样的感觉,他们自己也有这样的感觉。在吉娣的心目中,整个舞会,整个世界,都笼罩着一片迷雾。只有她所受的严格的教养在支持她的精神,使她还能照规矩行动,也就是跳舞,回答,说话,甚至微笑。不过,在玛祖卡舞开始之前,当他们拉开椅子,有几对舞伴从小房间走到大厅里来的时候,吉娣刹那间感到绝望和恐惧。她

这种风度,是吉娣钦慕的,但也恰是沃伦斯基没有真正爱上吉娣的明证,因为他从未为吉娣惶恐过。列文为吉娣而惶恐,可见他是真爱。

回绝了五个人的邀舞，此刻就没有人同她跳玛祖卡舞了。就连人家再邀请她跳舞的希望也没有了，因为她在社交界的风头太健，谁也不会想到至今还没有人邀请她跳舞。应当对母亲说她身体不舒服，要回家去，可是她又没有勇气这样做。她觉得自己彻底毁了。

她走到小会客室的尽头，颓然倒在安乐椅上。轻飘飘的裙子像云雾一般环绕着她那苗条的身材；她的一条瘦小娇嫩的少女胳膊无力地垂下来，沉没在粉红色宽裙的褶裥里；她的另一只手拿着扇子，急促地使劲扇着她那火辣辣的脸。虽然她的模样好像一只蝴蝶在草丛中被缠住，正准备展开彩虹般的翅膀飞走，她的心却被可怕的绝望刺痛了。

"也许是我误会了，也许根本没有这回事？"

她又回想着刚才看到的种种情景。

"吉娣，你怎么了？"诺德斯顿伯爵夫人在地毯上悄没声儿地走到她跟前，说。

这"不明白"恰恰是已经明白。

"我不明白。"

吉娣的下唇哆嗦了一下，她慌忙站起身来。

"吉娣，你不跳玛祖卡舞吗？"

"不，不。"吉娣含着眼泪颤声说。

"他当着我的面请她跳玛祖卡舞。"诺德斯顿伯爵夫人说。她知道吉娣明白，"他"和"她"指的是谁。她说："您怎么不同谢尔巴茨基公爵小姐跳哇？"

"哼，我什么都无所谓！"吉娣回答。

除了她自己，谁也不了解她的处境，谁也不知道她昨天拒绝了一个她也许心里爱着的男人的求婚，而她之所以拒绝，是因为她信任另一个人。

一个过于年轻的女性，还不能够分辨什么是爱，什么是女性的虚荣。

不曾停歇的灵魂征战

250

诺德斯顿伯爵夫人找到了同她跳玛祖卡舞的科尔松斯基，叫他去请吉娣跳舞。

吉娣跳了第一圈，算她走运的是她不用说话，因为科尔松斯基一直在奔走忙碌，指挥他所负责的舞会。伏伦斯基同安娜几乎就坐在她对面。吉娣用她锐利的眼睛望着他们；当大家跳到一处的时候，她又就近看他们。她越看越相信她的不幸是确定无疑的了。她看到他们在人头攒动的大厅里旁若无人。而在伏伦斯基一向都很泰然自若的脸上，她看到了那种使她惊奇的困惑和顺从的表情，就像一条伶俐的狗做了错事一样。

安娜微笑着，而她的微笑也传染给了他。她若有所思，他也变得严肃起来。一种超自然的力量把吉娣的目光引到安娜脸上。安娜穿着朴素的黑衣裳是迷人的，她那双戴着手镯的丰满胳膊是迷人的，她那挂着一串珍珠的脖子是迷人的，她那蓬松的鬈发是迷人的，她那小巧的手脚的轻盈优美的动作是迷人的，她那生气勃勃的美丽的脸是迷人的，但在她的迷人之中却包含着一种极其残酷的东西。

即使在情敌的眼中，安娜的美也丝毫不曾减损，小说借助吉娣的视角，强化了安娜的美丽。

吉娣对她比以前更加叹赏，同时心里也越发痛苦。吉娣觉得自己在精神上垮了，这从她的脸色上也看得出来。当伏伦斯基在跳玛祖卡舞碰见她时，他竟没有立刻认出她来——她变得太厉害了。

看人者，也被人看。小说的视角在不断地转换。

"这个舞会真热闹哇！"伏伦斯基对吉娣说，纯粹是为了应酬一下。

"是啊。"吉娣回答。

玛祖卡舞跳到一半，大家重复着科尔松斯基想出来的复杂花样。这时，安娜走到圆圈中央，挑了两个男人,又把一位太太和吉娣叫到跟前。吉娣走到她身边,恐惧地望着她。安娜眯缝着眼睛对她瞧瞧,握了握她的手,微微一笑,就转过身去,同另一位太太快乐地谈起话来。

"是的,她身上有一种与众不同的像魔鬼般媚人的东西。"吉娣自言自语。

安娜不愿留下来吃晚饭,主人来挽留她。

"好了,安娜·阿尔卡迪耶夫娜,"科尔松斯基用燕尾服袖子挽住她裸露的胳膊说,"我还想来一场科奇里翁舞呢!那才美啦!"

科尔松斯基慢慢移动脚步,竭力想把安娜拉过去。主人赞许地微笑着。

"不,我不能留下来。"安娜笑盈盈地回答。尽管她脸上浮着笑意,科尔松斯基和主人从她坚定的语气中还是听得出没法子把她留住。

"不了,说实在的,我到了莫斯科,在你们这个舞会上跳的舞,比在彼得堡整整一个冬天跳的还要多呢,"安娜回头望望站在她旁边的伏伦斯基,说,"动身以前我要休息一下。"

"您明天一定要走吗?"伏伦斯基问。

"是的,我想走。"安娜回答,仿佛对他大胆的询问感到惊奇。不过,当她说这句话的时候,她的眼神和微笑中闪动的难以克制的光辉,像火一样燃烧着他的全身。

安娜没有留下来吃饭,就走了。

(节选自《安娜·卡列尼娜》,草婴译,现代出版社)

微妙的细节展示了女性身上的一种残酷的真相:在女性相争的战场上,这种眼神只属于胜利者。

"火光"的意象,在《安娜·卡列尼娜》中多次出现,在书的结尾部分,火光熄灭之时,就是安娜卧轨之时。那是生命之火。

不曾停歇的灵魂征战

5. 玛丝洛娃被押解走出监狱

　　这段文字是托尔斯泰晚年几易其稿写下的巨著《复活》的开头部分。玛丝洛娃,这个被侮辱与被损害者也已经堕落了,做了妓女,又被人栽赃诬陷,卷入一起人命案件中。她经历了种种人间的丑恶,内心也蒙上了一层灰,而自然界的生机永远不会被人类的丑陋所遮住。而对于人类自己,托尔斯泰也就一直坚信,虽然一次次犯错、沉沦,依旧有希望猛醒、更新、复活。

　　尽管好几十万人聚居在一小块地方,竭力把土地糟蹋得面目全非,尽管他们肆意把石头砸进地里,不让花草树木生长,尽管他们锄尽刚出土的小草,把煤炭和石油烧得烟雾腾腾,尽管他们滥伐树木,驱逐鸟兽,在城市里,春天毕竟还是春天。阳光和煦,青草又到处生长,不仅在林荫道上,而且在石板缝里。凡是青草没有锄尽的地方,都一片翠绿,生意盎然。桦树、杨树和稠李纷纷抽出芬芳的黏糊糊的嫩叶,菩提树上鼓起一个个胀裂的新芽。寒鸦、麻雀和鸽子感到春天已经来临,都在欢乐地筑巢。就连苍蝇都被阳光照暖,在墙脚下嘤嘤嗡嗡地骚动。花草树木也好,鸟雀昆虫也好,儿童也好,全都欢欢喜喜,生气蓬勃。唯独成年人却一直在自欺欺人,折磨自己,也

这是托尔斯泰对成人世界的深刻的认识,有深深的失望蕴于其中。

折磨别人。他们认为神圣而重要的,不是这春色迷人的早晨,不是上帝为造福众生所创造的人间的美,那种使万物趋向和平、协调、互爱的美;他们认为神圣而重要的,是他们自己发明的统治别人的种种手段。

就因为这个,省监狱办公室官员认为神圣而重要的,不是飞禽走兽和男女老幼都在享受的春色和欢乐,他们认为神圣而重要的,是昨天接到的那份编号盖印、写明案由的公文。公文指定今天,4 月 28 日,上午 9 时以前把三名受过侦讯的在押犯,一男两女,解送法院受审。其中一名女的是主犯,须单独押解送审。由于接到这张传票,这天早晨八时监狱看守长走进又暗又臭的女监走廊。他后面跟着一个面容憔悴、鬓发花白的女人,身穿袖口镶金绦的制服,腰束一根蓝边带子。这是女看守。

"您是要玛丝洛娃吧?"她同值班的看守来到一间直通走廊的牢房门口,问看守长说。

值班的看守哐啷一声开了铁锁,打开牢门,一股比走廊里更难闻的恶臭立即从里面冲了出来。看守吆喝道:"玛丝洛娃,过堂去!"随即又带上牢门,等待着。

监狱院子里,空气就比较新鲜爽快些,那是从田野上吹来的。但监狱走廊里却弥漫着令人作呕的污浊空气,里面充满伤寒菌以及粪便、煤焦油和霉烂物品的臭味,不论谁一进来都会感到郁闷和沮丧。女看守虽已闻惯这种污浊空气,但从院子里一进来,也免不了有这样的感觉。她一进走廊,就觉得浑身无力,昏昏欲睡。

污浊的环境令人沉沦。

不曾停歇的灵魂征战

牢房里传出女人的说话声和光脚板的走路声。

"喂，玛丝洛娃，快点儿，别磨磨蹭蹭的，听见没有！"看守长对着牢门喝道。

过了两分钟光景，一个个儿不高、胸部丰满的年轻女人，身穿白衣白裙，外面套着一件灰色囚袍，大踏步走出牢房，敏捷地转过身子，在看守长旁边站住。这个女人脚穿麻布袜，外面套着囚犯穿的棉鞋，头上扎着一块白头巾，<u>显然有意让几绺乌黑的鬈发从头巾里露出来</u>。她的脸色异常苍白，仿佛储存在地窖里的土豆的新芽。那是长期坐牢的人的通病。她那双短而阔的手和从囚袍宽大领口里露出来的丰满脖子也是那样苍白。她那双眼睛，在苍白无光的脸庞衬托下，显得格外乌黑发亮，虽然有点浮肿，但十分灵活，其中一只眼睛稍微有些斜视。她挺直身子站着，丰满的胸部高高地隆起。她来到走廊里，微微仰起头，盯着看守长的眼睛，现出一副唯命是从的样子。看守长刚要关门，一个没戴头巾的白发老太婆从牢房里探出她那张严厉、苍白而满是皱纹的脸来。老太婆对玛丝洛娃说了几句话。看守长就对着老太婆的脑袋推上牢门，把她们隔开了。牢房里响起了女人的哄笑声。

玛丝洛娃也微微一笑，向牢门上装有铁栅的小窗洞转过脸去。老太婆在里面凑近窗洞，哑着嗓子说："千万别跟他们多啰唆，咬定了别改口，就行了。"

"只要有个结局就行，不会比现在更糟的。"玛丝洛娃晃了晃脑袋说。

"结局当然只有一个，不会有两个，"看守长煞有介事地摆出长官的架势说，显然自以为说得很俏皮，

压抑不住的生机与卖弄风情的职业习惯。

"跟我来,走!"老太婆的眼睛从窗洞里消失了。玛丝洛娃来到走廊中间,跟在看守长后面,疾步走着。他们走下石楼梯。经过比女监更臭更闹、每个窗洞里都有眼睛盯着他们的男监,走进办公室。办公室里已有两个持枪的押送兵等着。坐在那里的文书把一份烟味很重的公文交给一个押送兵,说:"把她带去!"那押送兵是下城的一个农民,红脸,有麻子,他把公文掖在军大衣翻袖里,目光对着那女犯,笑嘻嘻地向颧骨很高的楚瓦什同伴挤挤眼。这两个士兵押着女犯走下台阶,向大门口走去。

大门上的一扇便门开了,两个士兵押着女犯穿过这道门走到院子里,再走出围墙,来到石子铺成的大街上。

马车夫、小店老板、厨娘、工人、官吏纷纷站住,好奇地打量着女犯。有人摇摇头,心里想:"瞧,不像我们那样规规矩矩做人,就会弄到这个下场!"孩子们恐惧地望着这个女强盗,唯一可以放心的是她被士兵押着,不能再干坏事了。一个乡下人卖掉了煤炭,在茶馆里喝够了茶,走到她身边,画了个十字,送给她一个戈比。<u>女犯脸红了,低下头,嘴里喃喃地说了句什么。</u>

女犯察觉向她射来的一道道目光,并不转过头,却悄悄地斜睨着那些向她注视的人。大家在注意她,她觉得高兴。这里的空气比牢房里清爽些,带有春天的气息,这也使她高兴。不过,她好久没有在石子路上行走,这会儿又穿着笨重的囚鞋,她的脚感到疼痛。她瞧瞧自己的双脚,竭力走得轻一点。他们经过一家面粉店,店门前有许多鸽子,摇摇摆摆地走

这脸红暴露了玛丝洛娃的天性:纯良、有羞耻感。这恰恰是日后她重建自己尊严的基础。

不曾停歇的灵魂征战

256

来走去,没有人来打扰它们。女犯的脚差点儿碰到一只瓦灰鸽。那只鸽子拍拍翅膀飞起来,从女犯耳边飞过,给她送来一阵清风。女犯微微一笑,接着想到自己的处境,不禁长叹了一声。

（节选自《复活》,草婴译,现代出版社）

清新的空气使人性也渐渐苏醒了。

6. 高加索美丽的乡村黄昏

乡村,在托尔斯泰这儿意味着和谐。他的理想世界有着东方文明的特征,辛勤耕作、自给自足、朴实安顺,没有分外之想,似陶渊明笔下的"黄发垂髫,并怡然自乐"。

这是一个高加索特有的美丽的黄昏。太阳落山了,但天还很亮。晚霞染红了三分之一的天空,在霞光照耀下,乳白色的高山显得格外分明。空气稀薄而宁静,空中充满声音。山的影子投在草原上,有几里路长。草原上,河对岸,大路上,到处都是空荡荡的。偶尔什么地方出现几个骑马的人,于是哨兵线上的哥萨克和山村里的车臣人就都惊奇地注视着,竭力猜测那些可疑的骑手是什么人。到了晚上,<u>人们由于互相忌惮而蜷缩在屋子里,只有飞禽走兽不怕人,自由自在地在这荒野上巡行觅食</u>。白天在果园里扎葡萄藤的哥萨克女人在日落之前赶回家去,一路上有说有笑,兴高采烈。在这黄昏时分,果园里也像村外一样,阒无人迹,但村庄里此刻却特别热闹。人们从四面八方赶回村去,有步行的,有骑马的,有坐吱嘎发响的大车的。姑娘们把布衫掖在腰里,手拿树枝,叽叽喳喳地谈着话,奔到村口去接回牲口。牲口在飞扬的尘土和蚊蚋(是牲口把它们从

不曾停歇的灵魂征战

草原上带回来的)的包围中紧挤在一起。肥壮的黄牛和水牛在街上乱闯,穿着花花绿绿短袄的哥萨克女人在牲口中间跑来跑去。只听得她们尖声的谈话、快乐的笑声和喊声,跟牲口的叫声混成一片。一个武装的哥萨克从哨兵线上骑马回来。他骑到一座房子前,俯身凑近窗子,敲敲窗,接着就有一个年轻美丽的哥萨克女人探出头来,于是响起亲热的欢声笑语。一个衣衫褴褛、颧骨突出的诺盖长工,带着芦苇从草原上回来。他把一辆吱嘎作响的大车赶到哥萨克大尉清洁宽敞的院子里,从摇头摆尾的公牛颈上解下车轭,同时跟主人大声说着鞑靼话。一个赤脚的哥萨克女人背着一捆木柴经过街上的水潭(那水潭几乎横贯全街,许多年来行人总是小心翼翼地紧挨着篱笆从它旁边走过)。她高高地撩起布衫,露出雪白的双腿。一个哥萨克打猎回来,开玩笑地对她说:"再拉高点儿,不要脸的!"同时用枪向她瞄准。那哥萨克女人放下布衫,却丢掉了木柴。一个哥萨克老头儿,裤脚卷得高高的,袒着毛茸茸的胸膛,打鱼归来。他肩上搭着一网鲜蹦活跳的银色鲤鱼,为了抄近路,就从邻居的破篱笆上爬过去,随即扯下被篱笆钩住的短褂。一个女人拖着一根枯枝走过,接着街道转角处就传来丁丁的斧头声。哥萨克孩子们在街上平坦的地方打陀螺,嘴里尖声叫喊着。女人们不愿绕远路,也都翻越篱笆走过去。所有的烟囱都冒着味儿很浓的畜粪烟。家家院子里传出一片忙碌声,预告着寂静的夜晚即将来临。

乌莉特卡奶奶,哥萨克少尉兼小学教师的妻子,也同别的女人一样,走到院子门口,等女儿玛丽雅娜

哥萨克乡村中的场景,充满了浓郁的生活气息,带着炊烟味、喧哗声,向读者迎面扑来。在这儿,每个人都生活得兴致盎然,富有生气。

宁静之中有劳作的忙碌,有平和知足的心态,似世外桃源般使人的内心平静下来。

赶牲口回来。不等她把篱笆门完全打开，一头被蚊蚋包围的大水牛就哞哞叫着直冲进门来。几头肥壮的黄牛跟在它后面，都用大眼睛认着女主人，同时有节奏地用尾巴拂着身子的两侧。身材匀称的美人儿玛丽雅娜走进门来，扔掉树枝，砰的一声关上篱笆门，就急急地跑去把牲口分开，赶进畜栅里。"快把鞋脱掉，鬼丫头，"做娘的嚷道，"鞋都被你踩坏了。"玛丽雅娜听见母亲叫她鬼丫头，一点也不生气，把它当作亲昵的称呼，继续快活地干她的活儿。玛丽雅娜的脸用一块帕子半遮着，身上穿一件粉红色布衫，外罩一件湖色短袄。她跟着肥壮的牲口钻到敞棚里，只听得她在那儿温柔地抚慰水牛："不肯站一会儿吗？哼，你这家伙！喂，来吧，老东西！……"不多一会儿，母女俩从畜棚来到牛奶房，手里捧着两大罐牛奶——今天一天的产品。接着牛奶房的泥烟囱里就冒出畜粪的烟气——她们在把牛奶熬成熟奶油呢。女儿烧着火，母亲走到大门口。暮色笼罩了全村。空气里弥漫着蔬菜、牲口和畜粪烟的味儿。哥萨克女人们拿着引火的破布，在门口和街上奔走。挤过奶的牲口在院子里吁吁地喘气，安静地反刍，街上和院子里只听得到妇女和孩子呼应的声音。在平常日子里，喝醉酒的男人的声音是难得听到的。

（节选自《哥萨克》，草婴译，现代出版社）

这就是使托尔斯泰深深感动的乡村魅力，这是俄罗斯大地上的世外桃源。

不曾停歇的灵魂征战